하늘아래그리움

—K 백조여 내 어이 그리움뿐이리오—

하늘 아래 그리움

─ K 백조여 내 어이 그리움뿐이리오 ─

구성달

차 례

감사합니다

나는 K 백조를 사랑하고 있을 때와 그리워하고 있을 때만 내 삶이 있습니다.

지금까지 내가 살 수 있었던 모든 힘의 원천은 K 백조를 사랑하고 그리워하는 데서만 솟아났습니다.

K 백조를 떠나보낸 지 40년 가까이 되어서야 나는 내가 이 세상에 온 이유를 알게 되었습니다.

그것은 한 여인을 만나 인간의 존귀함과 성스러움과 아름다움을 알고 한 평생 그녀를 그리워하다가 삶을 마무리하는 것!! 이것이 내가 이 세상에 온 단 하나뿐인 이유였습니다.

나는 저 세상에 가서도 K 백조를 그리워하면서 살기를 원합니다.

내 아내 K 백조에 대한 그리움이 강물처럼 흐르듯 내 몸도 마음도 그 그리움의 강물을 따라 흐를 것입니다.

사랑하는 K 백조여!

내 어이 하늘 아래 그리움 그것 하나뿐이리오!

— 2024년 새봄에 구 성 달

아내의 편지 – 사모하는 당신에게

1988년 4월 4일

우리는 부부가 되었습니다.

나는 22세였고 남편은 나보다 22살이 더 많은 44살이었습니다.

꿈결보다 더 곱고 아름다운 세월이 4년 흘렀습니다.

그러니 오늘은 1992년 4월 4일입니다.

우리는 부모와 자식 사이의 천륜과 부부 사이의 인륜을 두고 수많은 날을 생각하고 고민하고 울기도 하고 웃기도 하다가, 더 이상 미쳐버릴 수는 없어서, 오늘 이별하기로 한 것입니다.

그래서 내가 한 통의 편지를 쓰고 남편이 한 통의 편지를 썼습니다.

이별의 마지막 순간에 우리 부부는 무어라 말을 해야 할지 또 행동은 어떻게 해야 할지를 궁리하다가, 서로에게 한 통씩의 편지를 건네고는 아무런 말도 없이 돌아서서 자기 갈 길로 가자고 약속을 했기 때문입니다.

내 영혼의 당신!

내 영혼의 당신!
동심초 노래가 생각납니다.

꽃잎은 하염없이 바람에 지고
만날 날은 아득타 기약이 없네
무어라 맘과 맘은 맺지 못하고
한갓되이 풀잎만 맺으려는고
한갓되이 풀잎만 맺으려는고.

바람에 꽃이 지니 세월 덧없어
만날 길은 뜬구름 기약이 없네
무어라 맘과 맘은 맺지 못하고
한갓되이 풀잎만 맺으려는고
한갓되이 풀잎만 맺으려는고.

여보, 우리 부부가 두 손을 마주 잡고 사랑이 뚝뚝 떨어지는 눈빛으로 서로의 얼굴을 바라보며 한 없이 행복해 했던 그 세월에 목련꽃은 네 번이나 하염없이 바람에 졌지요?

참으로 행복했습니다. 꿈결 속보다 더 아름답고 더 아늑했습니다.

가슴속이 터질듯이 벅찼습니다. 그러나 세상의 파도는 나와 당신 사이를 만날 날을 기약도 없이 아득히 하려고 합니다.

우리 둘은 맘과 맘을 천생의 연줄로 묶었고, 속과 속은 단심의 밧줄로 다잡았지요. 그러나 우리 두 사람이 가는 길은 이다지도 냉혹한 눈길이며 이렇게도 야멸찬 서릿발 길이었는지요?

가녀린 풀잎은 북풍한설에 그렇게 꺾이어 시들어 버리고 마는지요?

매서운 칼날 바람에 다정다감했던 부부지간의 정의 세월은 덧없는 꽃잎이 되어 하늘 위로 날다가 땅바닥에 구르니 한갓 된 봄밤의 꿈이었던가 봅니다.

내 당신을 만나 내 모든 것을 다 드리겠다고 작심했을 때 떠올랐던 노래가 송도의 절개 진이의 노래였습니다.

동짓달 기나긴 밤을 한 허리 둘을 내어
춘풍 이불 밑에 서리서리 묻었다가
어른님 오신 날 밤이여든 굽이굽이 펴리라.

였습니다.

여보! 당신, 당신은 저에게는 어른님이었습니다. 제가 아버지의 소원을 풀어 드리려고 그 지긋지긋한 3수 생활을 할 때, 그 아득하고 캄캄한 길에서 저에게 밝은 빛을 주시고 힘을 주신 어른님이 바로 당신이었습니다. 꼭 의과대학을 가야 한다는 강박감은 저를 거의 절망의 골짜기로 몰아넣고 있었습니다.

어느 과목의 참고서나 문제집을 펼쳐도 모르거나 막히는 문제가 하나도 없이 거의 완벽한 공부가 되어 있었으나, 그 살인적인 의과대학에 합격해야 하는 점수는…… 참으로 난공불락같이 암담하고 암울하고 까마득한 절벽의 꼭대기였습니다.

어느 강사 어느 과외 교사의 강의를 들어도 따분하고 지리멸렬하여 귀찮고 피곤하기만 하였습니다.

그런데 당신 강의는 첫 시간부터 저에게는…… 세상에 이런 강의도 있나~! 하고 깜짝 놀라게 하였습니다. 특히 제가 가장 부담스러워하고 아득해 하던 국사 과목 수업이 이렇게 재미있고 또 과학적으로 펼쳐지다니!

저는 그 시간부터 모든 과목에 새로운 의지와 다짐으로 힘이 솟아올랐습니다. 그 많은 대학입시 과목에서 한 과목에 눈이 번쩍 뜨이는 경지의 재미와 이치를 깨닫게 되니, 모든 과목이 다 새롭게 보이면서 새로운 각오가 생겨났습니다.

3수를 하는 동안 얼마나 재미나게 많이 웃었는지 저는 활짝 핀 얼굴로 그렇게도 아버지가 원하던 그 의과대학에 합격을 한 것입니다.

그 때 재수하던 저희들 사이에는 당신이 이혼으로 몹시 힘든 시간을 보내고 있다는 비밀은, 모든 학생들이 다 알고 있는 비밀 아닌 비밀이었습니다. 솔직히 저는 그 때 3수를 하고 있는 기간 중 당신이 다른 여자와 무슨 일이 벌어질까봐 속으로는 얼마나 애태웠는지 모릅니다.

그러면서 만약 저에게 선생님과 함께 할 행운의 여신이 온다면······

― 어른님 오신 날 밤이여든 굽이굽이 펴리라― 를 날마다 암송하면서 간구하였습니다. 아버지가 그렇게 바라고 원하던 의과대학의 합격증을 받던 날 저는 선생님을 제일 먼저 찾아 갔습니다.

그 날 선생님과 저는 짜장면 곱빼기를 두 그릇을 시켜서 한 그릇씩 뚝딱 비웠습니다. 저에게는 그 짜장면이 고등학생이 된 이후 먹은 음식 중 가장 맛이 있었고 가장 배 불리 먹은 음식이었습니다.

― 자네 이제 아버지의 소원을 풀어드렸군~!

― 예 선생님 기뻐요. 가슴이 시원하고 기분이 상쾌하여 하늘 위로 날아오를 것만 같아요.

― 이제 친구들과도 만나서 회포를 풀어야겠네.

라고 말씀하시면서 당신도 저를 부러워하시는 것 같았습니다.

그런데 저는 그 때까지 별 친구들이 없었어요. 어릴 적부터 아버지 어머니로부터

— 너는 의사가 되어 가업을 이어야 한다.

이 말에 눌려서 그저 공부 공부만 해야 되었거든요.

그 날 제가 선생님을 찾아간 것은 선생님과 멋진 순간의 시간을 한 번 보내고 싶어서였습니다. 그러나 수업에 쫓긴 선생님은 다시 강의실로 들어가시고, 저는 텅텅 빈 것 같은 서울 강남길을 터벅터벅 걸어서 삼성동까지 갔습니다.

다음 날 제가 울산 집으로 내려가니 시내 큰 호텔에서 'K 백조 S 의과대학 합격 축하 잔치'가 벌어졌습니다. 많은 손님과 병원의 직원인 의사 간호사 앞에서 아버지는 저를 번쩍 업고는 춤을 추었습니다. 할머니 어머니 고모 동생들…… 얼굴마다 웃음꽃이 만개하였습니다.

그런데 저는 그 순간에도 선생님 생각뿐이었습니다. 드디어 의과대학 입학식과 더불어 저는 의대생이 되었습니다. 그 때부터 저는 당신에게 편지를 쓰기 시작하였고 당신이 쉬는 시간에 맞추어 전화를 하였습니다.

오랫동안의 편지와 전화를 주고받은 후 우리는 드디어 1988년 4월 4일 오후 4시 신촌에 있는 아담하고 깔끔한 식당에서 만났습니다. 참 좋았습니다. 천국에 온 기분이었습니다. 가슴이 한없이 콩닥콩닥 뛰었습니다. 눈앞이 아득하였지만 저는 저의 모든 용기와 대담성을 총동원하여 며칠 전부터 준비한 제 글을 당

신 앞으로 내밀면서

　— 선생님, 오늘부터 저의 남편이 되어 주십시오!!

　이렇게 저는 죽을 용을 쓰면서 이 말씀을 당신에게 드렸고, 저의 제의를 들은 당신은 얼마 동안 멍해하시더니, 곧 놀람과 흥분을 감추지 못한 얼굴로

　— 그래요? 좋습니다~!!

　바로 존댓말로 제 요구를 흔쾌히 받아들여 주었습니다.

　우리는 그 자리에서 터질듯이 꼭 껴안고는 둘 다 덜덜 떨고 있었습니다.

　그 날 저는 당신에게 "저와 결혼해 주세요"하지 않고 "저의 남편이 되어주세요!"라고 하였습니다..

　이건 제 인생 일대의 최고의 모험이었으며 용기였으며 강심장의 순간이었으며 목숨을 건 도박이었습니다.

　정말 정말로 해내고 싶었던 저의 간절하고 절박한 심정이었습니다.

　햐! 좋았습니다. 멋졌습니다. 한 순간에 저의 키가 하늘 천장을 뚫고 치솟는 것 같았습니다. 그렇게 부부의 연을 맺은 우리 내외는 꿈결같은 그 세월, 천국에 머물던 그 시간들 상상하기도 힘든 그 고운 세월이 잠깐 사이에 4년이나 흘렀습니다.

　그런데……

　그런데……

　이제 그 꿈결은 파도치는 풍파가 되어 이렇게 우리 부부를 갈

라 세우고 있습니다.

　당나라 여인 설도(薛濤)는 자기보다 11살 연하인 시인 원진을 떠나보내면서 춘망사(春望詞 ; 同心草)를 읊었습니다.

　그런데 저는 저보다 22살 더 많은 시인인 당신과 헤어지면서 너무나 가슴이 막히고 손발과 온몸이 떨려 아무 노래도 부를 수 없네요.

　여보! 우리 누구도 원망하지 말고 무엇도 한탄하지 말고 그 세월 그 추억 가슴속에 담고 살아 내십시다.

마음으로 만나요

마음으로 만납시다.

가슴으로 만납시다.

그리워라 만날 길은 꿈길밖에 없는데

임 찾아 떠났더니 임은 나를 찾아 왔네

바라거니, 언제일까 다음날 밤 꿈에는

동시에 떠나 오가는 길에서 만나기를

여보! 이제 글을 맺습니다. 심신 강령하소서.

　　　　　　　　　　　　— 영원한 당신의 아내 K 백조 올림

영원한 나의 아내 K 백조!

내 눈동자여!

내 심장이며 내 영혼인 당신!

여보! 가슴이 막히고 사지가 떨리고 오그라져서 제대로 앉을 수도 없고 누울 수로 없구려. 하늘이 무너져 내리고 땅이 꺼져 내린다는 말이 이럴 때 쓰는 말이구려.

이것 아무 말도 아무 일도 할 수가 없습니다. 숨길이 막혀 심장이 터지는 것 같습니다. 옛말에 회자정리(會者定離)라는 말이 보입디다만 그 말이 우리 부부의 말이 될 줄이야 어디 꿈에서라도 생각이나 했습니까?

흐르는 세월은 물같이 흐르고 날으는 시간은 살같이 날아간다더니 무릉도원의 장기판 세월에 춘추가 네 번이나 바뀌었습니다.

내 사나이답지는 않지만 그래도 남자로서 당신과 이런 결단을 내리고나니, 내가 실성했는지 잠시 혼몽에 빠졌던 건지 귀신에 씌었던 건지 도무지 종잡을 수가 없습니다.

내가 당신을 보낸다고? 아니 보내 준다고? 아니 보낼 수 있다고……? 청천벽력에 혼비백산이며 푸른 산 맑은 물에 검붉은 용암이 분수처럼 솟아올라 내 전신을 덮어 버리고 있습니다.

내가 잠시 미친 사내놈의 울컥하는 마음에 인간의 도리니 사람으로서 양심이니 천륜이니 인륜이니…… 허접쓰레기 같은 못난 생각에 빠져 가지 않으려는, 가지 않겠다는 죽어도 그리는 못하겠다는 당신을 그렇게 구슬리고 달래고 사기까지 쳐서 당신을 보내기로 했다니 도대체 믿기지 않으며 앞으로 그 뒷감당을 내 어찌 하리오~!!

어져 내 일이야

어져, 내 일이야
그릴 줄을 모르던가
이시라 하더면 가랴마는 제 구태여
보내고 그리는 정은 나도 몰라 하노라.

아! 내가 한 일이여
그리워할 줄 왜 몰랐던가?
내가 있으라고 했더라면
임께서 구태여 갔을까마는

굳이 보내 놓고서 이렇게 그리워하는 것을

나도 알 수 없구려!

내 입으로 내가 당신을 밀어 내면서

— 가시오! 떠나시오! 나도 인간이오! 인간인 우리가 어찌 천
륜을 끊겠소!

이렇게 주절거리면서 내가 당신을 기어이 밀쳐 내었소.

— 당신 아버지의 소원을 들어 드리세요. 당신 어머니의 애
통함을 풀어 드리세요. 당신 가족들의 근심 걱정을 씻어 주세요.

다 내가 당신을 쳐다보며 미친 듯이 소리소리 쳤던 말들입니다.

이제 당신은 녹수청강 푸른 초원에 굴레 벗은 말이 되어, 나
때문에 당신에게 채워진 모든 사슬 굴레 속박을 다 벗어 던지고,
푸르고 푸른 저 넓은 대지 위를 맘껏 달리는 한 필의 말이 되어
주시오.

계속 달리세요. 뒤돌아보지 마시고 앞으로만 앞으로만 달리
고 달리세요.

사랑하는 나의 아내 K 백조!!

사시다가 간혹,

때때로 머리 들어 북향으로 우는 뜻은

석양에 재 넘어 감에 임자 그려 우노라.

이 문장이 떠오르시거든 머리를 세차게 흔들며 재빨리 남향으로 돌아 서서 하하하 하고 맑고 밝게 웃으시기를 간곡히 바랍니다. 그리고 동편의 묏 봉우리에 찬란히 솟아오르는 아침 해만 바라보면서 달리고 또 달리시기를 기원합니다.

성현들의 말씀에 거자필반(去者必返)이라는 말도 있으니, 또 이승이 있어 저승도 있다고 했으니 다음 생애는 둘 다 꽃피고 새 우는 계절에 만나 부귀영화 누리며 행복 다복하게 한 번 살아 보십시다.

아내여! 아내여! K 백조, 나의 아내여!

그럼 그럼 그럼 안녕이여~!!

지난 4년 동안 샴 쌍둥이보다 더 딱 붙어살았던 우리 부부는 이제 이별을 고하는 시각이 되었습니다. 차마 서로 얼굴을 쳐다보면서 가슴속에 있는 말을 하기에는 중치가 완전히 막혀서 한 마디 말은커녕 숨 한 번도 쉴 수가 없었기 때문입니다.

이 지옥의 문, 참혹의 터널을 지나려고 지난 석 달 동안을 얼마나 울고불고 흐느끼고 까무러쳤는지 모릅니다. 기어이 오늘로 날짜를 잡고 우리 부부는 이 한적하고 적요한 북한산 자락에 서 있는 것입니다.

그리고 그 간 두 사람 각자가 썼던 마지막 글들을 주고받은 것입니다.

산자락에서 내려와 택시를 잡아 아내를 먼저 친정집으로 보냈습니다. 택시를 타는 아내의 얼굴은 완전히 눈물 바다였습니다.

그러나 아내는 그 특유의 강단과 여유와 의지와 지성의 힘으로 택시에 올랐고 택시는 아무 일도 없는 듯 미끄러지듯 앞으로 달려가고 있었습니다. 아내가 탄 차가 보이지 않을 때까지 그 자리에 망부석처럼 서 있던 나도 택시를 타고 집 쪽으로 방향을 잡았습니다.

만감이 서린다는 말, 오장육부가 뒤집혀져서 환장하겠다는 말, 애간장이 끊어지는 단장의 아픔이란 말 아예 말문이 막혀 미쳐버린 광인이 된다는 말, 천길 만길 땅속의 나락으로 떨어져 내려가는 기분….

임이여, 그 물 건너지 마오.
임은 기어이 물속으로 들어 가셨군요.
오오! 임은 이미 물속에 빠져 죽으셨네.
임이여! 임이여! 어이 한단 말고.

나는 완전한 미치광이 얼이 빠져 달아난 어리바리가 되어 집 안 현관문을 열고 안으로 들어서고 있었습니다.

아내와 나는 88년 4월 4일 오후 4시에 신촌에서 만났습니다.

그 시간 이후부터 우리는 한 몸으로 붙어 다녔습니다. 우리 내외는 바보처럼 천치처럼 목석처럼 그림자처럼 그렇게 시간들을 보냈습니다.

만나서 차 마시고 오늘 있었던 얘기 하고 더러는 한강변을 걷고 유람선을 타기도 하고 산에도 가고 옛 고적지를 다녀오기도 하고 춤추고 노래하는 술집에도 한 번 가고…… 그냥 그렇게만 즐겁고 기쁘게 다녔습니다.

그러던 어느 날 아내가 나를 보고 "우리도 첫밤을 치르자"고 나직이 말하면서 내 눈치를 살피는 것이었습니다. 나도 아내의 얼굴을 자세히 바라보면서 웃기만 하고 아무 말도 못 했습니다.

아내의 얼굴이 새빨개지면서 후다닥 일어서더니

― 여보, 오늘 날씨도 이런데 부침개나 해 드릴까요?

하면서 부끄러운 순간을 피해 나갔습니다. 우리는 그날 참깻잎 부침개를 노릇노릇하게 구워서는 호호호 하하하 하면서 맛있게 먹었습니다.

우리는 처음부터 부부연을 약속하였기에 조금의 망설임이나 거리낌이 없이 여보! 당신!이 되었고 수십 년을 함께 한 부부처럼 스스럼없는 내외지간이 되었던 것입니다.

지금 생각해 보니 나야 전에 10여 년이 넘는 기간의 부부 생활이 있었고, 이미 많이 자란 아들도 둘이나 있으니 여보! 당신! 이라는 말에 익숙할 대로 익숙한 사내였지만…….

지금까지 공부밖에 모르고 살아온 여대생인 그녀에게 그 호칭은 대단한 결심의 용기와 담대함이 필요했을 것입니다. 그렇게 여보 당신의 호칭이 입에 익을 대로 익었지만 우리는…… 그 일을 한 번도 치루지 않았던 것……입니다.

　　도대체 내가 무슨 염치로 그 어린 아내에게 그런 요구를 할 '자격'이 있단 말입니까? 그건 나에게는 인간의 체면이 아니고 인간적 도리도 아니지 않는가? 마흔네 살이나 먹고 많이 자란 자식이 둘이나 있고 이혼까지 한 홀아비 중늙은이가, 어리고 어린 파랗고 파란 여자 대학생에게 무슨 말 무슨 요구 무슨 행동을 하자고 말할 수 있단 말입니까?

　　정말 양가의 부모 형제 일가친척이 모두 다 인정해 줄 때까지 얼마나 높은 준령 깊은 계곡을 건너야 할까 말입니다.

　　우리 부부는 겉으론 환호대작 하면서 항상 웃고 깔깔 대었지만, 저 깊은 속에서는 걱정 근심이 눈덩이처럼 뭉쳐져 가고 있었습니다.

　　어쩌면 나는 오늘 이 부고장보다 몇백 배나 더 슬픈 이별의 편지를 서로가 주고받아야만 할지도 모른다는 예감에 치를 떨면서 그 시간을 연장하고 있었는지도 모를 일입니다.

　　1990년 10월 초하루 날이었습니다. 그 날 아내는 나를 자기 책상 앞에 앉게 하더니 단호하고 결의에 차면서도 조용한 목소리로 간결하게 말했습니다.

— 여보 이 달 10일에 함께 할 깨끗한 호텔방 하나 예약해 주세요. 이제는 그 시간이 되었어요.

아내는 나를 살포시 껴안으면서 파르르 떨고 있었습니다.

나는 순순히 따랐습니다. 평판이 좋은 호텔에 직접 가서 예약을 했습니다.

1990년 10월 10일 밤 10시에 우리는 남녀로서 남편과 아내의 역할을 처음으로 실행하였던 것입니다. 이 날 아내는 새하얀 천을 2장 가지고 왔었습니다. 그 일이 있기 전에 2장을 겹쳐 아래에 깔았습니다. 순결하고 순수한 일이 끝나고 보니 그 새하얀 천 위에 새빨간 진달래가 만발해 있었습니다. 아내는 그 '꽃밤에 그려진 꽃그림'을 고이 성스러히 접어 핸드백에 넣었습니다. 집으로 돌아온 아내는 그 숫처녀의 흔적을 상자 깊숙이 묻어 두면서 나에게 이렇게 소곤거렸습니다.

— 이 두 장 중에서 한 장은 당신이 먼 길을 가실 때 넣어 드리겠습니다. 그리고 한 장은 제가 갖고 당신 곁으로 가겠습니다.

아내의 눈자욱이 붉어졌습니다. 나는 너무나 미안하고 고맙고 경탄스러워서 눈물이 펑펑 쏟아져 나왔습니다.

— 여보, 미안해요. 정말 미안해요. 그리고 너무나 고마워요.

나는 목이 메었습니다. 우리는 한참 동안 껴안고는 울기만 하였습니다.

90년 겨울방학을 맞았습니다. 울산 집에 내려간다면서 아내는 나에게 결단에 찬 말을 하였습니다.

— 이번에 내려가서 아버지와 어머니와 가족에게 저희 둘의 이야기를 하고 결혼식을 올리도록 하겠다.

는 것이었습니다. 나는 깜짝 놀라 눈이 휘둥그레졌습니다.

— 뭐 뭐 뭐요? 벌써 말씀을 드리려구요?

— 여보, 더 멈출 일이 아닙니다. 밝힐 건 밝히고 다음 일들을 진행해 나가야지요.

— 그렇지만 여보, 좀 더 생각을 해보고…….

— 당신은! 더 생각해 보고가 뭐예요? 우리는 실질적으로 부부가 되었잖아요.

— 그건 맞습니다만…… 당신은 영민한 사람이니까 깊이 생각한 다음에 신중히 임하세요.

그리고 아내는 울산으로 내려갔습니다. 울산으로 내려간 후 일주일이 되던 날 밤에 전화 한 통이 왔습니다.

— G 선생이요?

— 예 그렇습니다.

— 좀 만납시다. 어디서 전화하는지는 알겠지요?

— 글쎄요, 누구신지요?

— 울산 K 백조네 집이오! 나 내일 서울에 갈 테니 만납시다.

— 어디서 뵐까요?

— 나 서울 지리를 잘 모르니 장소와 시간을 정하시오!

— 광화문에 있는 J 신문사 3층에 있는 커피점에서 오후 7시 경이면 어떻겠습니까?

— 안 돼요! 내일 아침 7시에 그 커피점으로 나오시오!

밤새도록 엎치락뒤치락 하면서 잠을 이룰 수가 없었습니다. 그야말로 전전반측이었습니다. 일찍 약속 장소로 나갔습니다. 검은 가죽 잠바에 검은 가죽 장갑을 낀 사내가 거만한 자세로 의자에 삐딱하게 앉아서는, 들어서는 나를 향해 자기 곁으로 오라고 손가락질을 까딱까딱 하였습니다.

커피 한 잔씩을 시켜 한 모금씩 마신 후 담배 한 대씩을 피워 물자 가죽 잠바는

— 성이 G라고 했나? 내 더 복잡하게 말하기 싫소! K 백조와의 모든 관계를 이 시간 이후 딱 끊으시오!

— 선생님은 누구신데 그런 말씀을 하십니까?

— 그런 것은 알 것 없고 그 애와의 관계를 딱 잘라 끊으시오.

— 글쎄요 무슨 말씀인지 알 수가 없네요.

— 너 선생 맞아? 선생이란 놈이 사람 말귀를 그리 못 알아들어?

— 못 알아듣겠습니다. 전후좌우의 이야기도 없이 그렇게 윽박질러대니…… 선생님은 누구시며 K 백조와는 어떤 관계이십니까?

— 씨팔! 좆 까네! 그런 것 다 알 것 없고 K 백조와의 관계만

끝내면 된다고 하잖아!

이 때 여인들 네댓 명이 문을 열고 들어오더니 우리 곁에 앉았습니다.

— 선생님, 나 그런 우격다짐에 대답할 수 없습니다. 당신은 도대체 누구십니까? 신분이 뭐예요? 나이도 나와는 또래 정도로 보이는데…….

— 그래, 나 너와 또래 정도가 맞다. 너 눈에 내가 젊은이로 보이나 늙은이로 보이나? 늙은이로 보이지!! 그래 우린 늙은이야. 그런데 이렇게 늙은 너가 그 어린 K 백조를 꼬셔서 미친 개장난질을 쳐?

— 이거 몰상식이 넘치십니다. 그럼 K 백조도 미쳐서 늙은 개와 같이 돌아다닌다는 말입니까? K 백조는 대단히 영민한 여성입니다. 이 나라 최고 대학의 의대생이지 않습니까? 왜 그런 사람의 인격을 무시하고 짓밟아 버립니까?

— 씨팔! 내가 넌 놈 보고 미친개라 했지, 언제 K 백조를 보고 미쳤다고 했나? 오늘 이 자리에서 당장 K 백조와의 관계를 끝낸다고 약속하고 서약서를 써!!

여인 몇 명이 곁에 앉자 거죽잠바는 천군만마를 얻은 듯이 게거품을 물고 기고만장하였습니다.

— 미안하지만 당신과는 이야기가 안 됩니다. 하나만 밝혀 둡니다. K 백조는 대단히 영민한 사람이고, 그 행동은 아주 신중

한 여성입니다. 그리고 성인이며 이 나라 최고 수재 중 한 사람입니다.

이 말을 남기고 나는 벌떡 일어나 밖으로 걸어 나왔습니다. 내 등 뒤에서 녀석의 저질스런 쌍욕소리가 들렸습니다.

— OO놈, 말로는 안 되겠네. 사시미 칼로 배때지를 확 쑤셔 버려야겠어!

나는 뒤도 돌아보지 않고 밖으로 나와 버렸습니다. 아내는 지금 어떤 일이 벌어지고 있는 줄 알겠지만 전화 한 통 없이 조용히 하고 있었습니다. 나도 엽서 한 장 전화 한 통 안 했습니다.

아내는 나를 믿었고 나도 아내의 굳센 내면을 꿰뚫고 있었기 때문입니다.

'가죽잠바'와의 그 일이 있었던 한참 후에 처의 할머니가 나를 보자고 한다기에 뵈러 갔습니다.

집 안으로 들어서는 나를 보자마자 다짜고짜 욕설이 날아왔습니다.

— 이놈의 새끼! 이 엉큼한 놈의 새끼! 이 쳐 죽일 놈이, 이 늙은 놈이 어린 것을 농락해! 벼락 맞아 뒈질 놈, 갈기갈기 찢어 가루를 내어 죽일 놈의 새끼!

따귀를 마구 갈기더니 빗자루를 거꾸로 들고 때리고, 물바가지를 뒤집어 씌웠습니다.

어느 날은 K백조의 어머니가 직장 앞 커피점으로 찾아왔습니다. 입에 담을 수 없는 말들을 늘어 놓았습니다.

— 이 더러운 인간, 낯가죽에 개가죽을 덮어 쓴 인간

— 죽여 버려도 시원찮을 인간

— 미친 놈 환장한 놈, 거꾸러져 뒈질 놈

— 어린 제자를 꼬셔서 여관으로 데리고 간 파렴치한 놈

— 나이가 아비뻘이나 되는 놈이 어린 제자의 아랫도리를 벗긴 천한 놈

며칠 후 다시 집으로 찾아 와서는,

— 이 거지새끼들이나 사는 집구석, 돼지우리보다도 더 못한 집구석, 이게 인간이 사는 집이냐?

이날 구순(90)이 다 되신 어머니는 아무 말도 못 하시고 울기만 하셨습니다. 나는 어머니 앞에 꿇어 엎드려 "어머니 죄송합니다. 정말 죄송스럽습니다"를 100번은 더했을 겁니다.

또 다시 장모가 찾아 왔습니다.

— 야, 이 인간아! 정신 차려라! 아~나, 여기 있다! 내 딸이 정말로 너 같은 인간을 좋아하는 줄 아냐? 서울에서 혼자 공부하다 보니 너무나 외로워서 잠시 너같은 놈에게 홀린 거야!

그 다음은 조폭인간들 네댓 명이 몰려와서는 꼭 퇴근길을 가로 막고는 생선회 칼이나 야구 방망이를 휘두르면서 폭언을 내뱉었습니다.

― 저 씨팔놈 아래 것을 확 잘라 버려!

― 저 개새끼 꼴통을 확 쪼개 버려!

― 저 씹새끼 집구석을 확 불살라 버려!

한없는 저주와 욕설과 처절한 행패와 비열한 협박이 계속되었습니다. 하지만 우리 부부는 아무 일도 없는 것처럼— 당연히 있어야 할 일로 생각하며— 더욱 사랑을 이어갔습니다. 오히려 그런 일이 있을 때마다 우리 내외의 정은 깊어만 갔으며, 믿음은 놋쇠덩이처럼 굳어만 갔습니다.

그런데 어느 날 집으로 두툼한 등기 편지가 날아왔습니다. 내 아내의 아버지, 그러니까 K 백조의 부친이 보낸 편지였습니다. 나는 가위로 편지를 조용히 열었습니다. 손 글씨 편지였습니다.

| 그리움 3 |

장인의 편지 – G 선생에게

그간 자네와 내 딸 사이의 관계를 두고 많은 사람들이 자네의 심사를 불편하게, 아니 사납게 한 줄로 알고 있네. 내 백조의 아비로서 어찌 그간의 사정과 사연을 모르고 앉아 있겠는가?

지금까지 자네에게 가해졌던 참담하리만큼 사악하고 흉했던 행동들 뒤에는 내가 꺼먼 장막으로 가리고 앉아서는 아무것도 모르는 체 말없이 지켜보고만 있었다고 말하는 게 옳을 것이네.

오늘은 내 심정을 글로라도 써서 자네에게 전하려고 하니 천천히 조용히 읽어 주길 바라네.

내 그리 좋은 환경이 아닌 홀어머니 밑에서 의과대학을 나와서 의사가 되었네만, 이런저런 사정으로 결혼이 늦었네. 마흔이 다 된 나이에 결혼을 했네. 그런데 자식이 생기지 않았네.

그러더니 결혼 7년 만에 아이가 들어섰고 그 해에 아이가 태어났네. 그 녀석이 바로 내 딸 백조라네. 나는 처음으로 얻은 아이라 어리벙벙하였는데, 내 어머니 곧 백조의 할머니가 얼마나 좋아하시는지, 참으로 금이야 옥이야 그 정도가 아니었어……

나도 그 녀석이 방싯방싯 웃기 시작하면서부터 정이 가기 시작했네. 얼마나 예쁜지 밤낮 그 어린 것만 쳐다보면서 생활했지. 이놈이 자랄수록 어찌나 고운 짓만 하는지 몰라.

유치원을 다니면서부터는 모든 면에서 반짝이는 모습을 보이기 시작하더니 초등학교 때부터는 10여 학급이 넘는 학년 전체에서도 발군의 성적을 드러내는 것이었네. 미술, 음악, 무용, 글짓기…….

그래서 서울 강남에 집 한 채를 구입해서는 중학생일 때부터는 제 엄마와 함께 서울로 올라가 거기서 공부를 했다네.

나는 병원 일에 몰두하면서도 예쁜 딸이 보고 싶어서 밤낮 애를 태우며 지냈네. 어떤 때는 늦은 밤에 차를 몰고 그 예쁜 녀석을 보려고 서울까지 단숨에 달려가기를 정말 밥 먹듯이 했네.

내가 밤늦게 헐레벌떡 서울 집 현관문을 두드리면 이 녀석은 그 때까지 잠도 자지 않고 공부를 하고 있다가 문을 열고는 이 아비의 품에 안겨 울고 웃고 재롱을 피우고…… 정말 이 아비의 애간장을 녹게 했네.

나는 그놈이 얼마나 귀여운지 물고 빨고 쓰다듬고 흔들고 그렇게 밤을 새웠다네.

지금 나에게는 백조 말고 아들이 둘이 있네. 이건 참 내가 내 입으로는 처음으로 이 세상에 알리는 말이네. ……사실 이 두 아들은 백조의 요구로 입양한 아들들일세. 백조는 자라면서 항상 동생을 요구했는데, 동생이 통 생기지를 않는 걸세.

백조가 초등학교에 입학할 무렵에는 더 이상 동생을 바랄 수 없는 부모가 되어 있었네. 또 조금씩 철이 들면서 서울 생활에 외로움을 느끼는 것 같기도 했네. 그래서 가까운 집안사람들만 모여 회의를 한 끝에 친형제인 두 아이를 내 아들로 백조의 동생으로 맞이한 것이었네.

그래서 항상 내 마음이 풍성하였고 넉넉하였다네. 백조가 대학 진학을 생각할 때부터는 녀석 스스로가 이 아비의 뒤를 따르겠다면서 의과대학으로 진학하겠다는 것이 아니겠는가!

이 아비는 그 때 얼마나 기쁘고 좋은지 몰랐네. 나한테 백조는 하늘이 보내준 진짜진짜 천사 같았네. 왜인지 아는가? 나는 그 동안 나를 이어줄 자식이 있을까를 두고 알게 모르게 많이 생각하면서 깊은 걱정에 빠지기도 했거든.

아들 둘이 있지만 아직 그놈들의 능력은 알 수가 없었으니까. 백조가 의사가 되어 이 아비의 대를 잇겠다는 말이 있은 후부터 나는 정말 이 세상에서 제일 행복한 의사가 되어 있었네. 그리고 백조에 대한 나의 사랑, 믿음, 정성, 감사와 고마움은 실로 하늘을 찔렀네.

종합병원의 병원장으로서 힘 드는 일 신경 써야 할 일로 피곤하고 괴롭다가도 내 딸 백조만 생각하면 그야말로 만사가 형통이었다네.

그러나 입시에서 실패하고…… 또 재수까지 실패로 끝나자 나는 아비로서 이런 말 저런 말 한 마디를 못 하고 백조의 눈치만 살피는 신세가 되었다네.

그런데 이 녀석이 다시 몸가짐을 추스리더니 3수를 한다는 게 아닌가! 반갑기도 하고 겁도 나고…… 온 가족이 살얼음판 위를 걷는 생활을 하고 있는데, 백조의 일상생활에 갑자기 자신감과 용기가 끓어오르면서 즐겁고 쾌활한 3수 생활에 매진하는 게 아니겠어.

결과 그렇게 바라던 최고 대학의 의과대학에 넉넉한 성적으로 척!! 합격을 한 거야. 얼마나 기뻤는지 얼마나 울었는지 그리고 얼마나 웃었는지! 울산 시내의 술집에 있는 술과 고기를 다 비웠다네.

그런데 대학 2학년이 끝나고 본과에 올라가야 하는 겨울방학에 내려와서, 가족들에게 할 말이 있다면서 제 할머니, 이 아비, 제 엄마, 고모가 모인 자리에서

— 저 결혼하겠습니다.

하는 게 아닌가? 모두가 이게 무슨 소린가 하고 입들만 쩍 벌리고 하늘만 쳐다보면서 아무 말도 못 하고 있었네.

— 얘가 뭘 잘못 먹은 게 있나?

— 애가 뭐 헛것을 보았나?

그날 가족들은 마른하늘에서 날벼락을 맞은 모습으로 한참이나 넋 나간 송장들처럼 앉아 있었다네. 한참 후에야 제 고모가

— 너 지금 무슨 말을 하였느냐?

— 저 결혼하겠다고 했습니다.

또랑또랑하게 말하는 게 아니겠나? 그러자 제 할머니가 말을 이었네.

— 니가 아직 학생인데 졸업도 안 하고 시집을 간다고?

— 예! 할머니 저 결혼하겠어요.

이번에는 백조 어머니가

— 너 지금 제 정신이니? 너 졸업하려면 앞으로도 근 4년이나 남아 있지 않느냐?

— 예, 어머니 알아요.

— 그런데 뭐 결혼을 한다? 여보 당신이 의사이니, 이 애 병원으로 데리고 가서 진찰 한 번 해 보세요. 갑자기 무슨 병이 난 것 같아요.

— 어머니 저 멀쩡합니다. 저 결혼할 나이도 되었지 않습니까?

………

………

나는 미친 듯이 밖으로 뛰어 나와 버렸네. 백조 할머니는 어

이가 없으신 듯…… 하지만 간결하게 한 말씀 하셨다네.

— 얘들아, 오늘 백조가 한 얘기는 안 들은 걸로 하자. 너희들 모두 제 자리로 돌아가거라.

그날 밤 우리 모두는 벌어진 입을 다물지 못한 채 각자 위치로 돌아갔네. 서먹서먹하고 꺼끌꺼끌하고 찬바람이 숭숭 도는 이틀이 지나고, 제 엄마가 백조를 따로 조용히 불렀네.

— 얘야! 너 그저께 밤에 한 말이 무슨 말이냐? 다시 한 번 조용히 얘기해 봐라.

— 예 어머니, 저 결혼하겠다고 했어요.

— 결혼? 결혼? 너 결혼이 무엇인지 알고 그런 말을 하는 게야?

— 예 어머니, 잘은 몰라도 조금은 알 것 같습니다.

— 뭐, 결혼이 무엇인지 조금은 안다고? 그럼 너 누구하고 사귀고 있다는 말이냐?

— 예 어머니 저에게는 사랑하는 사람이 있습니다.

— 뭐, 사랑하는 사람이 있다고? 얼마만큼 사랑하는데? 그 상대는 뭣 하는 누구란 말이냐?

— 백조는 그 날 우리 가족 모두가 다시 모인 자리에서 자네에 대한 자세한 설명을 했네. 그 설명을 듣고 난 뒤 백조의 할머니, 어머니, 고모, 모두가 이런저런 공모를 하고는, 자네에게 그렇게 어설픈 행동들을 하였나 보네. 백조에 대한 애처로움과 답

답함과 갈팡질팡이 그런 모습으로 나타났는가 보네.

　G 선생, 자네! 자네와 내 딸 백조 사이가 그런 단계까지 이르렀다면 자네들 둘 사이는 무촌의 관계가 되었다는 말이 되겠지? 내 의사로서 남녀 사이 사랑의 밀도를 어찌 모르며, 또 이해를 못한다면 저 밀림 속의 까아만 원시인이 아니겠는가?

　그런데…… 그러나, G 선생! 나와 백조의 부녀지간의 그 진한 사랑의 관계를 자네는 경험해 봤으며 그 사랑의 깊이와 애절함을 자네는 이해를 할 수 있겠는가?

　앞에서도 얘기했지만 나는 조금은 어려운 환경의 홀어머니 밑에서 의과대학을 다녔고 그러다 보니 결혼이 늦었네. 거기다가 자식이 빨리 생기지 않아 오만 고통을 겪다가 늦게야 얻은 자식 하나가 백조일세. 자식이 오랫동안 생기지 않다가 보니 우리 내외는 사이가 그다지 좋지 않았는데 이 딸이 태어나고부터는 우리 가정은 지상의 낙원이 되었고, 딸은 정말 금지옥엽의 우리 집 우상이 되었으며 하나의 종교가 되어서 지금까지 구김살 하나 없이 꽃 피고 새 우는 집안이었네.

　이 녀석의 결혼하겠다는 말이 나오고 또 결혼하겠다는 상대가 보통 사람들이 생각하는 것과는 나이 환경 등이 너무나 큰 차이가 나서, 정말 날벼락을 맞고 대낮에 야구 방망이로 뒤통수를 얻어맞은 지경이 되었네. 이런 큰 뜻밖의 허무맹랑하다시피 한 사연 앞에서 우리 내외는 언성이 높아지게 되었다네.

— 에미라는 사람이 딸 교육을 어떻게 시켰길래~?

— 아니, 딸 바보 중에 상 바보가 되어 천날 만날 딸 하나만 껴안고 물고 빨고 하던 아비란 사람은 딸에게 뭘 어떻게 가르쳤기에~?

우리 부부 사이에는 매일같이 거친 말만 설왕설래 하다가, 어느 순간에 나는 완전히 이성을 잃고 미쳐버린 사내가 되어 백조 엄마를 두들겨 패기를 거듭하고 있었네.

세상에 말로만 듣던 일을 당한 아내가 모든 이혼 서류를 준비하여 이혼 소송을 제기했네!!

G 선생!

자네들 두 사람이 한 쌍이라면 우리 내외는 백발 부부가 아닌가? 30여 년 간의 부부 관계가 '딸 백조' 문제로 박살이 나게 되었고, 그 동안 쌓아 올렸던 사회에서의 내 인격, 내 살림, 내 인생이 모두 끝나게 되었네. 이 모진 불벼락을 맞은 우리 가정을 되돌려 놓는 유일무이한 길이 자네와 백조가 관계를 정리하고 백조가 집으로 돌아와 주는 길밖에는 다른 방법이 전혀 없네.

자네! 자네 한 쌍이 깨어지는 풍파의 고통을 왜 내가 모르겠는가마는 허연 머리의 우리 늙은 부부가 깨어지는 이 고통을 도와주지 않겠는가? 자네에게는 너무나 어처구니없는 궤변이 되겠네만, 자네가 죽을 각오를 하고 이쪽 사정을 한 번 고려해 줄 수는 없겠는가?

우리 부부가 깨어지고 병원이 남의 손에 넘어가고, 내 인생 내 인격이 모두가 산산조각이 난 세상이라면…… 자네도 이를 싫어하겠지?

G 선생!

도와주시게.

자네가 한 번 완전히 죽어 주시게.

죽음보다 더한 결단

2년 전 아내가 가족 모임을 가진 자리에서 "결혼하겠다!"는 폭탄선언을 한 이후 우리 내외는 그야말로 매일매일이 외줄타기 위에서 사랑의 꽃을 들고 걷고 있었습니다.

아내는 집에서 보낸 사람들에 의해서 학교에서 납치되어 울산으로 끌려가 한 달간이나 뒷골방에 갇혀 있기도 하였고, 그래서 한 학기가 휴학이 되기도 하였습니다. 집에서 일체의 생활비를 단절하여, 마땅한 일이지만 내가 다 부담하였으니…… 아내는 그것이 또 미안해서 얼굴을 붉혔습니다. 나는 이러지도 저러지도 못할 지경이었습니다.

또 나에게는 깊은 밤 이른 새벽 할 것 없이 별별 희한한 공갈 협박 전화가 오고, 죽여 버리겠다! 살려 주겠다!는 모질고 악독한 주문도 부지기수였습니다.

그러나 우리 부부는 어떤 고난 어떤 역경에서도 다 참고 견딜

수가 있었지만 K 백조 부모님들이 '이혼'을 하게 생겼다는 이 절박하고 엄청난 현실 앞에서 정말 우리 내외는 목숨을 건 결단을 내려야만 했습니다.

이 죽음보다 더한 결단을 내리려고 우리 부부는 다투기도 많이 하고 피눈물을 흘리면서 엄청난 통곡을 하기도 하였습니다.

우리 부부는 지난 석 달 동안— "헤어지자 말자! 헤어져야 한다!" "헤어지면 안 된다!" "그래~ 그럼 헤어진 후 그 나머지 인생의 시간은 어떻게 보낼 거냐?" 싸우고 화해하고 또 싸우고 울고 부둥켜안고, — 간다 못 간다 얼마나 울었나, 정거장 마당이 한강수가 되었네— 라는 노래가 우리 내외를 두고 만든 노래 같았습니다.

결과는…… 죽음을 맞이하자! 우리 부부의 사랑을 죽이자! 이 몹쓸 사랑을 죽이자! 이 참극의 사랑을 불태워 버리자! 울고 불고 또 울고의 연속이었습니다.

소리 치고 악 쓰고 피를 토하고. 우리의 마지막 순간엔 얼굴을 마주 보며 무슨 이야기를 나눈다는 것은 절대로 불가능했습니다.

그래서 각자 마지막 편지를 써서 오늘 북한산 자락 조용한 곳 바위 위에서 이 피 묻은 편지를 주고받고는 각자 '죽음의 길'로 들어선 것입니다.

휘청휘청 꿈인지 생시인지 모를 완전히 도깨비에 홀려 정신을 몽땅 날려 보낸 나는 집 현관문을 열고 들어서자 기둥이 쓰러지듯 앞으로 푹 고꾸라지고 말았습니다.

비몽사몽이었습니다. 가슴은 터질듯이 답답하고 철철철 눈물만 쏟아져 내렸습니다.

몇 시간 동안 눈물콧물 땀을 쏟아내고 식은땀을 흘린 후에 일어났습니다. 이별한 지가 몇 시간밖에 안 되었는데 천 년 만 년이 지난 것 같았습니다. 아내의 얼굴이 벌써 가물가물해져 가고 있었습니다.

냉장고에서 맥주 몇 병을 꺼내어 숨도 쉬지 않은 채 대여섯 잔을 벌컥벌컥 마셨습니다.

천장이 돌고 방 안이 돌고 내 눈알도 내 몸도 빙글빙글 돌았습니다. 미칠 것만 같았습니다. 밖으로 뛰쳐나와 그 큰 동네를 처벅처벅 마구 걸었습니다. 거리에는 오가는 사람도 없었고 모든 집들의 전등도 거의 다 꺼져 있었습니다.

어린이 놀이터 그네 위에 앉았습니다. 세상이 빙글빙글 돌았습니다. 눈물을 훔치고 콧물을 팽팽 풀어 던지고…… 집으로 돌아와 옷도 벗지 않은 채 그냥 쓰러졌습니다.

밖에서 어머니의 인기척 소리가 들렸습니다.

날이 밝아졌습니다. 나는 물 한 모금도 마시지 않은 채 가방을 들고 직장으로 향하고 있었습니다.

"어제 우리가 무얼 했지? 무슨 일을 저지른 거야? 아니 내가 무슨 미친 발광을 한 거야?"

곧 버스가 와서 타고 자리에 앉아서는 두 눈을 꼭 감고 머리를 좌우로 마구 흔들었습니다.

"아니야! 아니지 아닐 거야! 정말 꿈이었을 거야!"

자꾸만 중얼거렸습니다. 광화문에 내렸습니다. 그 앞 큰 건물 외벽에 커다란 현수막이 걸려 있었습니다.

거기에는 "나는 그대가 곁에 있어도 그대가 그립다!"는 글이 씌어 있었습니다. 어지럼증이 몰려 왔습니다. 구름떼처럼 폭풍우처럼 어지럼증이 몰려 왔습니다. 걸을 수 있기는커녕 서 있을 수도 없었습니다. 인도에 그냥 털썩 주저앉았습니다.

한참 동안을 노숙인처럼 그렇게 쓰러지다시피 앉아 있다가 약국에 들어가서 드링크 두 병을 사서 쿨컥쿨컥 모두 마셨습니다. 하루 일과가 언제 시작되었고 언제 끝났는지 몰랐습니다

허느적허느적 집으로 돌아왔습니다. 눈치를 채신 어머니가 나에게 무슨 말씀을 하시려다가 머뭇머뭇 하시면서 내 주변만 돌고 있었습니다.

아이들까지도 무슨 낌새를 챘는지 조용 조용히들 저들 방 안에서만 처박혀 있었습니다.

어머니가 내 방까지 들고 온 밥상 위에는 쌀로 끓인 흰죽 한 사발과 맨간장 종지 하나가 놓여 있었습니다. 죽 한 숟가락을 먹

고 내가 밥상을 들고 부엌까지 갔으나 어머니께서는 역시 아무 말씀도 하지 않았습니다. 방 안으로 돌아 와 전등을 모조리 다 켜고는 책상 앞에 앉았습니다.

그래! 내가 내 발등을 내 도끼로 이렇게 모질게 찍어 내린 일, 내가 내 눈동자를 내 송곳으로 이렇게 독하게 찌른 일, 내가 내 지게에 섶을 잔뜩 지고 기름 불덩이 속으로 이렇게 억차게 뛰어든 일…… 이성적이고 합리적이고 순리적인 아내가 그렇게도 싫다는 '이별'을 거의 강압적으로 막말까지 써 가면서 팔이 찢어지고 다리가 찢어지고 심장을 칼로 도려내는 아픔을 작정하면서도 기어이 그런 결론을 내린 이유가 무엇이었던가?

처가집 식구들의 그 야멸차고 싸늘한 냉대와 반대, 그리고 족제비 눈알 같은 깡패새끼들의 폭압 협박 공갈이 아니었습니다.

그것은 K 백조와 나와의 엄청난 사회적 간극이었습니다. 나는 이혼남이었고 나이는 스물두 살이나 많았고, 거의 장성하다시피한 아들을 둘이나 두고 있는 중늙은이 홀아비였습니다. 거기에 비해서 아내는 스무 살이 조금 지난 어린 처녀로 한국 최고 대학의 의과대학 재학생이었습니다. 그리고 그녀는 실질적으로 우리나라 최고 최대의 종합병원장의 무남독녀였습니다.

내가 K 백조와 그렇게 붙어 다니면서도 한 번도 '신체 접촉'을 요구하거나 그와 유사한 행동을 시도하지 않은 것도, 내 마음 속에 그 나이 차이와 사회적 환경의 깊고 넓고 두터운 괴리감이 있었기 때문입니다. 내 속마음을 현미경으로 들여다 보듯이 환히 꿰뚫고 있는 아내는 육체적 관계가 있을만한 경우에는 순간순간을 재치있고 유머러스하게 넘나들었습니다.

특히 나에게는 홀어머니가 계신데 아버지가 서른다섯에 저쪽 별나라로 가시고 60년 가까운 세월을 홀로 사시는 모습을 눈물로 측은히 바라보면서 살아가는 나였습니다. 나는 언제나 속으로 "백조는 안 돼! 나이 때문에 안 돼!" 그녀를 과부로 만들어 이 세상에서 혼자 오래오래 살아가게 할 수는 없어! 그건 절대 절대로 안 돼! 백조는 영원히 행복해야 해!…… 이것이 나의 가슴 속에서 우러나오는 '양심의 소리'였습니다.

그래서 지난 3개월 동안 울다가 웃다가 품에 안았다가 휑 돌아서 앉았다가…… 한숨과 비탄과 슬픔과 억울함과 안타까움, 가슴이 갈라지고 머리가 깨어지고…… 한 번 헤어지면 절대로 두 번 다시는 만나지 않게!……까지의 약속을 하고 또 다짐을 하였던 것입니다.

어느 날은 K 백조가 나에게 말했습니다.

— 여보, 저도 당신을 생각하면 제가 당신 곁을 떠나야 된다고 생각하고… 꼭 실천해야 된다고 마음 먹을 때가 있어요. 당신은 공부할 때 가난 때문에 고생이 많으셨고 또 이혼으로 모든 것을 다 날리다시피 하였고 무엇보다 저를 만나 지난 몇 년간 온갖 고초를 겪으시고…… 당신 여생의 행복을 위해서라도 제가 당신

곁을 떠남이 옳다~는 생각을 많이 했습니다. 그러나 제 마음이 제 몸이, 제 발걸음이 당신 곁을 떠나지 않으니……

여기까지 울먹울먹 하면서 말을 이어오던 그녀는 내 목을 꼭 껴안고는 대성통곡을 하는 것이었습니다. 내가 그녀의 장래 행복을 위해서 어떤 고통 어떤 아픔 어떤 슬픔이 와도 보내 주어야만, 내가 인간일 것 같았던 것처럼, 그녀는 그녀대로 나의 나머지 인생이라도 마음 편히 해 주려고 그 울음 그 흐느낌 그 발버둥을 치면서도 내 곁을 떠나려고 하지만, 그게 안 된다는 것이었습니다.

그러나 이제 우리 부부는 목숨보다도 더 귀하고 더 순수하고 더 맑은 사랑을 내려놔야 했습니다.

언젠가 아내는 내 품에 안겨 이런 말을 했습니다.

여보~!

저를 딸같이 사랑해 주실 거죠?

저를 아내로 사랑해 주실 거죠?

저를 인간으로 사랑해 주실 거죠?

저를 제자로 사랑해 주실 거죠?

한 가지를 묻고는 내 눈동자를 뚫어지게 바라보면서, 나의 "그럼, 그렇고 말고요~!" 이 언약의 대답을 하나하나 다 받아냈습니다.

지난 4년 동안 하늘같은 약속, 바다같은 언약, 땅 같은 손가락 걸기, 태양처럼 밝게 달빛처럼 은은하게 별빛처럼 초롱초롱히…… 맺고 맺었던 약속들.

친정 부모님의 파뿌리 이혼을 막으려고 우리 부부의 처연한 이별이 있어야만 했던…… 목줄이 끊어지고 숨통이 막히고 아득하고 까마득하고 새카만 우리 부부의 헤어짐.

나는 벌써 며칠째 먹지도 마시지도 못하고 잠도 못 자고 있었습니다. 오늘 점심 시간이었습니다. 동료들은 모두가 식당으로 씩씩하고 활기차게 웃으면서 신나게 갔습니다만 나는 직장건물 뒤편에 있는 동네길 인도의 턱돌에 주저앉아 있었습니다.

그 동안 옷도 갈아입지 않고 지냈던가 봅니다. 바짓가랑이는 너덜너덜하게 더러워져 있었고, 윗옷은 꼬질꼬질하게 얼룩이 져 있었습니다.

집에 가서 옷이라도 갈아입고 앉았다가 죽어도 죽어야겠다고 생각했습니다. 안 먹어도 안 마셔도 배가 고프지 않았고 목이 마르지도 않았습니다.

몇 밤을 뜬눈으로 보내어도 눈빛은 더욱 번쩍이는 무서운 광채가 쏟아지고 있었습니다. 지난 주 토요일과 일요일이었습니다. 어머니는 제 큰어머니의 별세로 시골로 장례를 보러 갔습니다. 아이들 둘도 할머니를 따라 잔뜩 겁먹은 눈빛으로 불안 가득한 마음으로 내려갔습니다. 말할 것도 없이 나도 마땅히 가야할 일이었지만 내 몸과 맘이 갈피를 잡지 못해 크나큰 불효를 할 수 밖에 없었습니다.

어머니는 아이 둘을 데리고 당신의 큰동서가 떠나는 먼길을 배웅하려 가시면서 나를 보고 "마음 단단히 먹고 한 사흘간 집 잘 보고 있게~" 하시고는 대문 밖으로 나갔습니다.

무언가 한 말씀하고 싶었지만 집안 어른의 큰일을 둔 앞에서 세세히 묻고 알아볼 때가 아니라고 생각하신 모양입니다. 나는 두툼한 봉투를 어머니께 올리면서, 큰집 형님께 안부와 위로를 올린다는 인사와 어머니 아이들 데리고 잘 다녀오시라고 조용히 말했습니다.

세 사람이 큰 대문을 닫고 밖으로 나가자 큰 집안은 캄캄하고 시커먼 동굴, 아니 큰짐승의 아가리속 만큼이나 무섭고 겁이 났습니다. 곧 양쪽 귓속에서 찌잉~ 찌잉~하는 이명(耳鳴)이 울리기 시작하였습니다.

나는 베란다 쪽의 3중 창문을 열고 거실의 맨바닥에 주저앉았습니다. 창 밖은 잘 가꾸어진 마을의 동산이며 동네 어린이 놀이터였습니다.

온 몸이 땅속으로 푹 꺼져 들어가는 것만 같았고, 머릿속은 아내의 이런저런 모습 그런저런 목소리들이 마구마구 들려왔습니다. 전신이 부르르 떨려 머리를 흔들어대며 두 눈을 꼭 감고 두 손은 깍지를 꼭 끼고는 벼락을 맞아 떠는 짐승처럼 하고 있었습니다.

머릿속이 어릿어릿해지면서 이제 아무 생각도 안 나는 뜬구름 위에 앉아 있는 것만 같았습니다. 벌써 해는 지고 집안 사방에는 저승사자 같은 어둠이 자리잡기 시작하고 있었습니다.

내가 꿈을 꾸고 있는 건가? 내가 지금 악몽에 시달리고 있는 건가? 대문 쪽에서 아내가 문을 열고 예의 그 환하고 미소 가득한 얼굴로 현관으로 들어서고 있었습니다.

— 여보, 저 왔어요. 저 기다리고 계셨지요?

나는 눈을 부릅뜨면서

— 어! 어! 당신! 당신!

꿈도 아니었고 허깨비가 보인 것이었습니다. 속에서 불이 타오르기 시작하였습니다. 시뻘건 용암이 부글부글 북적북적 끓어 올랐습니다. 오장육부가 뒤집혀지는, 환장한다는 말이 이럴 때 만들어진 모양이었습니다. 정말 미쳐버릴 것 같았습니다.

— 여보, 백조 백조!

나는 창자가 끊어질 것 같은 큰소리로 울부짖었습니다. 참으로 소리 없는 아우성이었습니다. 밤이 깊어지는가 싶더니 벌써 새벽이 왔나 봅니다. 골목길에 사람들이 다니기 시작하였고 각자 집 앞에 세워 둔 자동차들의 시동 거는 소리가 들렸습니다.

나는 울고 있었습니다. 온통 눈물로 범벅이 된 채로 그렇게 맨바닥에 그대로 앉아 있었던 것입니다. 토요일이 가고 일요일 아침이 밝았습니다. 맨바닥에 꼼짝도 않고 양반 다리로 앉아 있었더니 다리가 펴지질 않았습니다.

만사가 아득하고 만물이 노랗게 보였습니다. 어릴 적에 소에게 꼴을 뜯기러 산 위로 가서 소를 풀밭에 던져 놓고는 뒤로 벌렁 드러누워 큰 소리로 외워대던 시 한 편이 울컥 저 까만 동굴 속에서 들려오고 있었습니다.

초혼

산산이 부서진 이름이여
허공 중에 헤어진 이름이여
불러도 주인 없는 이름이여
부르다가 내가 죽을 이름이여

....

설움에 겹도록 부르노라.
설움에 겹도록 부르노라.
부르는 소리는 비껴가지만
하늘과 땅 사이가 너무 넓구나.

선 채로 이 자리에 돌이 되어도
부르다가 내가 죽을 이름이여
사랑하던 그 사람이여!
사랑하던 그 사람이여!

정말 이 자리에 앉아서 돌이 되는 것 같았습니다. 먹지도 마시지도 않고 잠도 자지 않고 이 맨바닥에 앉은 지도 마흔 시간이 지나고 있었습니다.

상갓집에 가셨던 어머니가 아들들을 데리고 대문을 열고 현관 안으로 들어서고 있었습니다.

나는 일어서려고 버둥대었지만 이미 돌덩이처럼 굳은 내 몸은 말을 듣지 않았습니다. 힘없이 큰 고목이 쓰러지듯이 모로 쿵! 하고 거실바닥에 처박히고 말았습니다.

어머니가 내 입에 물을 떠 넣고 아이들이 내 온 전신을 주무르고…… 혼비백산 기절초풍을 한 후에야 질질 끌려서 방 안의 요 위에 누웠습니다.

사흘 만에 완벽한 송장이 되었던 모양입니다. 새벽에 일어나서 가방을 들고 비척비척 대문을 나섰습니다. 머릿속에는 고장 난 자동차의 엔진 소리가 들리고 가슴속에는 낡아빠진 시골 정미소 모터가 돌아가고 있었습니다.

등줄기에서는 한 여름의 장맛비가 억세게 쏟아져 내리고 있었으며, 두 다리는 폭풍우에 나부끼는 깃발 같았습니다. 온 몸의 힘이 한꺼번에 쭈욱 빠져 나가면서 전신이 풍선 터지듯이 그렇게 땅바닥에 주저앉았습니다.

악을 썼습니다. 이빨들이 깨어지도록 앙 다물었습니다. 직장

옆에 있는 대중목욕탕에 들어갔습니다. 헉! 헉! 헉! 가슴이 막히고 목구멍이 닫히고 눈알이 핑핑 돌아 물속에 그냥 '콰당' 하고 모로 쓰러지고 말았습니다.

아득했습니다. 정말 캄캄하였습니다. 귀신 소리가 들렸습니다. 어머니의 얼굴이 보이고 자식 놈들의 우는 모습이 보였습니다. 버둥덩 버둥덩…… 죽은 송장이 깨어나듯 다시 눈을 뜨고 물 위로 고개를 쳐들어 올렸습니다. 머리 위에서부터 땀이 죽사발에서 흰죽이 쏟아지듯이 그렇게 그렇게 흘러 내리고 있었습니다.

수건으로 겨우 땀을 닦고는 3년 썩은 송장이 걷듯이 목욕탕에서 어기적어기적 허느적허느적 걸어 나왔습니다. 약국으로 들어가서 드링크 세 병을 한꺼번에 꿀꺽꿀꺽 마셨습니다.

하루의 일과가 꿈처럼 안개처럼 포연 속에서처럼 그렇게 끝났습니다. 택시를 타고 집으로 왔습니다. 어머니께서 무거운 입을 열었습니다.

"이 사람아! 정신 차리게. 저 어린 두 놈들을 어찌 하려는가? 세상살이에 되는 일도 있고 안 되는 일도 있지 않던가? 남자답게, 한 가정의 가장답게 처신하게. 아이들에게 부끄럽지 않게 하시게."

정신이 번쩍 들었습니다. 그렇습니다. 내가 이러고 있을 때가 아니지 않습니까? 나 이외에는 아무도 돌볼 이 없는 늙으신 어머니와 중학생인 아들과 초등학생인 둘째 놈.

나도 모르게 또 힘없는 눈물이 줄줄 흘러내리고 있었습니다. 나는 눈물을 훔치면서

"어머니, 밥상 차려 주십시오." 했습니다.

저녁을 먹고 오랜만에 내 책상 앞에 앉았는데 창문에 빗방울이 부딪히는 소리가 났습니다. 밖에는 비가 오고 있었습니다. 시간은 새벽 2시가 지나가고 있었습니다.

바람이 불기 시작하였습니다. 대문 여는 소리가 들리는 것 같았습니다. 내 몸이 소스라치게 놀라면서 온몸에 소름이 확 돋아 올랐습니다.

대문을 열고 아내가 '여보!' 하면서 들어오는 모습이 보였습니다. 깜짝 놀라 뛰어나갔더니 하늘을 가르는 벼락치는 소리와 그 광채였습니다. 속이 꽉 막혔습니다. 가슴이 완전히 막혀 숨을 쉴 수가 없었습니다.

— 이 사람이 정말 간 것일까? 우리는 정말 헤어졌는가? 이별이 이런 것인가?

나는 현관 밖의 계단에 앉아 비를 맞으면서 하염없이 대문 쪽만 바라보고 앉아 있었습니다.

가시리 가시리잇고

버리고 가시리잇고

날려는 어찌 살려하고

버리고 가시리잇고

잡사와 두어리마나는

선하면 아니올세라

설온님 보내옵나니

가시는듯 도셔오쇼셔.

나는 비에 옷이 함빡 젖을 때까지 계단에 앉아

가시는듯 도셔오쇼셔.

가시는듯 도셔오쇼셔

만 중얼거리고 있었습니다.

한 달 동안 울다가 웃다가 먹다가 굶다가 자다가 깨었다가를 거듭했습니다. 몸도 마음도 반쪽만 남아 있었습니다. 이 세상의 무엇을 봐도 무슨 생각을 해도 아득한 까망뿐이었습니다. 단 하나는 끊임없이 피었다 지는 아내의 미소 짓는 얼굴뿐이었습니다.

어머니의 격려와 독려 아이들의 섬세한 눈치 한 집의 가장으로서의 무게, 나는 정신을 차리고 일어서는 일 밖에는 아무것도 뾰족한 방법이 없었습니다. 휑한 머릿속 허무하고 허황한 가슴 속 뼛속 깊이 텅텅 비어 껍질만 남은 내 육체.

나는 그렇다손 치더라도 아내는 지금 어떤 사정에 처해 있을까? 그 순박하고 정결하고 극히 지성적이며 다정하고 사려깊은 나의 아내 K 백조! 이 나라 최고 대학의 의대생, 나와 더불어 한 가정을 반듯한 정상 위의 정상으로 만드려고 주춧돌을 세우고, 야심차고 치밀하게 계획을 세워 나갔던 그 젊고 당찬 나의 아내! 이게 꿈이런가? 뜬구름이런가?

한낮에 떴다가 사라져 버린 무지개였던가?

나는 뼈골이 녹아내리고 핏줄의 피가 오그라들었으며 전신의 신경이 마비가 되고 대소변이 멈추는 극한의 지경이 되었습니다.

하지만 살아남으려면 이제는 정신을 바짝 차리고 일어서야겠다는 독한 마음을 가져야겠다고 입술을 깨물었습니다.

경주의 밤

아내와 이별 후 두 번째 새달을 맞이하면서 나는 주말을 혼자서 여행 아닌 여행을 하기로 하였습니다. 그 첫 여행지는 경주였습니다. 우리 내외는 신혼여행지로 경주를 선택했던 것입니다.

할 이야깃거리도 많고 배우고 익힐 것도 많은 고적의 도시였기 때문입니다. 그 때 우리 내외는 경주에서 2박을 하였습니다. 1989년 12월도 저물어 갈 무렵 우리 부부는 경주로 여행을 왔습니다.

'신혼여행'이었습니다. 우리는 서로의 호칭을 "여보! 당신!"이라고 부르는데, 조금의 주저함도 어색함도 없는 경지가 되었지만 아직까지 "초야를 치르지는 않았습니다."

여행 첫날은 불국사와 석굴암과 첨성대를 돌았습니다. 나는 국사 선생이니까 물론 경주 고적 이야기는 잘 알고 있었지만, 아내는 국사시간에 배운 지식과 중학교 때 수학여행으로 이곳에 왔던 일까지, 실로 꿴 듯이 잘 알고 있어서 둘은 이야기들이 너무나 잘 통해 더욱 즐거웠습니다.

아내는 빛 곱고 살결 보드라운 명주실 같은 여인이었으며 기지와 순발력과 유머와 스토리텔링 기술이 나보다 훨씬 더 고차원적이었고, 끊고 맺음의 담백함과 여운이 너무나 조화로워 잘 짜여진 모직처럼 포근하고 따뜻하고 정갈하고 상큼하였습니다.

저녁을 먹고 예약해 둔 숙소로 들었습니다. 씻어야 했습니다. 지금까지 일 년 반이 넘도록 껌딱지처럼 붙어 다녔지만 이렇게 좁은 공간에서 서로가 벗은 몸을 본 적은 한 번도 없었습니다.

내가 쭈볏쭈볏해 하면서 어물어물 하고 있으니까 아내가 활짝 웃으면서

— 여보 씻으세요. 오늘 하루 종일 걸어서 피곤하실 텐데.

— 아 그래요. … 뭐 천천히 씻지요.

— 그렇게 수줍으세요? 우리는 부부예요. 내외지간이라구요.

— 알았어요 씻을게요.

나는 겉옷만 벗고 속옷은 입은 채로 욕조 안으로 들어가서는 문을 걸어 잠갔습니다. 밖에서 아내의 '하하하~' 하는 밝고 맑은 청량한 웃음소리가 들렸습니다.

나는 욕조에 물을 천천히 충분히 받은 뒤 어슬렁 어슬렁거리며 몸을 씻었습니다.

— 이걸 어쩌나?

몹시 설레면서도 참으로 당혹스러웠습니다. 우리는 마음속으로는 충분한 부부 사이였지만 아직 한 번도 몸을 섞은 사이는 아닌데……

— 내가 무슨 자격으로 저 사람한테 그 짓을 한단 말인가?

우물쭈물 하고 있는데 아내가 문을 톡톡 두드리면서

— 아직 멀었어요? 무슨 샤워를 그렇게 오래 하세요? 날 새겠어요.

하며 하얗게 웃고 있었습니다. 나는 수건으로 몸을 닦고 속옷을 입고는 밖으로 비실비실 외통수로 걸어 나왔습니다.

아내는 샤워 준비를 다 마치고는 기다리고 있었습니다. 나는 얼굴을 돌려 창밖을 내다보고 있었습니다. 아내는 나를 껴안고 가벼운 입맞춤을 하고는 안으로 들어갔습니다.

나는 침대 위에 앉아 눈을 껌뻑껌뻑 하면서 어떡하지? 어떻게 해야 하는 거야? 비 맞은 중처럼 중얼거리고 있었습니다. 곧 아내가 밖으로 나왔습니다.

나는 반눈을 뜨고 그녀를 봤습니다. 박속같은 피부에 잘 깎은 가슴과 버들가지 같은 낭창낭창한 허리와 설날 잘 뽑은 긴 가래떡 같은 두 팔과 두 다리가 보였습니다. 내 목은 자라목이 되어 양어깨 속으로 기어들어 가고 있었습니다.

— 여보, 이게 당신 아내의 몸이에요. 한 번 봐 주세요. 이리 와서 저를 한 번 안아 주세요.

― 으응 웅 그래 그래요.

나는 일어나서 외로 걸으면서 아내 곁으로 갔습니다. 아내가
내 목을 두 팔로 꼭 껴안고는 진한 키스를 퍼부었습니다.

― 여보, 사랑해요. 우린 부부예요. 어색해 하시거나 수줍어
하시지 마세요.

한참을 뜨겁게 안고 있던 우리는 감은 팔들을 풀었습니다.

― 여보 저 머리 손질 좀 할게요.

아내는 거울 앞에 앉더니 머리를 매만지면서 조용한 미소를
띠고 있었습니다.

― 나, 나가서 포도주라도 한 병 사 올까요?

― 이 밤에요?

한참 뜸을 들이던 아내는

― 그렇게 하세요. 마음을 진정시키고 싶은 거죠?

― 나, 나가서 뭘 좀 사 올게요.

나는 밖으로 나왔습니다. 해방이 된 기분이었습니다. 만세라
도 부르고 싶었습니다. 싸늘한 밤공기가 그렇게 상쾌할 수가 없
었습니다. 저 아래편 가로등 밑에 가게가 보였습니다. 문을 열고
들어갔습니다. 주인이 없었습니다. 나는 큰소리로 주인을 불렀
습니다.

얼마 후에 주인 내외가 가게에 딸린 방문을 열고 나오는데 두
사람이 옷매무새를 고치면서 뻘건 얼굴로 나왔습니다. 나는 맥

주, 포도주, 고량주, 사이다, 우유, 과자 등을 한 봉지 가득 사 들고는 느릿느릿 걸어 올라왔습니다.

— 이 밤을 어떡하지? 내가 무슨 자격으로? 우리는 정말 몸까지 섞는 부부가 되어도 되는 걸까?

이런 저런 생각에 도리질을 하면서 방문을 두들겼습니다.

— 술도가(주조장)까지 갔다 오세요? 저는 날 새는 줄 알았어요. 옛 글에 이런 글이 있었잖아요? "짧은 밤에 물레만 돌릴 건가요?" 라는 노래가 있잖습니까?

항상 차분하던 아내가 따발총을 쏘듯이 옛 글 한 토막까지 끌어내고 있었습니다.

— 가게가 참 멀리 있네요.

나는 목구멍으로 기어 들어가는 소리로 변명을 하고 있었습니다. 아내는 준비해 온 잠자리 날개 같은 잠옷으로 곱게 갈아입고 얼굴을 깨끗하고 단정하게 마무리한 후 나를 기다리고 있었습니다.

— 자! 한 잔씩 합시다.

— 뭘 이렇게 많이 사 왔어요? 웬통 술이군요.

— 좀 마실려구요.

나는 고량주와 다른 술을 섞어서 마구마구 퍼마신 다음에 잠에 곯아 떨어져 버려야겠다는 심산으로 정말 술을 잔뜩 사들고 왔던 것입니다.

— 여보, 술 많이 들지 마세요. 저 당신 옆에 누워서 고이 잘 게요.

아내는 가느다란 목소리에 힘을 주어 또박또박 내 마음을 다 알고 있다는 듯이 표현했습니다. 우리는 식탁 위에 사온 것을 펴 놓고는 나는 맥주를 아내는 우유 한 잔씩을 따랐습니다.

— 여보 우리는 부부예요. 밤이 되었든 낮이 되었든 당신은 본래의 당신답게 저를 대해 주세요. 당신은 제가 무서우세요?

눈을 동그랗게 뜨고는 내 얼굴을 뚫어지게 바라보았습니다.

— 알았어요. 그런데 그런데 내가 무슨 '자격'으로…….

— 무슨 자격이라니요. 당신은 저의 남편이에요. 남편 자격 으로 대하세요.

— 알았어요. 그런데 그래도, 그래도 되나요?

아내가 나를 살포시 안으면서

— 저도 성인이에요. 당신을 남편으로 맞을 모든 준비가 다 된 완숙한 여인이라구요.

우리는 침대 위로 올라갔습니다. 발가벗은 몸을 처음으로 꼭 껴안았습니다. 중심부는 서로가 약간씩 뒤로 엉거주춤 내밀고 있었습니다. 두 사람의 숨이 가빠져 갔습니다.

마침내 내 손이 아내의 가슴으로 갔습니다. 지금까지 옷 위 로 팔꿈치가 닿거나 손이 가볍게 닿기는 했지만 이렇게 알몸의 가슴에 손을 대기는 처음이었습니다. 이제 둘은 옆으로 누워서 뒤로 내밀고 있던 중심부를 딱 갖다 붙였습니다.

오랫동안 그렇게 참아 온 나의 거기에서 봇물이 터지기 시작하였습니다. 아내가 거기에 뜨거운 손을 대었습니다. 아내의 콧구멍에서 터져 나오는 김이 화끈화끈 달아올라 내 목을 뜨겁게 하였습니다.

— 여보, 제 거기를 가볍게 터치해 주세요.

나의 손이 드디어 아내의 그 곳에 처음으로 닿았습니다. 아내는 불덩이처럼 달구어진 몸을 파르르 떨면서 진한 더운 물을 분출하는 모양이었습니다. 우리는 꿈속의 운우의 황홀경에 정신없이 깊이 빠져들고 있었습니다.

두 사람의 목구멍에서 하늘이 처음 열리는 은밀한 소리가 새어 나오고, 몸은 태풍에 오동나무 잎이 날리고 떨듯이…… 하늘이 깨어지고 땅이 터지듯이…… 한참 후에 아내는

— 여보 가만히 계세요. 좀 있다가 휴지로 제가 정리할게요.

나는 말없이 아내를 죽을 듯이 껴안았습니다.

한참 후 자리를 정리하고는 냉수 한 잔씩을 마셨습니다. 우리는 포옹하고 키스하고 더듬으면서 사정까지 다 하는 아주아주 진한 그런 초야를 치렀던 것입니다.

아침에 눈을 떴을 때는 아홉 시가 다 되어 있었습니다. 우리는 꼭 껴안고는

— 여보, 사랑해요.

— 고마워요 당신.

서로를 확인한 다음 우리는 아침을 먹고 오늘은 안압지와 경주 박물관을 둘러보기로 하였습니다.

안압지로 걸어가면서 아내는 어제 가 보았던 첨성대 이야기를 하였습니다. 선덕여왕이 여성으로서 평탄치 못했던 결혼 생활을 얘기하면서, 여성 특유의 애잔함과 안타까움을 작은 소리로 정확하게 이야기했습니다.

나는 아내의 손을 꼭 잡아 주면서 앞으로 더욱 더 사랑하겠다는 다짐의 신호를 보냈습니다. 박물관에서는 내가 임신 서기석(壬申誓記石)에 대해서 설명했습니다. 신라의 두 화랑이 학문에 전념할 것과 국가에 충성을 다할 것을 맹세한 비문인데, 두 화랑은 하늘 앞에 이를 깊이 맹세하고 있습니다.

만약 두 사람이 이 서약을 어기면 하늘에 큰 죄를 짓는 것이니…… 설명을 이어 가면서 우리 부부는 깍지 손을 더욱 꼬옥 잡으면서 굳센 사랑을 약속하고 있었습니다.

안압지에서는 아내의 평상시 습관대로 특유의 메모지를 꺼내어 그 유래와 역사적 가치를 하나하나 적어 나가고 있었습니다. 그 글씨 쓰는 모습을 보고 있으면 얼마나 진지하고 성실한지 나는 언제나 숙연해집니다.

두 번째 밤을 맞이하였습니다.
— 여보, 당신은 오늘 왜 피임약을 구입하지 않으셨어요?
— 피임약이요? 생각도 못 했는데요.

— 아까 시내에서 저라도 구입하려다가 그냥 왔어요. 여자에게는 참 중요해요. 허니문 베이비가 있어요. 신혼 첫날 밤 첫 정사로 바로 아이가 생길 수 있어요.

— 그래요. 그렇지만 그런 걸 내가 어떻게…….

— 좋아요. 저에게는 더 잘 된 일이에요. 사실 저도 아직까지는 많이 망설여져요. 여자에게는 인생일대의 가장 큰 사건인데…… 여보, 다음 기회로 남겨 놓아야겠어요.

우리 내외는 어젯밤과 똑같은 사연을 엮으면서 경주에서의 2박 3일간의 신혼여행을 산뜻한 감동과 벅찬 감격으로— 피 흘림 없이— 끝낼 수 있었습니다.

나는 오늘 경주로 내려오면서 바로 감은사지(感恩寺址)로 왔습니다. 몇해전 아내와 신혼여행을 왔던 그 길로 접어들었다가는 가슴이 터져 당장 그 자리에서 죽을 것 같아서였습니다.

— 여보, 나의 아내 K 백조!

당신의 고운 손을 잡아보지 못한 지도 어느덧 두 달이 지나갑니다. 나는 오늘 당신을 만나 다정다감한 정담을 나누려고 경주 감은사지에 왔습니다.

— 여보! 당신은 하루하루를 어떻게 지내고 있습니까?

감은사 탑 아래 앉자마자 눈물이 비 오듯이 흘러 내렸습니다. 가슴이 막혀 울음이 막히고 온 몸이 산지사방으로 터져서 폭발하는 것 같았습니다. 손발이 저려 오고 눈앞이 가려 아무것도 보이지 않았습니다.

나는 꺼억꺼억 울면서 땅을 치고 잔디를 뽑고 가슴을 치고 하늘을 원망하고 옷을 벗어 던지면서

— 여보! 여보! 나의 아내 당신, 감사해요 고마워요. 나를 한 인간으로 이해해 주고 나를 사랑해 주고 나에게 이런 그리움이 무엇인가를 알게 해 주고……. 감사해요!

나는 꺼억꺼억 눈물을 훔치고 콧물을 닦고, 머릿속이 아득해졌습니다. 눈앞은 짙은 안개와 구름으로 뒤덮여 있었습니다. 보고 싶어…… 보고 싶어서…… 미칠 지경이었습니다.

아니 가슴이 터져 죽을 지경이었습니다. 정신을 잃고 흐느적흐느적하고 있는데 머리가 새하얀 노인 한 분이 어깨에 괭이를 메고서 내 곁으로 조금은 조심스럽게 다가왔습니다.

나는 억지로 울음을 숨기면서 고개를 숙이고 넋 나간 사람이 되어 앉아 있었습니다. 노인은 내 몸 서너 걸음 앞까지 걸어와서 멈추었습니다.

— 젊은 양반, 속이 뻥 뚫릴 때까지 괘념치 마시고 가슴이 시키는 대로 행하시오. 여기는 용왕님이 사시는 곳이 아닙니까? 그럼 나는 이만…….

풍성하고 정이 흘러넘치는 음성으로 나에게 이렇게 이르고는 그 아래 한길 쪽으로 걸어 내려가고 있었습니다. 꼭 내 어릴 적에 할아버지를 다시 뵙는 것 같았습니다.

소담하고 긴 흰수염 깨끗한 얼굴 청정한 옷 매무새, 나는 눈을 가느다랗게 뜨고 깊고 긴 한숨을 내쉬었습니다. 사위에서 찌이잉 찌이잉 하는 소리가 울려 퍼지면서 내 팔다리와 몸이 움츠러 들고 있었습니다.

나는 꿈인 듯 생시인 듯 감은사라? 감은사라? 하면서 중얼거리고 있었습니다. 감은사…… 감사함의 은혜에 보답해 드리고자 지은 절집. 그래 그렇지! 감사함을 모르면 안 되지? 감사함을 알아야 돼!

나는 지금까지 아내에 대해서 사랑한다는 말만 해 오다가, 이렇게 헤어진 이후에는 '그립다!' 라는 말만 되뇌이고 있었지 않았던가? 그런데 조금 전의 통곡 속에서 흥얼흥얼 내 입에서 흘러 나왔던 말,

— 나를 한 인간으로 이해해 주고 나를 사랑해 주고, 나에게 이런 그리움이 무엇인가를 생각하게 해 주고……. 감사해요, 감사해요! 나는 이제야 끝없는 감사를 전하고 있었던 것입니다.

나는 이제 내 곁을 떠난 아내에게 무엇보다도 '감사하다!'는 마음을 가져야 되겠다고 생각했습니다. 한참 더 앉아 있다가 기를 쓰면서 비척비척 일어섰습니다.

내 곁에는 우람한 석탑 한 쌍이 세상의 중심인 듯 의젓하고 떳떳하고 담대하고 강건하고 자신감 충만하게 버티고 서 있었습니다.

내 아내의 적극적이고 당당하고 넉넉하고 당찬 이성적 모습이 떠올랐습니다.

그럼 오늘 이 두 거탑은 우리 내외의 모습인가?

항상 자신감과 자부심과 자존감으로 무장되어 있었던 우리 부부! 극심한 나이의 차이를 뛰어넘어 사회적 이목을 접수하고, 오로지 내일의 행복과 광명한 생활만 바라보면서 말없이 두 손을 굳게 잡았던 내 아내 K 백조와 나!!

부모의 아픔을 대신하여 우리의 아픔 슬픔 분노를 삼키면서, 생나무 가지를 찢어버릴 수 있었던 우리 부부! 욕정에 파묻혔던 순간은 하룻밤도 없었습니다. 내 생각 네 생각이 따로 없었습니다.

이것저것 이렇고 저렇고 설명할 것도 없었습니다.

서로는 완전한 한 몸이었습니다. 일심동체였습나다. 물아일체였습니다. 그렇게 잘 맞을 수가 없었습니다. 천생연분이었습니다. 하늘의 조화였고 땅의 동화였습니다.

그런 우리 부부는 '친정 부모님의 편안'을 위하여 이렇게 찢어져서 붉은 피를 철철철 흘리고 있는 것입니다.

경내를 천천히 돌기 시작하였습니다. 용왕님이 올라오고 내려가고…… 아름답고 고귀한 이곳의 이야기가 눈 앞에 펼쳐지고 있었습니다.

나는 신라인들이 불렀던 노래 한 구절이 생각났습니다.

생사의 길은

예 있음에 두려워하고

나는 간다 말도

못 다 이루고 갔는가?

어느 가을 이른 바람에

여기저기 떨어지는 잎처럼

한 가지에 나고서도

가는 곳 모르는구나.

아! 극락세계에서 만나 볼 때까지는

나는 도 닦아 기다리겠노라.

하— 하! 내 아내여 내 사랑 K 백조여!

우리는 한 가지였는데 이제는 당신이 어디서 어떻게 무엇을 하는지도 모르는구려!

또다시 뜨거운 눈물이 하염없이 흘렀습니다. 동네 가게에 들러 맥주를 사서 차 위에 올랐습니다. 차는 들길 풀밭 위에 있어서 그런대로 포근하였습니다.

쉬지 않고 얼마를 마셨는지 그대로 잠이 들었던 모양입니다.

새벽녘 철썩이는 파도 소리와 용왕님이 감은사로 올라오시는 소리로 잠을 깬 모양입니다.

천천히 바닷가 문무대왕릉 곁으로 왔습니다. 알싸한 바다 냄새가 물씬 풍겨오면서 나는 우리 가요의 한 토막이 떠올랐습니다.

뉘라서 저 바다는 말이 없다 하시는고
백천 길 바다라도 닿이는 곳 있으리만
임 그린 이 마음이야 그럴수록 깊으이다.

하늘이 땅에 있었다 끝 있는 양 알지 마소
가보면 멀고멀어 어느 끝이 있으리오
임 그린 게 저 하늘같아 그럴수록 머오이다.

깊고 먼 그리움을 노래 위에 얹노라니
정회는 끝이 없고 곡조는 짜르이다.
곡조는 짜를지라도 님아 올림 들으소서.

아내는 대구에서 태어났지만 초등학교 때까지는 울산에서 자랐습니다. 그건 친정 아버지가 울산이 신흥 산업도시로 번성하면서 거기에 발 빠르게 병원을 개업했기 때문이었습니다. 1991년 여름방학 때 집에 갔는데 온 가족과 병원 식구들이 모두 그곳 바닷가로 놀러간 일이 있었던 모양입니다.

　방학이 끝나고 서울로 올라온 아내는 울산 바닷가에도 울산 대왕암이라는 절승지가 있는데, 그 날 그 곳에 놀러가서 모두가 즐겁게 놀았지만 자기는 내 생각 때문에 바위틈에 웅크리고 앉아서 종일 울기만 했다고 하였습니다.

　온 종일 놀이가 끝나고 맨 나중에 바닷가에서 진짜 생선회 파티가 거하게 펼쳐졌는데, 자기는 내 생각 때문에 그 생선회 한 점이 목 안으로 넘어가지 않더라면서 내 가슴속으로 파고들면서 슬피 운 적이 있었습니다.

　날이 밝아오고 아침 해가 바다 위로 솟아올랐습니다. 바다물이 밀려오고 밀려 갔습니다. 파도가 대왕암을 사면으로 에워싸면서 철썩이었습니다. 6월 중순의 바다는 아내의 얼굴처럼 해맑았고 연분홍꽃빛으로 고왔습니다.

　흰 파도는 우리 부부가 경주로 신혼여행을 와서 저녁에 샤워를 하면서 아내가 나에게 처음으로 보여준 몸빛같이 희고 정결하였습니다. 흰 파도가 내 앞으로 밀려올 적마다 아내가 나를 향하여 '여보!'하고 달려오는 것 같았습니다.

　아니 정말 달려오고 있다는 생각만으로 가득 찼습니다. 바짓가랑이를 걷고 바닷가를 거닐던 나는 달려오는 아내를 죽을 힘을 다하여 꼭 껴안기도 하였습니다. 상큼하고 알싸한 아내 특유의 냄새에 바다의 향기가 합쳐져서, 나는 몽환의 저 세상에서 꿈을 꾸고 있었습니다.

어머니보다 더 너그럽고 누나보다 더 자애롭고 누이보다 더 애처로운, 고운 나의 아내 K 백조!! 그렇게 해가 바닷속으로 다 떨어져 들어갈 때까지 나는 이승과 저승, 현실과 추억과 간절함을 삼키면서 서 있기도 하고 앉은뱅이처럼 앉아서 졸고 있는 부처처럼 그렇게 하루 해를 넘기고 있었습니다.

사방이 어슴푸레하게 저녁 어둠이 내릴 무렵 저쪽 편에서 키가 자그만하고 파리한 아주머니가 머리에 함지를 이고 걸어오고 있었습니다.

세상의 모든 것을 다 상실한 것 같은 걸음걸이로 금방이라도 모래틈 사이로 폭 꺼져들어 갈 것처럼 아슬아슬하게 걸어오고 있었습니다. 나는 또 눈물을 그렁그렁 쏟으면서 한 숨에 가득 찬 목소리로 애처롭고 외롭고 구슬픈 노래를 부르고 있었습니다.

엄마가 섬 그늘에 굴 따러 가면
아기가 혼자 남아 집을 보다가
바다가 불러주는 자장 노래에
팔 베고 스르르르 잠이 듭니다

아기는 잠을 곤히 자고 있지만
갈매기 울음 소리 맘이 설레어
다 못 찬 굴바구니 머리에 이고

계속 불렀습니다. 나중에는 목이 터져라 불렀습니다. 동해 바닷물이 모두모두 내가 흘린 눈물이었습니다.

늦게 안압지에 들렀습니다. 몇 년 전에 아내와 같이 왔던 곳입니다. 그 똑똑하고 알차고 맵시 있는 아내는 정말 '메모광'이었습니다. 그때 아내는 이 안압지 축대 위에서 연못의 전경을 그리고 자기의 감정을 메모지에 깨알처럼 적었습니다.

K 백조는 언제 어디서나 항상 메모지에 적고 또 적기를 좋아하여 그 버릇이 생활화되어 있던 여인이었습니다.

아마 나와의 관계도 큰 노트 몇십 권에 자세히 기록했을 것이고, 그 노트를 지금도 잘 보관하고 있을 것입니다. 나는 아내의 그 곱고 날랜 손이 보고 싶고 만지고 싶고 거기에 뽀뽀를 하고 싶어서 간장이 타들어가 죽을 지경이었습니다.

아내는 언젠가 나에게 말했습니다.

— 제가 학교를 마치고 인턴기에 들어가면 우리 이 집을 헐고 새 집을 지었으면 해요.

— 그래요. 당신이 원한다면 그거야 뭐 어려운 일이에요. 좋아요, 그렇게 합시다. 이 집은 당신의 집이 아닙니까.

— 여보, 정말 그렇게 해 주실 거죠? 아이 좋아라. 호호호

아내는 나를 꼭 껴안고는 달콤한 짧은 키스를 해 주었습니다.

— 그게 그렇게 좋아요? 당신은 무엇이든지 유능하니까 좋은 설계도를 생각하고 있어요.

— 예, 그럴게요. 맨 아래 지하층은 수영장으로 할 생각이에요.

— 그것, 나도 좋아요.

아내는 중학교 시절부터 수영을 하여 지금은 거의 그 수준이 국가대표 선수급이었습니다. 언젠가는 나를 보고

— 당신도 체육관에 다니는 것보다 수영장에 다니는 게 어때요?

— 앞으로 시간이 맞으면 그렇게 할 생각입니다.

나는 반포에 아파트가 하나 있었고, 이곳 한강 가 동네에 제법 큰 단독주택을 가지고 있었습니다. 나는 직장이 나의 아파트 바로 앞에 있었기 때문에 두 집을 다 쓰고 있었습니다.

그리고 일 년 전쯤에 나 아내 아들 둘 이렇게 넷이 앉아서 대략 이런 약속을 하였습니다. 이곳 단독주택은 아내의 소유로 하고, 아들 둘은 크면 지금 아파트 단지 내의 아파트 하나를 더 구입하여 아들 두 녀석에게 하나씩 주기로 약속한 적이 있었습니다.

아내는 아직까지 아무것도 바라는 것이 없었습니다. 하루에 용돈도 3천원 이상은 결코 받지 않았습니다. 옷도 필요 없다, 신발도 이것이면 된다, 왜 외식을 하고 커피점을 가고 합니까? 자기는 공부만 열심히 하면 된다면서 얼굴에 그냥 바르는 그 흔한 싸구려 화장품 하나, 입술연지 하나 메니큐어 하나를 구입한 적

이 없었습니다.

내가 뭐라도 사 주고 싶어하고 마련해 주고 싶어 하면
— 여보, 저 졸업하고 의사되면 다 주세요. 아이 둘 정말 훌륭하게 키울게요.

어른도 이런 어른이 없고 철이 들어도 이렇게 옹골차게 꼭 든 처녀는 세상 어디에서도 없었을 것입니다. 그저 깨끗이 빨아 입고 깨끗이 씻고 말끔히 닦고 그렇게 산뜻하게 살아가는, 젊고 어리고 당찬 나의 귀여운 아내였습니다.

이런 아름다운 꿈 비단결 같은 희망 용솟음 치는 미래를 다 접고 우리 내외는 이별을 해야 했습니다. 내 아내의 친정 부모님의 황혼이혼을 주저앉히려고 우리는 그렇게 해야 했습니다.

나는 반년이 훨씬 지나도록 한숨과 실의와 낙망과 낙담 속에서 시간을 보내고 있었습니다. 어느 날 목욕탕에서 큰 거울에 비친 내 얼굴 내 모습을 보았더니, 이건 완전 산송장 산신령 팔순 파뿌리 영감쟁이의 모습 그대로였습니다.

정수리의 머리숱은 언제 어디로 다 날아가고 귀밑은 허연 눈서리가 차지하고 있었습니다. 움푹 꺼진 눈에 앙상한 앞가슴과 갈비, 바싹 마른 수수대궁 같은 두 팔과 두 다리…… 배만 푹 불거져 나왔다면 요새 흔히 하는 말 그대로 거미형 인간이었습니다.

이래서는 안 되겠다는 생각이 조금씩 들기 시작하였습니다. 내가 건강해야 앞으로 언제 한 번 다시 만나게 될지도 모르는 나의 아내 K 백조!…… 무엇보다 내 앞에는 연로하신 어머니와 어린 두 아들의 장래가 있었습니다.

나는 10여 년 전부터 학생 하나를 눈여겨 보고— 키우고— 있었습니다. 내가 고등학교에서 근무할 적인데 어느 날 퇴근할 시간이 다 됐을 무렵에 두발이 잘 정돈되고 말쑥한 학생이 교무실로 나를 찾아왔습니다.

"선생님의 제자가 되고 싶습니다. 저를 받아 주십시오."
하면서 내 의자 아래 두 무릎을 꿇고 앉는 것이었습니다. 내가 담임하는 반의 학생은 아니었지만 내가 수업을 들어가는 어느 반의 반장이라는 것은 잘 알고 있는 학생이었습니다.

나는 평소에도 그 학생에 대해서는 조금 알고 있었고 또 여러 선생님들이 보는 앞에서 무릎을 꿇고 정중히 청하는 요구를 박절하게 거절할 수도 없어서, 그 학생을 일으켜 세운 뒤, 이번 토요일 오후에 상담실에서 얘기를 나누자고 하고는 학생을 돌려보냈습니다.

약속한 토요일 오후 상담실에는 그 학생과 그 학생의 부모가 와 있었습니다. 그의 어머니는 초등학교 교사라 하였고 그의 아버지는 여행사 사장이라고 하였습니다. 우리는 녹차 한 잔씩을 나누면서 이런저런 이야기를 하였고, 나는 시간 나는 대로 학생에게 도움이 되는 교훈을 주겠다고 약속을 한 후 헤어졌습니다.

그런 일이 있은 후 이 학생은 15학급인 학년 전체에서 항상 수석을 독차지하는 학생이 되었습니다. 대학도 Y대 정치외교학과에 엿처럼 척 붙었습니다.

이렇게 되고 보니 그 학생의 아버지와 나는 아주 친한 사이가 되었고, 그 학생의 동생들도 시간나는 대로 돌봐 주게 되었습니다. 그 무렵 정부는 250만호 새 주택건설을 한다면서 나라를 들 썩들썩하게 만들고 있었습니다.

새 집 짓기

정부 정책에 눈이 밝고 돈에 눈이 매서운 이 학생의 아버지가 여행사 사업을 접고 건설업을 한다면서 바쁘게 뛰어다니는 게 보였습니다. 그런데 이제 나하고는 형 아우하고 지내는 사이가 된 학생의 아버지, 이 김바우 사장이 내가 직장에 가고 없을 때에 고기를 사고 과일을 사고 생선을 사고 게상자를 들고 어머니 혼자 계시는 내 집을 드나들면서

— 이 집을 헐고 새 집을 지으면 집에서만 한 달에 몇백 만 원은 거뜬히 나올 겁니다.

하면서 늙은 안노인에게 슬슬 바람을 넣은 모양이었습니다. 어느 날 저녁 식사가 끝나고 어머니는 나를 보고 "이야기를 좀 하자"고 조용히 말씀하였습니다.

— 그간 자네가 직장에 가고 없을 때 김 사장이 여러 번 다녀가면서, 이 집을 헐고 새로 집을 지으면 월세만 받아도 상당할 거

라 하였네. 자네 생각은 어떤가?

K 백조와 이별 후 세상만사가 귀찮고 모든 것을 포기하고 싶고 모든 것으로부터 달아나고 싶은 게 그 당시 내 마음이 아니었습니까?

나는 젊어서 청상이 되신 후 고생만 하시는 어머니가 항상 가련하였고, 내 위로 형들이 넷이나 있었으나 하나같이 어머니에 대한 태도가 효도와는 거리가 있는 것 같았습니다.

그리하여서 나는 어머니를 모시는데 최선을 다 하지 않을 수 없었습니다. 거기다가 어머니 역시 나에게만 딱 붙으셔서 나를 놓을 생각을 전혀 하지 않으시고 지금껏 막내인 나와만 이렇게 살고 있는 것입니다.

— 어머니, 조금만 더 생각해 보시고 어머니 생각대로 하십시오.

나는 그렇게 말할 수 밖에 없었고 그렇게 말해야만 되는 어머니와 나와의 관계였습니다. 이때쯤 나와 김 사장 사이는 너무나 가까워져서 형님 아우 하면서 지냈습니다.

우리 사이가 이렇게 된 것은 나의 제자가 되겠다던 놈, 이름이 김육인 이놈이 Y대 정치외교학과에, 또 둘째 딸 문자가 K대 의과대학에, 셋째 딸 경자가 S대 약학과에, 이어서 넷째 딸 정자가 H대 미대 동양학과에 각각 합격 진학하였기 때문입니다.

내가 이 애들에게 가르친 과목은 모조리 만점을 받았고, 특히 이 아이들의 대입논술시험에서는 내가 가르친 논술의 제목까지 똑 같았던 것입니다. 참 기가 막히게 희한하였고 기적도 이런 기적은 있을 수가 없었습니다.

〔내 여기서 한 가지 밝혀 두고자 합니다. 내 이렇게 이 아이들을 가르쳤지만 단돈 일원 한푼 받은 적이 없습니다. 그 애들이 지금도 내 책을 계속 사서 읽고 있다니까 내 말이 거짓말이거든 고소를 해라!!〕 짧게 결론을 내겠습니다.

나는 건축 계약서 같은 것은 아예 쓸 생각도 안 했고, 김 사장! 형님! 이 나쁜 김바우 놈이 나에게 건축비로 3억 원만 일시불로 주면 이렇게 저렇게 깨끗이 다 지어 준다 하기에, 나는 이렇게 저렇게 하면 어떤 집이 나오는지 그 뜻도 의미도 모르면서 그 더럽고 더러운 김바우 형님이 달라는 돈 3억 원을 일시불로 주었던 것입니다.

그 뒤는 새까만 쥐구멍으로 기어 들어갔는지 생쥐새끼 한 마리도 보이질 않았습니다.

대한민국 모든 사람들이 "그놈들은 끝에 가서는 꼭 뒤통수를 치고 만다"는 저 남쪽 동네 놈답게 몽땅 사기를 치고는 끝내고 말았습니다. 그 아비 놈보다 더한 놈이 아들 놈이었습니다.

대학을 졸업한 후 행정고시 1차에만 붙은 다음 계속 낙방하여 빌빌대는 놈을 내가 그 당시 강남에서 제일 잘나가는 대입학원에 영어 강사로 취직을 시켰습니다. 첫달 월급을 타더니 방배동에 제 먼 친척이 하사관이지만 병사관계의 일에 도사라는 작자에게 200만 원을 주고 군 면제를 받았다는 것이었습니다.

그 다음 강남에서 영어 과외로 밤낮없이 바쁘다더니, 학원 강사가 된 지 3년 만에 강남 제일의 아파트를 사고, 외제 자동차를 사더니, 어느 날부터 나를 보고는 못 본 척하는 것이었습니다.

그쪽 지방에 사는 사람들이라고 모두 다 이 종자들 같겠습니까?

이런 몇몇 더럽고 추악한 종자들 때문에 그 지방 사람들이 덤터기로 다 대욕 쌍욕을 먹고 있는 게 아닌가 싶습니다.

김바우, 김육~! 명자, 경자, 정자— 모두 잘 먹고 잘 살아라!!

(김육! 너 아버지가 사기죄로 감옥에 가 있을 때 너희 가족들 모두가 변두리 중 변두리에 셋방 하나를 얻어서 살 때, 너 우리집에 와서 내가 월급으로 받은 봉투에서 꼭 절반의 금액을 받아간 적이 있지! 수표로 말이다. 내가 너에게 준 봉투 겉면에 "천주여, 이 가정을 도와주셔서…"하고 내가 글을 썼잖니!)

나는 K 백조 내 아내의 그리움에 사무쳐 모든 이성을 잃고 울고불고 덤벙대다가 김바우라는 족제비 놈이 그 틈을 비집고 들어와 이렇게 당하게 된 것이었습니다.

집토끼 산토끼 모두 다 놓치고 나서 너무나 억울해서 이를 갈면서 이 남도의 개종자 놈을 고소라도 하려고 알아보니, 이 집의 주인인 내가 집을 직접 헐고 내가 직접 건축하는 것으로 건축허

가를 내놓고 있었습니다.

햐~! 대단하다~! 위대하다~! 교묘하다~! 남도 놈이여~!!

내 아내 K 백조만 있었더라면 이런 억울함과 수모와 손해를 보는 일이 절대로 없었을 탠데! 한숨과 통곡과 눈물과 비애로 죽음의 피를 토하는 나날을 보내다가…… 얼마 뒤 한강변의 그 넓은 집을 땅값만 받고 팔아야만 했습니다.

은행에서 융자 받은 돈을 갚고 나니, 나는 이제 서울에서는 어찌할 수가 없었습니다.

청주의 구룡산

　그래서 평소에 생각은커녕 상상도 해 보지 못했던 충북 청주라는 곳으로 밀려서 내려 와야만 했습니다. 그래도 청주에서 먹고 살려고 이래저래 맞추어 대학교 앞에 있는 원룸을 하나 샀습니다.

　청주로 이사를 해 놓고 방 안에 앉아 있으니, 그리운 아내 생각에 잠겨 사지가 녹아내리고 있었습니다. 아름다운 나의 아내, 똑똑한 나의 아내, 당당하고 영민한 나의 아내! 극히 이성적이며 적극적이며 단호하여 강단이 넘쳐났던 아내…… 그런 젊고 예쁘고 아름답고 똑똑한 아내를 보내 놓고는 이렇게 바보천치, 어벙이 떠벙이, 칠뜨기, 모질이가 되어 이 산골이나 마찬가지인 동네로 내려와 이렇게 쭈그리고 앉아 있습니다.

　작은 알루미늄 냄비에 계란 하나도 깨넣지 못한 라면 하나를 삶아서는 김치 한 종지도 없이 멍청히 쳐다만 보면서 이렇게 초라하게 웅크리고 앉아서 코를 핑핑 풀면서 울고 있는 내 모습을 보니 죽고 싶은 마음 밖에는 다른 아무런 생각도 나질 않았습니다.

두 기둥이 떠받추어져서 견고히 지탱하고 있던 지붕이 기둥 하나가 빠져 버리니 모든 게 허물어져 내려 바수어지는 형국이었습니다.

나는 아내의 생각에 빠져 며칠이고 방 안에만 주저앉아 혼비백산한 좀비처럼 그렇게 지냈습니다.

— 그리운 아내여! 나의 아내 K 백조여!

여보! 당신은 지금 어디에 있는 게요?

지금이라도 당장 모든 것 다 팽개치고 아내에게로 달려가고 싶은 마음 이외에는 아무런 생각도 없는, 완전히 미쳐버린 상태의 나였지만— 내 아내와의 약속만은 죽어도 꼭 지켜야 한다!— 는 하늘같은 언약의 다짐 앞에서는 피가 바싹바싹 마르고 뼈마디가 녹아내리고 심장이 썩어 문드러지고 사지가 갈기갈기 찢겨져도 참아야만 했습니다.

내가 지금 아내를 찾아 간다는 것은, 지금까지 쌓아 왔던 우리 부부 사이의 그 참되고 청결하고 고귀하고 티 없이 순결하였던 지난 날의 모든 가치를 진흙탕 속에 던져 넣는 일이었습니다.

우리는 이래도 좋고 저래도 좋고, 이러고 살아도 되고 저러고 살아도 되고, 저 편한 대로 제 방식대로, 바람 부는 대로 파도 치는 대로, 살아오고 살아갈 부부가 절대로 아니기 때문입니다.

우리 부부는 정말 진정으로 하늘을 우러러 한점 부끄럼 없는 부부 생활을 하였고, 지금은 뚜렷한 의지와 각오를 가지고 각자의 길로 들어선 부부이기 때문입니다.

사흘 동안 방 안에서 울고불고 하다가 밖으로 나왔습니다.

입주해서 살고 있는 학생들의 흔적이 쫙 늘려져 있었습니다. 청소를 하였습니다. 하루 아침에 청소부 노동자로 초라한 원룸지기 노인이 된 것입니다.

이사 오기 전날 인부들을 사서 집 안팎을 깨끗이 치우고 정리했는데, 방 안에 있다가 사흘 만에 밖으로 나와 보니 엄청나게 어질러져 있었습니다. 4층 건물의 각층 복도 먼저 쓸고 닦았습니다. 먼저 빗자루로 몇 번씩을 쓸었습니다.

— 나는 완벽주의자입니다.

이제 또 대걸레로 몇 번씩을 닦았습니다. 4층짜리 복도만 쓸고 닦는데 다섯 시간이 걸렸습니다. 오후 3시가 넘어서고 있었습니다. 집 앞 한길 가에 조그마한 한식집에서 김치찌개 한 상을 시켜 먹었습니다.

오후에는 건물 밖에 널부러져 있는 재활용품과 쓰레기를 분류하여 정리 정돈을 하였습니다. 온몸이 땀으로 완전히 젖어 있었습니다.

내가 혼자서 이렇게 낯선 동네에서 일을 하고 있을 때, 앞집 옆집의 주인인 듯한 사람들이 나를 힐끗힐끗 쳐다보면서 어색하게 물끄러미 바라볼 뿐이었습니다.

나는 인사를 나누고 싶었지만 차림새도 인사차림이 아니었고 풍습도 낯선 이곳에서 그렇게 할 수가 없었습니다. 안팎의 청소와 정리 정돈을 끝내니 어두워졌습니다.

온몸을 씻고 나니 녹초가 되어 눈사람이 햇볕에 녹아내리듯이 내 몸도 다 녹아내리는 것 같았습니다. 냉장고에서 맥주를 꺼내어 한 잔을 마셨습니다. 빈 속에 찬 것이 들어가니 속이 찌릿찌릿 하였습니다.

아내가 있었다면 그 손맛이 소담하고 조리에 정성을 다 하여 만들어 내놓았을 밥상과 안주가 눈앞에 보이는 것 같았습니다. 아내는 처음부터 밖에서 이것저것 아무거나 사 먹는 외식을 아주 경계했습니다.

시장을 볼 때부터 깨알 같은 메모로, 음식을 만들 때 쓸 자료들을 하나하나 점검하면서 구입하고 조리에 들어가서는 단백질 탄수화물 비타민…… 등등 식품 하나하나의 특질과 자양분을 손가락을 꼽아 가며 셈을 하였습니다.

음식의 양도 꼭 먹을 만큼의 양을 맞추고 양념도 강도를 셈하였습니다. 정말로 뛰어난 현모양처의 전업주부 같았습니다. 간혹 내가 한 잔의 맥주를 마실 때에도 아무렇게나 불쑥 내놓는 법이 없었습니다.

그날 그날의 분위기에 맞춰 맥주의 종류를 살피고 안주 한 접시에도 최선을 다하는 것이었습니다. 텅텅 빈 방 안에 썰렁한 식탁 위에서 어설프게 차가운 맥주 한 깡통…… 내가 왜 이래 되었나? 내가 꼭 그렇게 찰지고 곱고 아름다운 아내를 보내야만 했던가!!

여보! 여보! 나의 아내 백조!

내 사랑하는 아내 백조! 내가 부르다가 부르다가 피를 토하고 죽어야 할 나의 아내 백조!

나는 서늘한 맨바닥에 옷을 입을 채 그냥 드러누워서는 눈물을 소나기처럼 쏟으면서 엉엉 울고 있었습니다.

이사 오는 날부터 눈여겨 봐 둔 집 앞에 있는, 산에 올라가 보기로 하였습니다. 이삿짐을 정리하던 아주머니 한 분이 그 산 이름이 구룡산이라고 말하는 소리를 들은 앞산입니다.

나는 마흔 살이 되던 해 1월 1일부터 걷기 운동을 해 왔기 때문에, 지금 이렇게 암울하고 처연한 지경에서 어벙더벙하고 흐릿하고 몽롱한 나날을 보내고 있지만, 그런 현상태 속에서도 몸속 깊이 박혀 있는 걷기 운동의 충동은 멈추지 않고 있었습니다.

내 지금 반송장 같은 형편에 처해 있지만 이 한 가지만은 이야기해야 되겠습니다.

내 아버지와 어머니는 두 분이 다 매우 강하고 담대한 성격의 소유자들이셨습니다. 아버지는 10대에 '장골'로 이름을 날렸고, 어머니는 열다섯 살 시집 오던 해에 쌀 한 가마니를 번쩍번쩍 드시던 '여장사'였습니다.

내 일본에서 태어나서 자라다가 해방 된 조국으로 돌아와 6·25라는 지랄같은 전쟁 속에서 헐벗고 굶주려 수수깡같이 엉성한 아이로 자랄 때도 있었지만 근본은 당당한 몸이었습니다.

이야기가 나온 김에 내 자랑 하나 하겠습니다. 내가 내 아내 K 백조를 가르칠 때는 대한민국에서 제일 잘 나가는 대입시 학원의 대표 강사(지금 말로 1타 강사)였는데 얼마나 잘 가르치는 강사였는지 아십니까?

학생들이 나를 부를 때 "Divino Goo~" 라고 불렀습니다. 또 다른 애칭은 "2 Hundred Goo~" 라고도 불렀습니다. 무슨 뜻이냐구요? 곧 "신같은 Goo라는 뜻입니다." — 2백 년에 하나 나올까 말까한 Goo라는 뜻입니다.

수업 시간에 "이 문제는 금년도 수능 시험에 —주관식— 에 나오고, 이 문제는 —객관식— 시험 문제에 이런 이런 형태로 나온다~"고 가르치면 정말 귀신도 울고 가면서 곡을 해야 할 만큼 내가 예시했던 그대로 실제 시험에 출제가 되었던 것입니다.

정말 자기 전공과목에 '통달~! 달통~!!'해 보십시오. 시험 문제가 눈에 선하게 다 보이는 것입니다. 말하자면 '족집게 대강사'입니다.

나는 전처와 이혼 후 홀아비로 직장 생활을 했지만 항상 깨끗한 의복에 새벽마다 사우나 장을 다녔기 때문에 내 몸에서는 왕성하고 진하고 강열한 사내의 향기와 체취가 뭉게구름처럼 피어났던 것입니다.

나는 그 때 손가락에 가느다란 금실 반지를 끼고 마이크를 잡고 강의를 했는데, 내가 강의를 끝내고 교실 밖으로 나설 때면 여학생들이 모여 와 "선생님, 그 금반지 한 번 만져 보면 안 돼요?" 하고는 떼거지로 만져 보고는 깔깔거리며 좋아서 죽겠다고 하얀 웃음을 쏟아 내었습니다.

나는 교과 내용과 연결되는 유머와 위트를 3천 개나 만들어 그때 그때 그 시간 그 수업 내용에 맞추어 터뜨렸는데 학생들은 웃다가 웃다가 배를 잡고 의자에서 떨어져 교실 바닥에 데굴데굴 굴기가 일상이 되었습니다.

내가 수업을 끝낼 즈음이면

— 선생님! 영아 이년, 옷에다가 오줌 쌌어요. 팬티와 치마까지 다 젖었어요.

하여서는 또 온 교실 안이 호호호 깔깔깔 하고 야단이 나는 것이었습니다.

그 이성적이고 영리하고 영민하고 똑똑한 K 백조가 공연히 나를 점찍어 놓고, 다른 여자가 채어 갈까 봐 그렇게 애간장을 태우며 합격증만 받아 쥐면 당장— 부부연을 맺겠다고— 오매불망

피를 말렸겠습니까? (이 땅에 살면서 내 강의 한 번 들어 보지 못한 분들께 축복 있기를 기원합니다.)

참 좋은 시절이었습니다. 참 멋지고 아름다운 나날의 시간이었습니다. 내 인생 최고의 순간이었습니다.

정말 지금 죽어도 후회할 것도 슬퍼할 것도 없는 나의 세상 나의 세월이었습니다. 이 글을 읽는 당신에게도 꼭 그런 시간이 오기를 바랍니다.

준비하고 기다리는 자에게만 꼭 오는 선물이며 기회입니다. 노력하십시오. 불철주야 땀과 눈물과 피를 흘리면서 당신의 능력과 실력을 갈고 닦으십시오.

각설하고…… 그 구룡산으로 한 번 올라가 보려고 날렵한 운동복을 입고 간편하고 편리한 등산화의 끈을 졸라매었습니다. 낯설어 서먹서먹한 동네 골목길을 벗어나 대학교 앞에 있는 오거리를 건너서 바로 그 산에 오르는 입구에 이르렀습니다.

여기는 충북 도청 소재지 도시이지만 아직은 옛 시골 정취가 곳곳에 박혀 있어서, 서울내기가 보기에는 시골과 거의 같았습니다. 등산로는 좁았고 좁은 길 양편에는 오래 된 묘지가 줄지어 있을 정도였습니다.

내 앞에서 오르는 사람도 있었고 내 앞에서 하산하는 사람도 있었습니다. 이 고장 사람들답게 특유의 의뭉하면서도 덤덤하였고 엉거주춤한 자세의 걸음걸이들이었습니다.

나는 내 앞만 보면서 조금은 빠르게 걸었습니다. 오랫동안 괴로움에 시달렸고 그 간은 운동도 제대로 못해서 그런지 숨이 가빠지고 있었습니다. 20분 정도 올라왔더니 등산로가 좌우로 갈라져 있었습니다.

길바닥의 모양새를 보았더니 왼쪽의 길이 많이 이용되는 길이었고, 오른편 길은 덜 이용하는 길이었습니다. 나는 낯선 사람들과 비켜 가는 게 불편해서 조용할 것 같은 오른편 길로 접어들었습니다. 내가 지금 갈림길에서 두 길 중 하나를 택하면서 내 아내를 생각했습니다.

— 정말 우리 내외가 헤어져야 하나? 아니면 장인 장모가 이혼을 해야 하나?

이 문제를 두고 우리 내외는 생각도 많이 하고 고민도 많이 하고 눈물도 많이 흘리며 밤을 지새우면서 오장육부를 새카맣게 태웠던 것입니다.

이 죽음보다 더한 선택을 두고 내가 아내에게 처음으로 무거운 입을 뗐을 때, 속으로는 나보다 심각성을 훨씬 더 뼈저리게 느끼고 있었을 아내는, 전신이 조여들며 입술을 바싹바싹 말라 태우면서도 아주 이성적으로 냉정히 그리고 겉으로는 담담하게 무덤덤한 모습을 보이고 있었습니다.

　그러면서 아내는 딱 한 가지 얘기를 하였습니다.
　— 여보, 제가 아버지 어머니의 무남독녀라는 것은 잘 알고
계시지요? 엄마 아빠가 결혼 생활을 하면서 7년 동안 애기가 생
기지 않았다고 해요. 그렇게 되고 보니 두 분 사이는 자연히 냉랭
한 관계가 되었던가 봅니다. 그렇게 아슬아슬한 부부 관계가 이
어지고 있을 때 제가 생기고 태어났습니다. 집안 분위기가 순식
간에 얼음의 나라에서 꽃 피고 새 우는 화창한 봄날이 되고 말았
답니다. 아침에는 아버지가 출근하실 때까지는 저를 꼭 껴안고
있었고, 낮 동안에는 할머니가 저를 꼭 껴안고 있었답니다. 저녁
이 되어서야 어머니는 저를 받아 안고 좋아서 울다 웃으시다가
물고 뜯고 빨고 하셨답니다. 사립 유치원 사립 초등학교에 입학
시키고는 자가용 차로 등하교를 시켰습니다. 중학교 때부터는
서울에서 공부하면서 동네 분위기부터 제가 공부할 집 마련— 교
통상태 뭐뭐 하나하나 다 챙겨 주시고 다독여 주셨습니다. 그래
서 저도 열심히 공부하여 아버지의 소원을 들어 드렸는데…….
　아내는 한숨을 길게 쉬며 말을 멈추더니 강물같은 눈물을 흘
렸습니다.
　한참 후에 아내는 말을 이었습니다.
　— 여보, 제 아버지는 저를 너무나 사랑합니다.
　그때 나는 결심하였던 것입니다. 우리가 아니, 내가 희생을

하자~!! 피눈물 골짜기의 가시덤불 길을 걷기로 이를 악물고 다짐을 했던 것입니다.

이 내 결정의 맘속에는 내가 어떤 나락의 길로 떨어져 망가질지라도— 내 아내 K 백조만은 마음 편히 살게 해줘야 된다— 하는 마음 하나뿐이었습니다.

옛말처럼, 정말 사랑하면 보내 주는 건가? 내 마음도 제 정신이 아니었습니다.

아내도 평생 생각해야 할 생각들을 아마 다 하였을 것입니다.

그래서 우리 부부는 태평양 만큼의 눈물을 흘리고, 사막에서 타 죽은 낙타만큼 가슴을 태우고, 벼락을 맞아 죽어가는 낙랑장송의 아픔을 받아들이고, 설한풍 북풍속의 한 잎의 낙엽이 되어 그렇게 헤어지게 된 것이었습니다.

나는 타박타박 등산로 새 길로 접어들었습니다. 고개를 들어 하늘을 보니 내 눈이 흐려 하늘도 흐렸습니다. 팔 다리 온몸에 있던 힘이 수증기처럼 빠져 나가면서 앞으로 더 걸어갈 수가 없었습니다.

겨우 엉덩이 하나 붙일만한 돌멩이가 있어 거기에 엉거주춤하게 앉았습니다. 머리가 빙빙 돌며 속이 울렁거렸습니다. 온몸이 식은땀으로 오싹 한기가 들었습니다.

차갑고 서럽고 그립고 그리운 눈물이 주르르 흘려 내렸습니다. 머리를 양 다리 사이에 파묻고 그렇게 울다가 겨우 일어섰습니다. 어지러워서 더 이상 걸을 수가 없었습니다.

오늘은 그만 집으로 돌아가자. 나는 한참 동안 정신을 가다 듬은 후 흐느적흐느적 패잔병과 같은 모습으로 집으로 돌아왔습 니다. 비척비척 걸어서 4층에 있는 현관문을 여니 찬바람이 휑하 니 내 가슴속으로 파고들었습니다.

겨우 신발을 벗어 정리한 후 침대 위에 고꾸라지듯이 엎어졌 습니다. 베개를 억지로 잡아 당겨 베고 나니 전신에서 식은땀이 싸늘하게 흘러 내렸습니다.

두 눈을 꼭 감고 아무 생각도 하지 않으려고 머리를 마구 흔 들었습니다. 그런 가운데서도 설핏 잠이 들었던 모양이었습니 다.

가슴에 대못이 박힌 채 송장 버리듯이 처리하고 온 한강변에 있었던 서울 나의 집이 꿈에 불쑥 나타났습니다. 꿈속에서 내가 아내와 이별을 하고 완전히 넋을 잃고 베란다 쪽 창문을 열어 놓 고 사흘이고 나흘이고 바깥만 내다보면서 손가락 하나 발가락 하 나, 아니 머리카락 하나 까딱하지 못하면서 석상처럼 앉아 있던 그 때의 모습이 보였습니다.

그때 우리 집 앞에는 동네 아이들에게 피아노를 가르치는 아 주 젊은 과부가 친정어머니와 같이 살고 있었습니다. 결혼 후 아 이 하나를 낳고 나서, 남편이 친구들과 물놀이를 갔다가 심장마

비로 죽은 여자였습니다. 내 어머니와 그 친정어머니는 고향이 같은 사람이어서 연령 차이가 있음에도 불구하고 참 가깝게 지내고 있었습니다.

간혹 어머니께서 지나가는 말씀으로 나에게 이렇게 얘기한 적이 있습니다.

— 앞 집 색시, 참 착한 색시인데 너무나 불쌍하다. 색시의 친정 엄마가 가만히 들어보면 딸이 밤늦게 제 방에서 쪼그리고 앉아서 매일 밤 한없이 처량하게 울고 있단다.

어머니의 그 말씀에 나는 그 젊은 여인도 내 어머니 신세와 같이 청상이 되었구나, 하는 정도였습니다. 그때 내가 석고상이 되어 새벽 3~4시까지 창문을 열어 놓고 넋을 잃고 앉아 있던 어느 날 새벽, 그 젊은 피아노 선생이 새벽 3시경에 택시에서 내리더니, 내가 귀신처럼 앉아 있는 모습을 보고는 자기 집 대문 뒤에 숨더니 한 시간 이상이 지나도 꼼짝하지 못하고 계속 대문 뒤에 숨어 있는 것이었습니다.

피아노 선생의 이런 밤마실 행사가 사실 오늘이 처음은 아니었습니다. 그 동안 그 시간쯤에 나와 몇 번 눈이 마주쳤는데…… 오늘은 그녀가 그만 기절을 한 듯했습니다. 그때 나는 멍한 머리와 텅 빈 가슴으로

— 저 선생이 왜 저러고 있지?

이렇게 중얼거리면서도, 아아 내가 이 자리를 피해줘야 되겠

다 싶어 자리에서 일어서려니 내 몸은 사지가 완전히 굳어 시멘트 덩어리가 되어 있어 꼼짝도 할 수 없었습니다.

나는 겨우 엉덩이를 조금씩 밀면서 내 몸을 조심스레 내 방 쪽으로 옮겼습니다.

그런 일이 있은 후부터 나는 뒤쪽 베란다의 창문을 열고 의자를 놓고는 거기 앉아 있었습니다. 창문이라도 열어 놓고 밖이라도 내다보지 않으면 심장이 터져 미칠 지경이었기 때문입니다. 앞집과 우리 집, 뒷집 이렇게 새 집터가 삼재(三災)터인지, 앞에서 말한 대로 앞집은 청상과부 피아노 선생, 나는 이런 홀아비, 뒷집은 다방하던 남편이 도박에 빠져 칼 맞고 죽은 중년이 넘은 과수댁 이었습니다.

서럽게 기가 찬 인간들이 모여 사는 이웃들이었습니다. 내가 뒷 베란다 쪽의 창문을 열고 그곳의 의자에 앉아 비몽사몽에 젖어 있는데, 죽은 남편이 하던 다방업을 계속하던 뒷집 과부는 매일 새벽 2~3시경에는 다른 사내와 팔짱을 끼고 집으로 들어오는 것이었습니다.

방귀 뀐 년이 성 낸다더니, 이 과수댁은 오늘도 술에 만취가 되어 어떤 미친 사내와 함께 들어오면서 내가 거기에 송장처럼 죽치고 있는 모습을 보고는

— 거기 창문 앞에 사람이요? 귀신이요? 씨팔 존나 재수없게…….

큰소리로 떠들면서 쌍욕을 퍼부어대는 것이었습니다. 나는 아무 말도 안 하고 방 안으로 들어온 적이 있었습니다.

그런데 이렇게 설핏 잠이 들었는데 꿈에 그때 있었던 비참하고 처절했던 사실들이 꿈으로 보였던 것입니다. 나는 벌떡 일어나서 뜨거운 물을 받아 몸을 깨끗이 씻었습니다.

온몸을 부르르 떨면서 정신을 차리려고 몸부림을 쳤습니다. 중국집으로 전화하여 몇 가지 음식을 시켜 먹고 나니 조금 정신이 들기 시작하였습니다.

꽃다운 아내가 언젠가 나에게 조근조근히 들려주던 이야기 하나가 생각났습니다. K 백조는 참으로 성숙하였고 생각이 깊었으며 의과 대학생답게 인간의 여러 모에 대해서 그녀의 나이답지 않게 깊은 철학을 가지고 있었습니다.

우리 내외는 일반 부부와 똑같이 여보! 당신! 하고 부르면서도 입맞춤을 하는 정도 이외에는 아무런 신체적 접촉을 하지 않았습니다. 다시 말하지만 우리는 88년 4월 4일에 만나서— 꽃밤을 만들어 꽃그림을 그린 날은 90년 10월 10일이었습니다— 여기서 '꽃밤 꽃그림'이란 말의 뜻을 설명해야 하겠습니다.

- 꽃밤 — 정말 순백하고 순결하고 순수한 숫총각 숫처녀가 합방을 하는 첫날밤을 말합니다.
- 꽃그림 — 숫총각 숫처녀가 처음으로 하늘문을 열고 나면

새하얀 요 위에는 '빨간 진홍의 진달래꽃'이 핍
니다. 첫 흔적입니다. 이를 꽃그림이라 합니다.

우리가 아직 하늘문을 열지 않았을 때 아내는 내 팔베개를 베
고 누워서는

— 여보, 여자가 어떤 존재인지 아세요?

— 글쎄요, 좀 알 것 같았는데 당신을 만나고 나서는 여자가
무엇인지 통 모르고 있네요.

— 호호호. 옛부터 이런 말씀이 있지 않습니까? 하나님께서
는 모든 가정에 직접 가서서 계실 수가 없어, 각 가정마다 어머니
를 보내셨다구요.

— 그렇지요. 그런 말씀이 있는 것은 나도 알고 있습니다
만……

— 그래요, 어머니는 여자가 아닙니까? 당신이 저보다 더 잘
아시겠지만, 신과 인간의 차이점은 많고도 많겠지만 그 중 제가
생각한 한 가지만 얘기하고 싶어요.

— 이야기해 보세요. 잘 들을게요.

그녀는 조용히 말을 이어갔습니다.

— 당신은 이런 면에서 저에게 너무나 좋은 분이에요. 조그
마한 저의 의견에 항상 찬성해 주시고 작은 저의 숨소리까지 이
해해 주시는 거요.

— 고마워요. 이야기해 주세요.

— 사람이 신과의 많은 차이 중 하나는 신은 창조자이고 인간은 공작자라는 것입니다. 우리가 알다시피 오늘날 이 세계의 모든 과학자가 다 동원되고 이 세상의 물질문명과 정신문화를 다 쏟아 부어도 '생명체'는 절대로 만들어 낼 수 없지 않습니까? 인조인간을 아무리 잘 만들어도 거기에는 생명이 없지 않습니까? 그저 인간이 만들어 끼워 넣어 둔 전자부품 즉, 전기의 힘으로 왔다갔다 하면서 일정한 동작만 할 뿐이잖아요?

— 그렇지요.

— 인간의 두뇌와 기술로는 생명이 들어 있는 풀잎사귀 하나를 만들지 못하지요. 그런데 여자는 '생명'을 만들어내는 존재입니다. 저는 이것을 저 스스로 '여자는 작은 하나님이다!'라고 이름을 붙여 본 적이 있습니다. 여자는 얼마큼 자라면 초경을 합니다. 이 때부터 여자는 '생명의 창조자' 곧 작은 하나님이 된다는 것이 제 생각입니다. 남자들이 버리다시피하는 물방울을 받아 천하를 주고도 바꿀 수 없는 생명체, 인간을 창조해 내는 것입니다. 그 기간이 사람에 따라서 조금씩은 다르겠지만 대략 여자 15세에서 45세까지로 보지 않습니까? 이런 여성을 가임 여성 곧 임신이 가능한 여성이라 합니다. 여자는 45세 이후에는 폐경기에 접어듭니다.

폐경이 끝난 여성은 하나님과 같은 창조의 위업을 끝내고 이제는 신선의 경지에 도달하는 단계에 접어든 것입니다. 그래서 각 가정의 어머니는 하나님이기에 그 귀한 아들 딸들을 만들어

낳았던 것입니다.

세상의 어머니들은 참으로 위대하고 고귀한 바로 하나님 자신인지도 모릅니다. 그러니 이 세상의 모든 가정에서 어머니들이 어머니로서 대접을 제대로 받고 살았으면 좋겠어요.

— 당신 참 멋진 생각을 갖고 있구려! 당신은 참으로 영리하고 슬기롭고 훌륭합니다.

— 고마워요. 저는 당신이 저와의 연령 차이, 학문의 깊이 차이 등등을 모두 버리고 한 인간으로 한 여성으로 저를 깊이 생각하고 이해해 주는 것이 너무 너무 좋아요. 여보 감사하고 고마워요.

아내는 내 품속으로 깊이깊이 파고들고 있었습니다. 나야말로 나이 차이, 사회적 환경 차이 미래의 비전에서 오히려 아내에게 한없는 감사와 존경을 해야 했습니다.

참으로 여자란 천사이며 하나님이며 구원자가 틀림없었습니다. 내 품안에서 고이 잠든 아내를 더 꼭 껴안으면서

— 나의 아내 나의 천사, 고맙고 고맙습니다.

나는 이렇게 연발하고 있었습니다. 그리고 잠든 아내의 고운 얼굴을 바라보면서, 아까 아내는 여자를 창조자라고 한다면 남자는 공작자라고 했는데, '그럼 나는 이 어리고 똑똑하고 영리하고 속이 꽉 찬 아내를 앞으로 어떤 인재로 만들어 놓는 공작자가 되어야 하나'를 깊이 생각하고 있었습니다.

― 그래 아내가 하겠다면 외국 유학을 시켜 훌륭한 학자 교수가 되도록 해야겠다.

여기까지 생각하니 나도 졸음이 스르르 왔습니다. 나는 아내의 입술에 내 입술을 살짝 댄 후 그녀를 더욱 꼭 껴안고 잠이 들었습니다.

날이 밝아 새 날이 되었습니다. 중국집 음식을 조금은 넉넉히 먹고 잠을 자고 나서 그런지 어제보다는 몸도 가볍고 마음도 그리 슬프지 않았습니다.

낯설고 물도 선 이곳 청주! 나에게 이곳은 일가친척이 하나 없는 곳입니다. 학교 동기 동창, 학교 제자, 친구 하나 없는 절해고도와 같은 땅입니다. 그러니 갈 곳이라고는 산밖에 없습니다. 그 야트막한 구룡산이라는 산 밖에는 없었습니다.

어제 올라왔을 때 힘이 빠져 앉아 있다가 도로 집으로 돌아갔던 그 돌멩이까지 올라왔습니다. 오늘 또 그 돌멩이 위에 앉을까 말까 하다가 용기를 내어 계속 걷기로 마음 먹었습니다.

조금 더 걸어가니 오래 된 묵묘 몇 기가 길 양 옆으로 나열돼 있었고 또 조금 더 가니 아주 낭떠러지나 다름없는 험한 길이 나왔습니다. 그 낭떠러지 길을 조심조심 더듬으면서 내려가는데 뱀 한 마리가 길을 막고 있었습니다.

독사나 살모사 같은 독뱀은 아니고 내가 어릴 적 우리 시골 길에서도 자주 보던 빛깔이 알록달록한 유혈목이었습니다. 나는 오랜만에 만나는 그 유혈목이 친숙하고 반가웠습니다. 그러나 그놈은 그 특유의 날램으로 옆 숲속으로 금세 쏜살같이 몸을 감추고 말았습니다.

험한 길을 다 내려오니 그 밑에는 넓은 밭이 펼쳐져 있었는데 심어져 있는 농작물이 귀리 밀이었습니다. 이 농작물도 참 오랜만에 보는 것이었습니다.

6·25 전쟁이 끝나고 황폐한 들판에 헐벗고 굶주린 농부들이 메마른 땅에서도 잘 자라는 이 귀리 밀을 심었던 것입니다. 지금 이 도시가 그래도 도청소재지인데 이런 뱀이 나오고 이런 농작물이 보이니, 어느덧 내 마음은 꼭 시골 고향 마을을 찾는 기분이었습니다. 귀리 밀밭 근처의 호박구덩이에서는 싱싱하고 푸르고 억센 줄기의 호박 넝쿨이 죽죽 뻗어 나가고 있었습니다. 둘레에는 몇 채의 조용한 집들이 있었고, 그 집들 뒤편에는 아주 큰 낙랑장송들이 점잖은 자태로 아래를 굽어들 보고 서 있었습니다.

나는 소나무 숲속으로 걸어 들어갔습니다. 아스라한 그 특유의 소나무의 향기가 내 몸을 감싸고 내 콧속으로 깊게 스며들어 왔습니다. 나는 겉껍질이 붉은색인 아름드리 큰 소나무의 뿌리에 걸터 앉았습니다.

언젠가 내가 아내에게 배운 노래가 생각났습니다.

소나무야 소나무야
언제나 푸른 네 빛

소나무야 소나무야
언제나 푸른 네 빛

쓸쓸한 가을날이나
눈보라 치는 날에도
소나무야 소나무야
변하지 않는 네 빛

나는 초등에서부터 고등학교까지를 아주 깡촌 시골 학교를 다녔습니다. 그러니 국어 영어 수학…… 어느 과목도 정식 전공을 공부하신 선생님께 배우지 못하고 언제나 상치교사(相馳敎師)님들께 배웠습니다.

즉 불어를 전공한 분이 영어를 가르치고 한문을 공부한 분이 국어를 가르치고 농업을 공부한 분이 생물을 가르치고…… 그러니 예능과목인 음악, 미술, 체육 등은 전문 선생님한테서 배워 본 적이 한 번도 없었던 것입니다.

내가 위의 노래— 소나무야! 소나무야! — 노래를 한 마디만 흥얼거리다가 끝내고 만다는 것을 알았던 아내가

— 여보, 당신은 그 노래가 참 좋은가 봐요?

— 좋다 말다요, 그런데 둘째 마디부터는 가사도 모르겠고…….

— 그래요? 그럼 제가 가르쳐 드릴게요.

아내는 금방 백지에 노래 가사를 적어 와서는 나를 유치원생이나 초등학생 가르치듯이 상세히 몇 시간 동안을 가르쳐 준 것입니다. 그 곱고 고운 꾀꼬리 같은 목소리로 정성을 다 하여……

이 노래는 지금도 내 핸드폰의 알림노래가 되어 있습니다. 나는 소나무 뿌리에 걸터 앉아서는 아내를 그리며 이 노래를 조용히, 그리고 간절한 마음으로 정성을 다하여 몇 번이나 불렀습니다.

특히…… 변하지 않는 네 빛, 마지막 소절에는 메어드는 목소리를 주체할 수가 없었습니다.

낯선 땅에서 그것도 나이가 잔뜩 든 사람이 평생에 처음으로 해 보는 사업— 원룸 업— 은 참으로 힘이 들고 사람을 난감하게 하고 어떨 때는 눈살이 찌푸려지게 하였습니다. 스무 개의 방에서는 하루가 멀다 하고 매일같이 손 보고 수리해야 할 일이 생겼습니다.

나는 내 손으로 무엇을 고친다든지 수리 교체하는 일에는 일체 무재주 무능력의 사람인 것입니다.

그러니 일일이 기술자들의 손을 빌려야 했는데 어느 날은 점심을 굶고 하루 종일 기술자의 뒤를 따라 다니다가 저녁을 맞으면 허기가 지고 맥이 빠져 쓰러질 것 같았습니다.

이상하게도 이 지방의 수리공들은 일을 하러 온다면서 슬리퍼를 질질 끌고 빈손으로 와서는 주인인 나를 보고— 펜치 가져와라, 망치 가져와라, 톱 가져와라, 또 못 가져와라, 철사 가져와라, 테이프 가져와라 하였습니다.

일하러 온 이놈은 아래층에 앉아 담배를 뻑뻑 피우다가 싯누런 더러운 가래침을 복도에 탁 뱉고는 슬리퍼로 쓱쓱 문지르는 것이었습니다. 그래서 어느 놈이 일을 시킨 주인인지 어느 놈이 일하러 온 일꾼인지 구분이 안 될 때가 너무나 많았습니다.

어떨 때는 울고 싶기도 하였고, 들고 온 망치로 이놈의 골통을 내려치고 싶을 때도 더러 있었습니다. 이 힘들고 아니꼽고 어쩌면 치사하고 더러운 이것을— 밥을 먹고 살겠다고 이런 꼴을 당하고 사는 내가 한심하여 큰일을 내고 싶을 때가 한두 번이 아니었습니다.

그럴 때마다 나에게 사기 공갈 협박을 다 한, 인간 이하의 인간 아니 짐승만도 못 한 서울의 그 더럽고 사악한 김바우놈과 그 자식놈으로, 한 때 내 제자였던 김육이란 놈, 이 부자 놈들의 상판대기가 떠올라 온몸이 분노로 사시나무 떨듯이 떨어야 했습니다.

이런 고통 속에서 이 원룸 사업을 한 지 일 년 반이 지났을 무렵에 내 뱃속에서는 통증이 오기 시작하였습니다. 그 아픔은 상상을 초월하였습니다.

이마를 거실 바닥에 처박고는 뱅글뱅글 밤새도록 돌았습니다. 그런데도 만사가 귀찮고 또 어떻게 해야 할지 엄두조차 나지 않아서 그 아픔을 가지고 또 하루를 보냈습니다.

다음날 119를 불러 시내에 있는 큰 병원 응급실로 갔습니다. 말이 응급실이지 급한 환자 데려다 놓고 꾸물꾸물 어슬렁어슬렁 지렁이 경주하듯이 빌빌대더니

— 담석증입니다. 수술해야 합니다.

하였습니다. 수술을 끝내고 입원실로 왔는데 얼마나 아픈지

— 나 죽어! 죽는다고~! 나 죽어 나 죽는다고~!!

소리 소리를 두 시간이나 친 후에야 족제비 같은 의사인지 인턴인지가 와서 송장 쳐다보듯이 삐죽 쳐다 보고는 간호사한테

— 진통제 주사나 한 대 놔 줘!

이게 모두이고 전부였습니다. 참, 이게 배워서 의사가 되었다는 이 인간들의 행위였습니다. 나는 깊은 밤이 지나고 새벽이 올 때쯤이 되었을 때 아내 생각이 나기 시작하였습니다.

그 고운 나의 아내, 그 아름다운 나의 아내, 내 목숨보다 더 중한 나의 아내 K 백조!!

아내는 언제 나에게 이런 말을 했습니다.

— 여보, 당신은 근본 체력이 좋은 편이에요. 무엇보다 당신의 생활습관은 참으로 좋아요. 시간 나실 적마다 언제 어디서나

걷고 달리시고 식사량도 많지 않으시고요. 그 대신 음주에는 문제가 있어요.

— 그렇지요. 음주에 문제가 있지요?

— 음주량과 횟수를 조금씩 줄이는 쪽으로 마음을 잡아 보세요.

— 그렇게 할게요. 정말로 내가 건강해야 하는데…….

나의 뒷말이 흐려지고 있었습니다. 그 날 아내는 손가락을 꼽아 가며 나직나직하게 그러나 또렷한 어조로 이런 이야기를 했습니다.

— 당신과 나는 부부다. 그런데 남편인 당신은 나보다 나이가 22세나 많다. 솔직히 내가 신경 쓰이는 것도 친정 부모님들의 과도하게 우리 둘의 관계를 파고드는 것도 결국은 나이 차이가 가장 큰 원인이다. 그러니 무엇보다 당신은 건강에 항상 조심하고 모든 음식이나 생활환경에 유의해야 한다. 나는 의사가 되겠지만 근본적으로 나쁜 질환이나 나쁜 생활 습관으로 망가진 몸이야 어떻게 잘 돌볼 수가 있겠는가? 당신은 88세까지만 청년처럼 생활해 주오. 그럼 우리 부부는 44년 동안 젊음을 같이한 부부가 된다. 그때 내 나이는 66세가 된다. 그 다음 노후는 내가 보듬고 가꿔 드리겠다. 인명은 재천이라 했으니 순리에 따라서 살면 된다. 일체유심조라는 말이 있지 않은가? 그 때까지 건강하게 살겠다고 단단히 마음 잡수시고 모든 행위를 절도있게 하시면 반드시

뜻을 이룬다. 나는 서방님의 옹골찬 심성만 믿고 뒤에서 열심히 보필해 드리겠다!!

　이런 내용의 말을 얼마나 진지하고 진솔하고 티 없이 하나하나 짚어 가면서 말을 하는지, 가만히 듣고 있던 내 눈에서 달달하고 소박하고 아름다운 영롱한 눈물이 뚝하고 떨어졌습니다.

　나를 그렇게 속속들이 깊이 생각하면서 하나하나 이루어 나갈 꿈을 꾸고 계획을 하고 있던 나의 아내 K 백조!!

　여보! 당신이 그립습니다. 당신이 보고 싶습니다. 나는 그 엉성하고 찬바람이 빙빙 돌고 인정머리라고는 약에 쓰려고 찾아도 하나 없는 그 병원 그 병실에서 일 주일 가량을 누워서 아내만 그리다가 퇴원을 하였습니다. 가을이 깊어 가고 있었습니다.

장호항과 어달래

나는 기분도 전환할 겸 동해안 쪽으로 여행을 떠났습니다. 청주역에서 기차를 타고 제천역에서 내려 정동진 쪽으로 가는 기차로 갈아 탔습니다.

묵호역에서 내렸습니다. 택시를 타고 어달래(어달리)로 갔습니다. 그 바닷가에는 예나 지금이나 명품인 큰 바위가 바닷가에 이순신 장군처럼 버티고 서 있었습니다. 나는 이 바위를 볼 적마다 두 눈이 번쩍 뜨이며 가슴 속에서는 벅찬 감흥이 일어납니다.

어쩌면 저리도 당당하고 꾸밈이 없을까? 영웅의 모습으로 서서 바다를 응시하는 그 눈빛의 형형함과 당당함. 장엄하면서도 위압감을 주기는커녕 넉넉함과 푸근한 가슴으로 나를 품고 너를 품고 모두를 품고, 이 세상을 따뜻이 안는 원만함이 느껴졌습니다.

나는 3~40분 동안 이 바위의 이쪽 저쪽과 위아래를 살펴보다가, 어달래 동네 안에 있는 느티나무를 찾아 갔습니다.

어달리 57-1번지에 서 있는 보호수 느티나무, 연세는 300수!

나는 어머니를 그려 보았습니다. 내 아버지와 어머니는 당신들의 나이 18세와 15세에 결혼식을 올렸습니다. 담대하고 당당한 총각이었고 수려하고 훤칠하게 빼어난 처녀였습니다.

그 고을에서는 그 당시의 모두가 인정하는 양가집들이었고 혼사를 앞둔 모든 부모들이 침을 삼키는 도련님이었고 규수였습니다. 두 분은 신혼여행으로 동해안을 따라 올라갔습니다. 이 것만 봐도 그 당시 양가의 재력이나 두 분의 위치를 알 수 있습니다.

어머니는 나와 함께 서울에서 생활하실 때 항상 신혼 당시의 꿈같았던 시간을 기억하셔서 추억으로 되새기면서 어달래 앞바다에 있는 예의 그 큰바위와 이 느티나무를 말씀하였습니다.

그리고 시골에 있는 당신의 친구 몇 분을 데리고 이곳을 여행하신 적도 있었습니다. 어머니가 하늘나라로 가시고 나는 어머니가 그립고 안타까울 때 혼자서 이곳을 찾은 적이 있었습니다.

나는 오늘 또 이 거목인 느티나무 아래에 섰습니다. 어머니 생각이 나면서 아내 생각이 더욱 또렷하게 떠올랐습니다. 어린 아내는 연세가 높으신 어머니를, 막내 딸이 친정 노모를 모시듯 그렇게 환한 얼굴과 조용한 말씨로 정성을 다 하여 병원으로 또 약국으로 모시고 다녔습니다.

　한 번은 어머니를 모시고 노인들에게 뼈 주사를 잘 놓는다는 왕십리 무학여고 쪽으로 어머니를 모시고 택시를 탔던 모양입니다. 뒷좌석에 앉은 고부는 이런저런 이야기를 나누었답니다. 그때 아내는 어머니의 호칭을 꼭 어머니! 어머니! 하고 불렀습니다.

　앞에서 운전을 하던 기사가 뒤를 힐끔힐끔 눈 여겨 보고 있다가

　— 옆에 앉으신 어르신이 할머니가 아니고 어머니이신가요?

하고 물었답니다. 그러자 아내는

　— 예, 저 시어머님이세요. 저는 어머님의 막내며느리예요.

했더니 기사가 고개를 갸웃갸웃 하면서

　— 내가 눈이 나쁜 건가?

하더랍니다.

　내가 그날 늦게 돌아와 같이 저녁을 먹으면서 이 이야기를 하여 잠시 웃은 적이 있었습니다.

　나무의 높이는 12m 나무 둘레는 2.7m 약간은 비탈에 서 있는 나무를 나는 힘껏 껴안았습니다. 어머니와 아내를 동시에 껴안고 있었던 것입니다. 어머니의 품 속 같이 아내의 품안 같이 따뜻하고 포근하였습니다. 나무 그늘에 한참 서 있다가 나무에게

안녕!을 고하고는 장호항으로 왔습니다.

동해안의 절경 중 최고의 절경인 곳이 장호항의 절경입니다.

장호항은 역시 동해의 나폴리였습니다. 내 부모님의 택호는 '장호댁'입니다. 결혼식을 올린 내 아버지와 어머니는 나이는 어린 신혼부부였지만, 아주 성숙하였고 담대하였으며 그런대로 공부도 하셨던 분들이었습니다.

신혼여행으로 동해안 쪽을 쭈욱 돌아보셨는데 아버지의 마음에 가장 정겹고 영원히 잊지 못할 장소는 절경인 장호항이었고, 어머니의 가슴속에 가장 아로새겨진 장소는 어달래였습니다.

그래서 두 분은 당신들의 택호를 '장호댁'으로 짓기로 하였고 자녀들이 태어나면 이름에 어달래의 '달'자를 넣기로 하였답니다.

그래서 내 부모님의 택호는 장호댁입니다. 그리고 우리 5형제의 이름이 영달, 태달, 수달, 근달, 성달 이렇게 되어 있는 것입니다. (그 당시 모든 택호는 신부측 동네 이름을 따서 짓는 게 일반적이었고 그것만이 당연한 일이었습니다. 그러나 내 부모님은 그렇게 하시지 않으셨던 것입니다.)

나는 장호항 바닷가의 절벽 위에 세워져 있는 장호항 전망대 위로 올라갔습니다. 푸른 동해의 장엄한 바닷물이 내 가슴을 시원히 적시었습니다. 해변가의 신선이 깎아 세운 듯한 바위 위를 한가로이 나는 갈매기의 여유로운 분위기는 나를 꿈결 속으로 이끄는 것 같았습니다.

전망대의 난간 기둥을 잡고 오랫동안 정신없이 서 있던 내가 눈을 뜨고 정신을 차렸습니다. 일몰의 석양빛이 사위에서 파라다이스처럼 퍼져나가고 있었기 때문입니다.

바다! 동해 바다! 넓고 넓은 바다!

그 넉넉한 바다 위에 펼쳐지는 만추의 저녁 노을. 이제 내 가슴에는 아내 생각만으로 풍선이 되어 바다 위를 훨훨 날고 있었습니다. 한참을 더 있다가 층계를 천천히 밟으며 내려 왔습니다.

바로 앞에 있는 식당에서 저녁밥을 받고 앉았습니다. 목이 콱 막히며 사지의 힘이 쑥 빠져 나가면서 긴 한숨만 터져 나왔습니다. 나는 국물 몇 순가락을 떠먹고는 그 곁에 있는 작은 모텔이라는 곳으로 들어갔습니다.

우선 씻었습니다. 그리고 밖으로 나와서 맥주 몇 병과 안주를 사들고 다시 방으로 들어왔습니다. 방 안에 놓여 있는 자그마하면서도 깨끗이 정리되어 놓여 있는 침대를 보자, 나는 아내와 처음으로 신혼여행을 갔던 경주의 그 방이 떠올랐습니다.

어쩌면 이리도 같은 분위기인가? 그런데 내 마음은 왜 이다지도 슬플까? 나는 맥주를 내리 석 잔을 숨 쉴 틈도 주지 않고 눈을 감고 악을 쓰면서 마셨습니다. 내 아버지와 어머니는 당신들 나이가 18세, 15세일 때 이곳으로 와서, 이곳의 경치와 물산을 감상하며 신혼의 단꿈을 다 나누시고, 앞으로 평생 남을 '택호와 자녀들의 이름'까지 다 결정하였는데 나는 48세, 아내는 26세나 되는 나이에 사지를 잘라내고 심장을 도려내고 눈동자를 뽑아내는 아픔보다 더한 생이별, 생가지를 찢어내는 이혼 아닌 이별을 했단 말인가?

나는 이렇게도 못 나고 어리석고 빈쭉정이 인생이란 말인가?

빈속에 술기운이 돌면서 내 심장은 뛰다 못해 달리다가 이젠 터질려고 하였습니다.

나는 나에게 "못난 놈! 못난 놈! 넌 죽어야 해~!"를 계속 되뇌면서 애꿎은 맥주만 원수놈을 잡아 삼키듯 계속 목구멍 속으로 처넣고 있었습니다. 사위는 조용해지고 밤바다에 외로이 켜져 있는 어선 몇 척의 불빛이 희미하게 보였습니다.

내 눈에서 흐르는 뜨거운 눈물이 모든 것을 뿌옇고 흐리게 하였을 것입니다. 아내는 내 앞에 앉아서 방실방실 웃고 있었고, 나는 아내의 곱고 따뜻한 손을 잡고 있는 것 같았습니다.

그렇게 다정하고 솔직하고 참 되어 내 마음을 나보다 더 잘 알아서 항상 분위기를 꽃동산으로 이끌던 천사의 아내! 나는 술이 취해 가물가물한 비몽사몽의 지경이 되었던가 봅니다.

여관방의 작은 화장대 위에 놓여 있는 새카만 전화기가 눈에 들어 왔습니다. 전화기를 와락 잡았습니다. 그때 쿵하고 내 심장이 무너져 내렸습니다.

우리는 이별하기 3일 전부터 한 방에서만 있었습니다.

아내 친정 부모님의 '황혼이혼'을 그냥 두어 버릴 것인가, 아니면 우리 부부가 '이별을 감행'할 것인가를 두고…… 우리 내외는 울다가 웃다가, 소리치다가 침묵하다가, 꼭 껴안고 있다가 휭하니 돌아서 있다가, 머리카락을 잡아 뜯고 있다가 멍하니 있다가, 방바닥을 치면서 엉엉 울고 있다가 두 손을 높이 들고 허허허 웃다가, 맨바닥에 돌돌 구르다가 구석에 망부석처럼 서 있다가를 하였습니다.

그렇게 영민하고 극히 이성적이어서 간혹 얼음같이 냉정하고 단칼에 일도양단하는 과감성에, 나이에 비해서 여자이면서도 생각이 정리된 후에는 면도칼보다 더 냉엄했던 아내도 이 3일간은 어금니를 꽉 깨물고 두 눈을 부릅뜨고는 양손을 깍지 끼고는 윗목에 동그마니 앉아 있는데…… 나는 피를 토할 수 밖에 없었습니다.

그래, 내가 죽자! 내가 죽어야 저 내 아내가 사는 거다! 하늘이 내 머리 위에 벼락불을 쏟아 부어 나를 죽이고 땅이 꺼져 내 몸이 시뻘건 용암 덩어리 사이로 끌려 들어가 내가 죽어도 나는 이 길을 택해야만 한다. 내가 담당하고 내가 책임져야 해! 내가 죽어야 해~!!

세상의 어느 누구들은 하룻밤을 자도 만리장성을 쌓고, 또 누구는 저 이쁜이와 단 3일만 같이 살았으면 내 평생에 원도 한도 없겠다고 말하지 않던가?

나는 저 천상의 예쁜 천사의 아내와 4년을 같이 살았다. 그렇다…… 4년을 하룻밤에 비교하고 3일에 비견하랴? 이건 속되고 속된 비유지만 지금 이 순간에 나를 위해서 할 말이 뭣이 있단 말인가?

지금 내가 사생결단을 내지 않고 뭉기적거리고 있다가는, 사랑과 신념과 윤리와 도덕과 인간의 가치를 저울에 올려놓고, 정밀하고 세밀하고 정확히 계산하면서 침묵으로 저렇게 일관하고 있는, 저 똑똑하고 현명한 아내가 정말 큰 결단을 내리고 말지도 몰라!!

나는 내 가슴을 쓸어내리면서 죽음과 마주하는 결단을 선포해야만 했습니다.

— 여보, 앞으로 우리 두 사람 중 누가 먼저 연락하기 전에는 절대 연락하지 말기~!! 로 합시다.

나의 이 절규에는 붉은 피가 흐르고 있었고, 간장을 찢어내는 음성에는 빛나는 영혼이 춤을 추고 있었고, 폭발하는 내 몸짓에는 거룩함 마저 숨죽이고 있었을 것입니다.

아내는 새카만 눈동자를 고정시키고 긴 호흡을 하면서 천장을 바라보면서 한참을 생각하더니

— 여보, 당신 말씀의 뜻을 따르겠습니다. 그대로 하겠습니다.

아내는 총명한 두뇌로 내 말의 진의를 속속들이 꿰뚫고 있었던 것입니다.

• 누가 먼저 연락하기 전에는 절대로 연락하지 말자!

우리 내외는 어느 순간의 결정적 계기가 지나면, 칼같이 그 다음은 영원히 만남은 없다~!! 는 말이었습니다. 나는 잡았던 전화기를 내려놓아야 했습니다.

이것은 우리 부부의 "진정한 사랑의 대서사시의 절정"을 가리키는 말인 동시에 행동으로 표현했던 것이었습니다.

우리 내외의 목숨보다 더한 참사랑, 죽음을 뛰어 넘는 사랑, 곱고 순결하고 티없는 사랑, 하늘을 찌른 자부심의 사랑, 이 세상 어느 누구도 생각도 상상도 못 해 본 사랑…… 우리 내외만의 백설같은 사랑만이 말하고 수긍하여 지켜 낼— 피가 철철 흐르는 참사랑 종결의 고백— 이었던 것입니다.

나는 왜 그때 그렇게도 독한 말로 내 앞길을 내 스스로가 틀어막아 버렸을까? "서로 영원히 연락 한 번 없이 살자!" 라고.

나는 엉금엉금 화장실로 기어가서 토악질을 하기 시작했습니다. 그리고는 욕조 바닥에 노숙자처럼 처박혀 드러누워서는

높고 높은 하늘이여
깊고 깊은 바다여
높아도 깊어도 빛은 하난데.

같이 있어도
헤어져 있어도 맘은 하난데

보내고 그리는 정은

아! 아! 왜 이다지도

아프기만 하단 말이뇨?

뭐라고 중얼거리면서 잠이 들었던가 봅니다.

그 해 가을은 낙엽을 밟을 때마다 아내를 그리워하였고, 흰 눈이 내렸을 때에는 아내가 보고파 목 놓아 엉엉 울었습니다. 길고 캄캄하여 숨 막히던 겨울이 지나가고, 또 봄앓이를 죽도록 하고 나니 여름이 되어 있었습니다.

내가 청주에서 소유하고 있는 원룸은 그 고장의 지명을 딴 국립대학교 바로 앞에 자리잡고 있었기 때문에, 내 집에서 생활하는 입주자들은 모두가 이 대학의 학생들이었습니다.

나는 평생을 교직에 몸담고 있었고 대학에서 강의를 했고, 서울에서 이름 난 큰 대입시 학원에서도 학생들을 가르쳤기 때문에, 내 마음 속에는 언제나 학생이 담겨 있었고 또 학생들이 좋고 반가웠으며, 학교의 건물만 봐도 가슴이 흐뭇하고 기쁨이 솟아올랐습니다.

나는 오전 10시경이면 하루는 구룡산에 올라갔고 또 다음날은 이 넓은 국립대학의 교정을 걸었습니다. 건강하고 해맑은 대학생들의 자태를 볼 때마다, 사랑하는 내 아내 K 백조가 한없이 떠올랐습니다.

그래서 나는 될 수 있으면 학생들이 눈에 덜 띄고 또 학생들이나 누구에게도 장애가 되는 일이 없도록 하기 위해서 학교 둘레의 맨 가장자리를 따라, 이 학교가 만들어 둔— 까치 오솔길—만 따라서 걸었습니다.

이 까치 오솔길 한 바퀴의 길이가 약 3km쯤 되는 모양입니다. 그것은 내 보폭에 걸음걸이 수를 곱하여 계산해 본 수치였습니다. 거의가 소나무숲 사이를 걷도록 만들어진 산책길이었지만, 한 곳에는 빽빽하고 푸르고 힘 찬 대나무 숲으로 덮여 있는 장소도 있었습니다.

나는 본디부터 걸음이 아주 빠르고 날랜 사람입니다. 60분 정도를 걸으면 6km를 걷는 사람입니다.

꾀꼬리는 또다시 울고

나는 아주 깊은 산골의 시골 고등학교를 다녔는데 그때 집안 형편이 하도 어려워서 등하교길 26km를 걸어서 다녔습니다. 새벽에 등교길에 오르면 한 밤중에 집으로 돌아왔습니다.

그러나 언제든 등교하여 교실 문을 처음으로 열고 들어서는 학생은 나였습니다. 원래 치타처럼 날쌔었던 나는 중고등학교를 이렇게 걸어다니고 보니, 무슨 산악부대원 이상의 속보를 지니고 있었던 것입니다.

그러나 이 대학의 산책 오솔길에서는 죽을 힘을 다하여 일부로 천천히 천천히 걸었습니다. 소처럼 천천히 걸어야지 하고 걷는데도 조금 걷다 보면 나는 벌써 말처럼 걷고 있는 것이었습니다. 나는 또 나에게 명령을 내립니다.

— 천천히 걸어~!

내 그리움의 혼이 저 뒤에서 가쁜 숨을 헐떡이면서 좇아오고 있는 것 같아서였습니다. (실은 내 아내 K 백조는 운동으로 단련된 사람이어서 평소에 나와 같이 거닐 때 참으로 보폭이 잘 맞았습니다.)

저 뒤에서 땀을 뻘뻘 흘리면서 뒤따라오는 것은— 아내에 대한 나의 그리움— 이었습니다. 이 학교의 둘레길 동편에는 큰 상수리나무로 숲을 이룬 곳이 있습니다. 여름날의 시원한 그늘이 가장 두터운 곳입니다.

나는 어제도 오늘도 이 근방을 지날 때면, 그 새소리가 나는가싶어 귀를 쫑긋 세우고 숨을 죽이면서 발자국 소리를 줄입니다. 그 소리는 꾀꼬리 노래 소리입니다. 샛노란 색깔에 크기도 제법 큰 그 새, 꾀꼬리!

나는 어릴 적 시골에 살적부터 이 새가 좋았고 이 새의 노래 소리 듣기를 참으로 갈구하였습니다. 마음 같아서는 이 새를 꼭 한 번 내 손 위에 올려놓고서는 얘기를 나누고 싶기도 하였습니다.

그러던 그 새가 아내와 이별을 한 후부터는 한숨의 새, 눈물의 새, 내 가슴을 미어터지게 하는 새, 두 눈이 감겨지고 머릿속이 아득해지는 새가 되었습니다.

펄펄 나는 저 꾀꼬리

암수 서로 정답구나

외로울사 이 내 몸은

어느 뉘와 함께 갈꼬

누구는 아내가 둘이나 있어 이런 노래를 불렀는데 나는 하나 뿐인 내 목숨보다, 내 심장을 도려내고 내 두 눈을 뽑아내도 아프지 않을, 그렇게 그렇게 사랑하는 아내를 보내고 낯설고 물설은 이 타향의 숲속에서 꾀꼬리의 저 처량하고 애타는 목소리를 나 혼자 들으면서 그리움에 치를 떨고 있는 것입니다.

오늘은 어쩌면 꾀꼬리의 자태를 볼 수도 있지 않을까 싶어 나는 그 숲속에 가만히 쭈그리고 앉았습니다. 이 새는 역시 새 중에는 귀족 새인지 모릅니다. 사람이 있다 싶으면 노래를 부르지 않습니다.

20여 분이 지나자 저쪽 편에 있는 상수리나무 숲에서 꾀꼴 꾀꼴 꾀오꼴 하는 소리가 들려 왔습니다. 앉아 있던 나는 자세를 더욱 낮추어 머리를 두 다리 사이로 밀어 넣었습니다.

오늘은 이 새의 모습을 꼭 한 번 봤으면 하는 간절함의 표현이었습니다. 나는 지금 꾀꼬리 새를 보려고 애를 쓰는 게 아닙니다. 그립고 고운 나의 아내 K 백조를 찾고 있는 것입니다.

그 후 30여 분을 더 기다려 봤지만 꾀꼴 꾀꼴 꾀꼬올 하며 노래하는 소리는 두어 번 더 들었습니다만, 끝내 그 아름다운 꾀꼬리의 자태— 아내의 모습— 는 보여 주질 않았습니다.

나는 내가 쓴 책《꽃밤 꽃그림》에서 노래하였던
'내 평생 소원(Bucket list)'이 생각났습니다.

내 아내 한 번 만나는 것,

아니……

내 아내의 목소리라도

한 번 들어보는 것~!!

그렇다면 나는 오늘 내 평생 소원의 절반은 이루었단 말인가— 꾀꼬리의 목소리를 들었으니까!

나는 상수리 숲을 나와 뙤약볕 아래를 걸으니 흐르는 땀을 주체할 수가 없었습니다. 모진 더위마저 숨통을 콱콱 막아 대었습니다. 눈앞에 보이는 동네에 있는 대중목욕탕으로 들어갔습니다.

목욕탕 안은 텅텅 비다시피 한산하였습니다. 나는 온몸의 땀을 씻어 낸 다음 냉탕 속으로 잠수하였습니다. 정말 천국의 맛이었습니다. 온몸에 달라붙었던 열기를 떼어내고 탕의 가장자리에 걸터앉으니 살 것만 같았습니다.

나는 서울 한강변에 있던 내 집을 새로 지어서 새로운 마음으로 살려고 했던- 내 꿈을 완전히 삼켜버린 그 악마의 화신을 잡아쳐잡수신 김 바우놈의 얼굴이 떠올라 현기증이 났습니다.

그 더럽고 흉악스러운 놈의 형상을 지우려고 머리를 마구 흔들었습니다. 그런데 오히려 그놈의 아들 딸들까지 떠올라 가슴에 울렁증이 나며 토악질이 나왔습니다.

그때 그 현명하고 사리판단이 분명하고 일의 앞뒤를 냉철히

예측하고 계산할 아내만 곁에 있었더라면, 그 많은 재산을 날리지도 않았을 것이고…… 그럼 이 고장에 내려와서 원룸업이라는 이 한심하고 추악한 일도 하지 않았을 것입니다!

나는 온몸이 덜덜 떨릴만큼 아내가 그리웠습니다. 아내를 향하여 미치게 소리치고 싶었습니다. 온몸이 오그라들고 사지가 뒤틀려지며 숨이 가빠지며 눈앞이 캄캄해졌습니다.

눈물을 펑펑 쏟으며 꺼억꺼억 울던 나는 한참 후 정신을 차려 벗어 놓았던 그 얇고 짧은 여름옷 몇 가지를 겨우 걸치고는 밖으로 나왔습니다.

햇볕은 아까보다 더욱 따가웠습니다. 이를 악물고 죽을힘을 다하여 집에 돌아온 후 그 자리에 쓰러져서 얼마나 울다가 잠이 든 모양이었습니다.

일본 홋카이도 여행

해가 바뀌고 온 산천이 만산홍엽으로 덮일 무렵 나는 일본 홋카이도로 여행을 떠났습니다. 아내와 헤어진 후 나는 입에 대지도 않던 커피를 마시기 시작하였습니다.

그것도 엄청나게 큰 잔에 커피를 듬뿍 넣고 거기다가 큰 스푼으로 흰 설탕을 세 숟가락이나 퍼넣어 마구 마셨습니다. 술의 양도 상당하였고, 안 피우던 담배까지 준골초가 되어 있었습니다.

그러고 보니 입맛이 떨어져 삼시세끼는 주마간산이 되었습니다. 거기에 내 강의를 듣겠다고 모여든 수천 명의 학생들을 대형 강의실에 모이게 하고는, 성능 좋은 마이크를 2개씩이나 들고 혼신의 힘을 다 하는 강의는 계속되었습니다.

하루에 6타임~7타임까지 하고 나면 내 몸은 파김치마냥 녹초가 되었습니다. 목은 말랐고 몸은 불타서…… 수업이 끝나자마자 또 맥주를 막 퍼마시기 시작하였습니다. 어쩌면 그놈의 술이 그리움에 받혀 슬픔과 괴로움에 녹아 그렇게 잘도 들어갔는지 모를 일입니다.

11월 말경에 수능이 끝나자 긴장을 풀고 정신줄을 놓고 나니 내 몸에 이상이 온 것을 직감할 수가 있었습니다. 병원을 찾아 갔습니다. 당뇨가 있다고 하였습니다. 고혈압이라고도 하였습니다.

나는 지금까지 살면서 내 주변에서 오늘날 말하는 성인병이나 치매에 걸린 어른이나 또 다른 몹쓸 병으로 앓거나 누워 있는 사람이 단 한 번도 없었기 때문에 당뇨가 뭔지 고혈압이 뭔지 알지 못하였고, 오늘 의사가 나에게 이런저런 병이 있다고 하여도 별 감정이 없었습니다. 그저 현미밥을 먹으면 좋다는 의사 선생님의 말만 귀에 남아 있었습니다.

그러니 의사 선생님의 주의 경고의 말은 곧바로 잊어버리고 여전히 술을 마시고 담배를 피우고 콩죽 같은 땀을 말로 쏟아 부으면서도 강의를 하고 또 강의를 하였습니다.

그리고 토끼 꼬리만한 시간이 생기면 아내 생각! 아내에 대한 그리움만으로 사지는 뒤틀리고 목구멍은 꽉 막히고 눈물은 가마솥에서 눈물 흐르듯이 그렇게 흘러내리는 시간을 보내고 있었습니다.

그러던 어느 날 심장이 아프기 시작하였습니다. 그래도 병원에 갈 생각은 하지 않았습니다. 며칠 후 가슴에 통증이 오기 시작하는데, 내 등쪽과 내 앞 가슴쪽 양 편에서 넓고 큰 쇠판이 조여들듯이 밀려오는데, 드디어 숨조차 쉴 수가 없었습니다.

그제서야 비틀거리면서 집 앞에 있는 대학병원에 갔더니 협심증이 대단한 단계라면서 약을 먹어야 된다고 하였습니다. 나는 그때부터 당뇨약, 고혈압약, 고지혈증약, 심장약을 정신차려 정성껏 먹지 않으면 안 되었습니다.

이번 일본 홋카이도 여행을 준비하면서 나대로는 이것저것 살피면서 준비를 하였는데, 막상 일본 땅에 내리고 보니 당뇨약, 고혈압약, 고지혈증약은 챙겨 왔는데 심장약은 빠뜨리고 왔던 것입니다.

심장약이 없다는 것을 확인하게 된 순간부터 내 가슴은 뛰기 시작하면서 심장이 슬슬 조여들기 시작하는 것 같았습니다.

여행 가이드와 밤에 택시를 타고 두 곳의 대학병원을 찾아다니면서, 일본 의사한테 진료를 받았지만, 두 곳 모두 "약은 지어 줄 수 없다!"는 것이었습니다.

(그날 밤 나는 일본 땅에서 택시 요금으로만 50여만 원을 썼습니다.) 여행일자는 4박5일인데 나 혼자 그냥 돌아올 수도 없고 참 난감하였습니다.

같이 여행 온 사람들은 부부가 아니면, 친구 몇 명과 같이 왔는데, 나만 혼자 여행을 와서는 타국 일본 땅에서 심장병으로 죽을지도 모른다는 생각이 들었습니다.

밤에 혼자 침대에 누워 있으니 아내 생각에 미칠 것만 같았습니다. 밤새도록 걱정, 또 걱정! 아내 생각! 또 아내 생각만 하였습니다. 아침이면 또 버스를 타고 다른 여행지로 떠납니다.

여행할 곳에 버스가 멈추어 서면 모두가 웃으면서 왁자지껄 밖으로 달려 나갔지만, 나는 버스 안에 그대로 앉아 있어야만 했습니다. 가슴이 아파 꼼짝할 수가 없었기 때문이었습니다.

삿포로 시청 둘레를 돌아보고 버스가 다른 행선지로 출발하려고 할 때, 나는 가이드로 부터 마이크를 얻어 얘기했습니다.

— 제가 심장약을 준비해 오지 못하여 지금 대단히 불편합니다. 심장병에 듣는 약이 있으신 분은 도움을 주셨으면 합니다.

이렇게 간절히 부탁을 하였습니다. 그랬더니 버스 저 뒤편에 있던 50대 아저씨가 깨알만한 약을 세 알 주었습니다. 그가 시키는 대로 혀 밑에 넣어서 녹여 먹으니 덜 아픈 것 같았습니다. 정말 약발을 받아서 그런지 기분상 그런 것인지 모를 일이었습니다.

아직도 여행이 끝나려면 이틀 밤을 더 자야 했습니다.

다음날 나는 어제 약을 나에게 주었던 그 아저씨에게 "그 약 두어 알을 더 얻을 수 있을까요?" 하고 공손히 부탁했더니 일언지하에 안 된다고 거절하였습니다. (여행이 끝나고 나중에 약국에 가서 그 약 이야기를 했더니, 그 약은 일본에서 흔하고 흔한 '구심'이라는 약이라고 했습니다. 그 후 나는 약을 주었던 분에게 그가 상상도 못 할 만큼의 선물을 보냈습니다. 엄청난 선물을 받은 그 아저씨가 나에게 감사의 전화를 하면서— 그 때 약을 더 드릴 수 있었는데… 미안합니다라고 말하고 있었습니다.)

이런저런 고통 속에서 비행기가 인천공항에 내리자 내 가슴은 환하게 트이면서 "이제는 살았다!"는 마음뿐이었습니다. 나는 집으로 돌아와 침대에서 팔베개를 하고 누워 있었는데 아내 생각이 납니다.

내가 아내와 이별을 하지 않았다면 이런 무시무시한 악병이 내게는 생길 리도 없었고, 어쩌다 조상 대대로 가문에 한 번도 존재하지 않았던 그런 병에 걸렸더라도 "그 착하고 의료 기술이 뛰어날 아내는 나를 잘 돌보아 주었을 것이다" 라고 생각되었습니다.

이번 같은 여행을 함께 했다면 빈틈없이 약을 챙겼을 것이고, 만약에 여기서 약을 못 챙겨 갔더라도 일본에서 충분히 임시방편의 심장약을 약국에서 구했을 것입니다.

생각이 여기까지 미치자 나는 침대에서 벌떡 일어나 집 밖으로 뛰어 나가지 않으면 미쳐버릴 것만 같았습니다. 텅텅 빈 대학교의 대운동장을 뛰고 달렸습니다. 죽을 때까지 달리고 싶었습니다.

지금 저 하늘 위 어디에 내 고운 아내가 거기에 있다면 당장 뛰어오를 것 같았습니다. 하늘이 찢어질 만큼의 소리를 지르고 싶었습니다. 이 넓고 큰 대운동장이 눈물로 가득 찰 때까지 눈물을 쏟고 싶었습니다.

또 걷고 뛰고 달렸습니다. 벌써 몇 시간째 이렇게 달리고 있는지 나도 모릅니다. 어느 순간…… 이제 나는 운동장 한가운데 푹! 하고 쓰러졌습니다.

여보 여보, 나 많이 아파요!
여보 여보, 나 당신 많이 보고 싶어요!
여보 여보, 나 지금 당신이 사무치게 그리워요!
정말 이 운동장을 한강수로 채우려는지 뜨겁고 굵은 눈물이 굽이굽이 계속 흘러 내렸습니다.

흰 철쭉 안에는

지루하고 따분한 겨울이 지나고 고소하고 알싸한 공기가 내 다리 사이로 겨드랑 사이로 살랑살랑 지나가는 봄이 오면, 그리운 아내 모습을 그리는 일로 밤이나 낮이나 앉으나 서나 내 마음은 부글부글 끓어올랐습니다.

생동의 봄 소생의 봄 희망의 봄이 오면 내 가슴은 하늘의 흰 구름을 타고 남에서 불어오는 바람을 타고 한없이 한없이 새 천지를 찾아 날아오르는 것입니다.

길가의 제비꽃이 그 가냘프고 가련한 자태를 드러내고, 산수유의 노란꽃이 지지개를 켜고, 이어 담장 밑에는 진달래가 활짝 웃고 담장 위에서는 개나리가 손을 흔들어, 마치 큰 누나가 시집 갈 때 입고 가던 분홍치마와 노랑 저고리의 모습을 드러내면 나는 가슴이 설레고 흥분하여 도대체 밤잠을 이룰 수가 없습니다.

그러다가 대단지를 이룬 철쭉꽃이 만발할 적이면 나는 아예 조석을 건너뛰며 이 꽃들의 동네를 찾아다닙니다. 우리 집 앞에 있는 국립대학 교정의 소나무 군락 아래 무더기로 철쭉이 피어날 때에는 나는 하루해가 질 때까지 그곳에 머물면서 하루에도 수백 장의 사진을 찍습니다.

푸르고 청청하고 굳센 소나무들 그늘 아래에서 수천 수만 송이의 철쭉이 손을 흔들며 피어오르는 모습은 그야말로 장관입니다. 나는 어릴 때부터 강건하고 굳세고 올곧고 푸르고 푸른 소나무는 멋지고 잘 생긴 남자에 비유하고 있었습니다.

그리고 소나무 아래에서 더 없이 활기차고 만족하고 충분하여 가슴을 펴고 하늘을 향해 마음을 다해 웃고 있는 철쭉꽃을 볼라치면, 그 자태가 당당하고 청순하고 강인한 의지를 품은 더 할 수 없이 빼어난 여성에 비유하며 살았습니다.

어느 틈엔가 내 가슴속 깊은 곳에서는 이 청청한 소나무는 나 자신을 가리켰고, 이 찬란한 철쭉꽃은 내 아내를 상징하는 것으로 자리매김하고 있었던 것입니다.

정말 활짝 웃고 있는 철쭉을 보고 있노라면 구김살 하나 없이 소박하고 여장부보다 더 의젓하고 담대한 아내가 그 안에서 하하하 웃으면서 솟아나올 것만 같았습니다.

아내와 나는 언제 어디에 있던 항상 손을 잡고 있었습니다. 조금 키가 큰 나의 손과 소담한 아내가 손을 잡고 있으면 그렇게 따뜻하고 아늑하여 더 이상 행복할 수가 없었습니다.

천하를 다 얻은 마음이었습니다. 이 세상의 모든 행복과 기쁨을 다 갖는 흡족함 이었습니다. 시장을 갈 때에도 백화점을 갈 때에도 지하철을 타려고 층계를 오르내릴 때에도 우리는 잡은 손을 떼놓은 적이 한 번도 없었습니다.

철쭉이 만개한 그 기간에는 크고 넓고 아름다운 서울 반포에 있는 내 아파트 단지에 펼쳐져 있는 철쭉을 보려고 일부러 올라오기도 하였습니다.

나는 한강변에 있던 크고 아름답던 단독주택을 김바우라는 천하의 모진 악질놈의 사술에 속아서 그렇게 날리고 말았지만, 반포에 있던 아파트는 재건축을 하여 서울에서 최고급 단지가 되면서 그 아파트 단지 자체가 엄청난 꽃동네 꽃동산으로 변해 있었습니다.

그 아파트에는 내 큰아들이 살고 있었고, 그 꽃동산에서 피는 백화만발의 꽃 중에서도 무리를 지어 피어오르는 철쭉이 나는 제일로 마음에 들었던 것입니다.

천군만마가 피어서 웃고 있는 철쭉들을 보고 있노라면 나는 배도 고프지 않았고, 피곤하지도 않았으며 늦은 밤이 되어도 졸립지도 않았습니다. 그야말로 만개한 철쭉 단지는 나에게는 지상 천국 바로 그것이었습니다.

그 많은 철쭉 무리들을 아침에 찾아와서 사진을 찍고 점심때에 와서 사진을 찍고 저녁께 와서 또 사진을 찍고…… 나는 온 종일 하하하 호호호 하고 웃고 있는— 내 아내와 함께 하고— 있었던 것입니다.

그러던 어느 날 대학 교정 저 위편에 '흰 철쭉꽃 무리'가 내 눈에 화들짝 들어 왔습니다. 나는 달려갔습니다. 다섯 평 정도의 철쭉 무리가 새하얀 꽃을 얼마나 소담하게 담뿍 피우고 있었는지…… 나는 그만 숨이 막혔습니다.

지금까지 이 대학 교정을 밤낮 다니면서 왜 오늘에야 이 흰 철쭉 무리가 내 눈을 끌었는지 모를 지경이었습니다. 크고 싱싱하고 백설처럼 순결하고 한없이 포근하고, 내 어릴 적 나를 안아주셨던 어머니 품속같이 따뜻한 내 눈앞에 있는 이 새하얀 철쭉들!

나는 그 옹골찬 꽃송이 안에서— 그리운 아내의 얼굴— 을 찾았습니다.

항상 깨끗하고 순결한 모습으로 하얀 미소를 짓던 아내, 이 철쭉같이 순후 순백 순전한 향기를 나에게 주던 아내, 나만 보면 그렇게 기뻐하고 만족해 하고 자랑스러워하던 나의 아내, 어리면서도 어른보다 더 당당하고 성숙했던 나의 아내!

나는 철쭉의 무리 앞에서 무릎의 힘이 쭉 빠져 나가면서 그 자리에 풀썩 주저앉을 수 밖에 없었습니다. 눈을 감고 한참을 앉았다가 두 눈을 가느다랗게 뜨고 하늘을 우러러 보았습니다. 흰 구름이 지나가는 5월의 청청한 하늘에서는 소나기 같은 햇살이 내리 쏟아지고 있었습니다.

　　나는 이제 그 흰 철쭉꽃 한 송이에 넋을 놓고 멍하니 들여다
보고 있었습니다. 그 꽃송이 속에는 분명 '내 아내 K 백조'가 웃
고 있었습니다. 입이 있고 코가 있고 길고 고운 속눈썹이 있고 방
실방실 웃는 화사한 얼굴이 있었습니다.

　　— 여보! 당신 언제부터 여기에 있었어요? 내가 이쪽으로 지
나다니는 걸 봤으면 날 불러야 하지 않나요? 내 당신이 그리워
보고 싶어 조석의 때를 거르면서 이 앞을 그렇게 왔다갔다 하지
않았습니까? 나를 보고 왜 부르질 않았어요?

　　내 눈에서 뜨거운 눈물이 쏟아지기 시작하였습니다. 꽃 속의
아내가 조용히 나에게 말했습니다.

　　— 제가 여기 앉아서 지나가는 당신을 보고 매일 매번 그렇
게 불러도 당신은 저쪽 붉은 꽃 곁으로만 달려갔습니다. 저는 그
런 당신이 너무나 야속하여 하루 종일 밤새껏 울기만 했습니다.
그렇지만 지금이라도 이렇게 만나 뵙게 되어 저는 얼마나 기쁜지
모르겠어요. 여보! 사랑해요~!!

　　꽃 속에서 눈물 한 방울이 뚝하고 떨어져 흘러 내렸습니다.
나는 흘러 내리는 눈물을 손바닥으로 고이고이 받아서 내 혀 끝
으로 맛을 보았습니다. 달달한 아내의 향긋한 맛이었습니다. 나
는 해가 뉘엿뉘엿 서산으로 넘어 가고 땅거미가 내릴 때까지 그
꽃을 바라보며 계속 흐느끼고 있었습니다.

어둠이 사방에 깔렸을 때 나는 그 꽃송이를 꺾어, 들고 있던 책갈피 속에 정성을 다하여 꽃잎을 펴서 넣었습니다. 나는 매년 이 철쭉 앞에서 내 그리운 아내를 만날 것이며, 그 꽃송이를 꺾어 책속에 차례로 넣어서 잘 보관할 것입니다.

무심천 갈대밭의 밤

무슨 일을 하다가도 멈추고 나서 조용한 시간이 찾아오면 나는 금방 아내 생각에 잠겨 꼼짝도 못 합니다. 그저 멍하니 앉아 있는 산송장 같은 모습의 나를 발견하게 됩니다.

그러면 속속 깊이 가슴이 아려오고 온몸은 꽁꽁 얼어붙은 눈사람이 되고, 눈에는 삼삼하게 아내의 미소 짓는 얼굴이 보이고, 귀에는 쟁쟁하게 아내가 나에게 고백하는 사랑의 목소리가 들려옵니다.

나는 얼른 고개를 마구 흔들어 정신과 마음을 가다듬고 몸을 일으켜 세워서는 밖으로 나갑니다. 내가 거의 하루 종일 대학 교정에서는 뛰고 구룡산에서는 걷고, 시내를 벗어나 들길을 닫고 있는 것은 잠시라도 아내를 잊기 위해서였습니다.

하루 종일 걷고 뛰고 닫고 하니 초저녁에 일찍 잠자리에 들 수 밖에 없습니다. 그런데 이게 또 다른 문제를 일으키는 것이었습니다. 초저녁에 일찍 잤으니 이른 새벽에 일찍 일어나는 것입니다.

새벽 1~2시에 일어나면 5시에 조간신문이 도착할 때까지는 꼼짝없이 '아내와의 추억'에 빠져 있어야만 했습니다.

그 밤 시간에 아내는 항상 내 팔을 베고 내 곁에 있었습니다. 그저 고운 얼굴로 숨소리 하나 나지 않는 호흡으로 달고 곤하게 잠을 자고 있었습니다.

나는 이를 현실처럼 그대로 받아들이면서 아내가 더 잘 자도록 이불을 끌어 덮어 주고 토닥거려 주고, 또 그녀의 입술에 입술을 맞추고 머리를 쓰다듬어 주면서 "여보, 사랑해요~!"하고 말합니다. 그러면 아내도 현실처럼 잠 자는 목소리로 조용히 "저도요!"하고 대답합니다.

나는 숨도 크게 못쉬고 꼼짝 하지도 못하고 아내의 깊은 잠에 함께 하는 것입니다. 이제 아내가 베고 있는 내 팔이 저려 오기 시작합니다.

이 때가 아침 신문이 배달되는 시간입니다.

나는 내 팔을 베고 있는 아내의 뒷목에서 내 팔을 조심스럽게 빼서는 살며시 일어납니다. 문을 조용히 열고 나가서 현관 앞에 배달되어 있는 신문을 들고 역시 조용히 방 안으로 들어와 전등을 켭니다.

침대 위에는 아무도 없습니다. 내 베개 하나만이 외롭고 처량하게 놓여 있을 뿐입니다. 나는 침대 위로 오르면서 후유! 하고 긴 숨을 쉽니다. 허무 합니다. 가슴이 서늘합니다. 세상만사가 모두모두 다 내 곁을 떠나간 기분입니다.

나는 가느다랗게 "여보, 어디 있어요? 언제 와요?" 눈을 감고 양팔을 힘없이 떨어뜨리면서 조용히 중얼거립니다.

가을도 깊을 대로 깊었습니다.

구룡산에 드문드문 서 있는 상수리나무에서 동글동글하고 알차고 빛깔 좋은 도토리들이 떨어져 등산로 위를 구르고 있었습니다. 다람쥐가 양 볼이 터지도록 도토리를 물고는 나무 사이나 큰 돌멩이 사이에 도토리를 파묻고 있습니다. 겨울 식량을 저장하는 모양입니다.

청설모는 나무 위를 재빠르게 오르내리기도 하고 땅바닥으로 내려와 다람쥐와 술래잡이도 하고 있습니다. 만산에 홍엽이 가득합니다. 하늘은 높고 푸릅니다. 바람은 사나이의 텅텅 빈 가슴을 어루만지면서 저 쪽 산으로 날아갑니다.

모든 등산객들은 생기발랄하여 씩씩하고 건강하고 풍족하여 얼굴마다 기쁨과 행복이 넘쳐 납니다. 이제는 저물어 가는 만추 11월도 하순입니다. 나는 오늘 산책길로 시내를 관통하고 있는 무심천 쪽을 정했습니다.

나는 물을 좋아 하는 사람입니다. 과일을 먹어도 물기가 많은 수박 물렁물렁한 복숭아 오이를 잘 먹고 술도 맥주만 마십니다.

어릴 적부터 하도 폭폭하게 살아서 가슴속이 항상 까맣게 타고 있었습니다. 내가 어릴 때 살던 시골에는 낙동강 지류인 남대천이 흐르고 있었는데, 음식으로 배를 채우지 못해 배가 등가죽에 붙어 있어도 시간만 나면 계절에 관계없이 그 개울물에 뛰어 들어서는 머리부터 물속에 처박고는 죽은 듯이 참고 있었습니다.

나는 그 강물이 없었다면 아마 10대 전반에 미쳐서 발가벗고 팔짝팔짝 뛰면서 산지사방 돌아다니면서 소리소리를 지르고 다녔을 것입니다. 특히 늦가을 남대천 깊은 곳에 발가벗고 들어가 머리를 물속 깊이 밀어 넣었다가 숨이 가빠 죽을 정도가 되었을 때 머리를 쳐들고 물 밖으로 나왔을 때의 그 알싸한 가을 강물의 매력! 그 싸늘하고 오싹하고 시원하고 정갈하고 풋풋한 살 냄새를 잊지 못합니다.

나는 일본에서 태어났습니다. 바닷가 동네에서 자랐습니다.
해방이 되었다고 조국으로 왔습니다. 6·25가 터지고 그 젊으신 아버지는 하늘 나라로 가시고 하나 있던 여동생도 아버지를 따라 파랑새가 되고…… 오만 고통과 고난과 시련을 다 겪으며 살아남으려고 몸부림을 친 곳은 내륙지방이었습니다.
그러니 바다라는 말만 들어도 가슴이 울리고, 누구의 시구처럼— 내 귀는 소라 껍질, 바다의 소리에 귀를 기울인다— 가 되었던 것입니다. 마침 대학을 서울에서 다녀 시간이 날 적이면 인천

앞바다를 찾았고, 특히 사학과를 다닌 나는 대한민국의— 역사박물관— 인 강화도를 큰댁 드나들 듯이 다니면서 바닷가를 달렸습니다.

그런데 내 팔자가 사나워서 한강변에 있던 그 크고 아름다운 주택마저 그 더러운 사기꾼놈의 사술에 걸려 빼앗기고 내륙지방 중 내륙지방, 아예 바다가 없는 땅 청주로 오게 된 것입니다.

서울에 있을 때에는 한강이 앞마당이니 물에 대한 갈증이라고는 아예 모르고 살았습니다.

청주에 와서는 바다가 그리울 때면 강릉 속초를 가든가, 보령 또는 서천 쪽으로 갈 수 밖에 없었습니다. 나에게도 이제 나이란 게 어느 정도 들어 있었고, 또 거리도 멀고 교통도 불편하여 '항상 물에 목말라' 하며 살았습니다.

이 갈증을 달래는 방법 중 하나가 이 도시를 관통하는 무심천이라는 조금은 큰 개울 이었습니다. 나는 그래도 이곳에 이만한 물길이 있다는 데 큰 감사와 기쁨을 드리면서 자주 이 강둑길을 걸었습니다.

특히 봄철의 무심천 뚝길의 벚꽃은 그런대로 정평이 난 장소입니다. 수령이 꽤 오래 된 벚꽃나무가 강 양쪽 둑에 2km 정도의 거리로 이어져 있습니다. 이 강둑의 벚꽃이 사쿠라 놀이의 절정쯤에 이르는 매년 4월 5일 저녁에는 나는 이 꽃나무의 맨 위쪽에 있는 나무 밑에 앉아서, 혼자 맥주도 한 잔 마시고 시도 한 편 쓰고 하였습니다. 나는 금년 4월 5일 밤에도 작년에 앉았던 맨 위쪽에 있는 그 벚나무 아래에 앉아서 시 한 편을 썼습니다.

─ 벚과 벗 ─

벚나무야 벚나무야!
너에게는 벗이 몇이나 있니?
이 동네 벚나무가 모두 네 벗이라구?
그럼 너는 이 벚나무 벗들의 대장이겠네?
맨 위에 서 있으니까!

벚나무야 벚나무야!
나는 벗이 하나밖에 없었단다.
영혼을 같이 한 영원한 벗이었지!
그런데
그런데
지금은 내 곁에 없어!
벚나무야 벚나무야!
나는 어쩌면 좋겠니?

나는 또 오뉴월 소낙비 같은 뜨거운 눈물을 철철철 흘리다가 늦은 밤 터덜터덜 걸어서 집으로 왔던 것입니다.

오늘은 11월 하순입니다. 낙엽도 거의 다 진 만추의 초저녁입니다.

나는 무심천변의 갈대밭 속으로 들어섰습니다. 갈대꽃은 가을바람에 다 날아가고 키가 큰 갈대들이 빽빽이 들어선 사이로 산책길이 나 있었습니다. 이 무심천 강둑을 그렇게 거닐면서도 이 갈대밭 속으로 들어와 보기는 오늘이 처음이었습니다.

서늘하고 쓸쓸한 늦가을의 초저녁 바람에 목을 조금은 움츠렸습니다. 나는 아내와 4년간의 세월을 보냈지만 이런 조금은 엉성하고 서늘한 밤공기를 마시면서 거닐어 본 적은 없었습니다.

우리 내외는 마음이 밝고 상쾌하고 영롱한 사람들이라 항상 따뜻하고 포근한 곳, 사람들이 많은 곳을 다녔습니다. 지금까지 이 글을 읽어 오신 분들 중에는 나이가 22살이나 차이가 난다면 두 사람 사이에는 얼마나 큰 격차의 세대 차이가 났을까? 하는 생각이 드실 분도 있을 것입니다.

한 번도 없었습니다.

절대로 없었습니다.

그것은 아내가 너무나 철이 꽉 찬 성숙한 여성이었거나 그렇지 않다면 내가 너무나 철부지 사내였는지 모르겠습니다만, 우리 부부 사이에는 손톱 만큼의 간극도 없었습니다. 100% 일심동체 천생연분 그것뿐이었습니다.

그러니 우리 부부는 이 세상에서 일어났던 일, 일어나고 있는 일, 일어날 수 있는 일들에 대해서 어떤 이야기를 나누든 만사가 그야말로 부창부수 혼연일체 천생연분의 의견일치를 보였습니다.

백화점에서 커플링을 구할 때에도, 남대문 시장에서 커플룩을 살 때에도, 마트에서 이런저런 자질구레한 물건을 여럿 쓸어 담을 때에도 척이면 척이었습니다. 글쎄요? 서로가 너무나 사랑했기 때문에 모든 행동이 다 사랑으로만 보였는지 모르겠습니다만, 의지력이 강하고 매사에 이성적이고 지성적인 아내가, 내가 좋아하는 물건이나 어떠한 일이라고 무조건 좋아하고 따라와 주지는 않았을 것입니다.

4년간 단 한 번도 티끌만큼의 의견 차이를 보인 적이 없었습니다. 나는 갈대 숲속으로 들어서면서 "지금 내가 왜 이런 장소에 왔지?"를 중얼거렸는지도 모릅니다.

아침이나 저녁이나 앉으나 서나 먹거나 마시거나 온통 아내 생각으로만 살아가고 있는 내가 왜 이렇게 으스스하도록 슬픔이 가득 찬 이 갈대 숲속을 거닐고 있는지?

그래도 나는 이 산책길을 따라 한참 더 걷기로 하였습니다. 곳곳에 쌍쌍이 앉아 애정을 나누고 있었습니다. 갈대숲이 어느 정도는 그들의 행위를 가리어 준다고 믿는 모양이었습니다.

두 손을 바바리코트 양쪽 주머니에 푹 찔러 넣은 나는 고개를 들어 하늘을 보았습니다. 희미하게나마 서너 개의 별이 하늘에 달려 있었습니다.

계속 걸었습니다. 약 1.5km의 거리는 됨직 하였습니다.

갈대숲이 끝나는 곳에는 큰 길 위로 올라가는 계단이 있었습니다. 사람은 아무도 없었습니다. 나는 낙엽으로 덮어져 있는 계단에 풀썩 주저앉았습니다. 갈대숲 사이를 흐르는 무심천의 강물 위에 마알간 달빛이 아스라이 비치고 있었습니다. 거기에는 살며시 미소를 짓는 상현달이 떠 있었습니다.

해는 져서 어두운데 찾아오는 사람 없어
밝은 달만 쳐다보니 외롭기 한이 없다.
내 동무 어디 두고 이 홀로 앉아서
이 일 저 일을 생각하니 눈물만 흐른다.

고향 하늘 쳐다보니 별 떨기만 반짝거려
마음 없는 별을 보고 말 전해 무엇하랴.
저 달도 서쪽 산을 다 넘어가건만
단 잠 못 이뤄 애를 쓰니 이 밤을 어이해.

나는 어느덧 눈물을 흘리면서 이 노래를 부르고 있었습니다.

"내 동무"를 "내 아내"로 개사를 하고 있었습니다. 같은 노래를 자꾸 흥얼거렸습니다. 밤은 자정을 넘어 서고 있었습니다.

나와 아내가 부부의 서약을 맺은 날은 1988년 4월 4일이었습니다. 장소는 연세대학교 근방에 있는 아담하고 조용한 음식점 안의 작은 방이었습니다. 아내는 나에게 1년간 국사 강의를 들었고, 그 해 의과대학에 합격을 하고 합격증을 받은 날부터, 우리 둘은 만나고 편지를 주고받고, 아내의 입학식이 끝나고 또 만나고 편지를 주고받고… 바로 오늘 4월 4일을 맞이한 것입니다.

우리 둘은 그 당시 신촌 로타리에 있었던 작은 백화점 앞에서 만나 내가 예약해 둔 음식점으로 들어간 것입니다. 그 날은 차가운 바람이 몹시 심하게 불었습니다. 우리가 흔히 말하는 꽃샘추위 잎샘추위가 있었던 날이었습니다.

수업을 끝내고 그곳까지 지하철로 달려온 아내는 약속 시간인 오후 4시 정각을 못 맞출까 봐 저쪽에서부터 막 달려오는 것을 내가 보고 있었습니다.

나는 K 백조를 반갑게 맞이하여 손을 잡고는 예약 장소로 동행했던 것입니다.

예약한 방 안에 들어서자 서로가 겉옷을 벗어 정리하고 밥상을 마주 보고 앉자, 곧 주문한 요리들이 정숙하게 들어와 깔끔하게 차려지고 있었습니다. 이제 상을 봐 주던 종업원이 나가자, 내가 입을 열었습니다.

— 추운 날씨에 시간 맞추어 오느라고 수고했네. 시장하지? 자 천천히 맛있게 먹어 볼까?

— 선생님, 이 음식 드시기 전에 제가 준비한 게 있습니다. 이걸 보시고 선생님께서 인정하시면 제가 음식을 먹겠습니다.

K 백조는 일어서더니 가방에서 깨끗한 편지 한 장을 꺼내어 두 손으로 공손히 나에게 내밀었습니다.

— 선생님, 이 글을 지금 읽으시고 합당하시다면 저를 인정하시고 받아 주십시오.

그 자세와 그 말의 무게가 얼마나 신중하고 무거운지 나는 잠시 등골이 오싹할 정도의 한기를 느끼면서 나도 두 손으로 정중히 그 편지를 받아 천천히 개봉을 하였습니다. 하얀 종이 위에 정성껏 또렷또렷하게 쓴 짧은 글이 있었습니다.

— 저 K 백조는 1988년 4월 4일부로 G 구달 씨의 영원한 여인이 되고 싶습니다. 선생님, 오늘부터 저의 남편이 되어주십시오.

반듯반듯한 글씨가 이렇게 씌어 있었습니다. 나는 아찔하여 두 눈을 감았습니다. 시간이 꽤 흘렀습니다.

— 선생님, 어떻습니까?

나는 한참을 더 고개를 숙이고 있다가 말을 이었습니다.

— 자네가 어떻게 이런 마음을 먹게 되었는가?

— 예 선생님, 제가 그 동안 선생님 댁에 두 번을 갔습니다.

첫번째 방문 때는 선생님의 두 아드님들을 보았습니다. 제가 꼭 도와줘야겠다고 느꼈습니다. 공부도 의복도 무엇보다 기를 살려 줘야겠다고 마음 먹었습니다. 두 번째 방문 때에는 어머니의 모습을 살폈습니다. 너무 노쇠하시고 힘이 부치고 계셨습니다. 도와드리지 않으면 안 될 정도였습니다. 그러나 무엇보다 선생님을 보살펴 드려야겠다는 게 제 결단이었습니다. 선생님은 수업 시간에 땀을 너무 많이 흘리십니다. 몸이 허해서 그렇습니다.

— 그래, 이것 너무나 고맙고 감사한 얘기지만, 그래도 그렇지…… 어이…….

나는 이게 꿈인가 싶어서 머리를 뚝뚝 치면서 떨리는 목소리로 뭐라고 말하고 있었습니다.

K 백조가 다시 나에게 물었습니다.

— 제가 너무 성급하고 당돌한 것입니까?

— 아니 아니, 아니에요. 지금 그냥 숨이 막혀서…….

— 그럼 여기 물 한 잔 먼저 드십시오.

나는 K 백조가 따라주는 물을 받아 들고 벌컥벌컥 서너 모금을 마셨습니다. 그리고 그녀의 얼굴을 쳐다보았습니다. 그녀는 당당하게 미소를 지으며 장군같은 모습으로 나를 바라보고 있었습니다.

— K 백조! 정말 내가 좋습니다! 하고 받아들이고 인정해도

됩니까?

— 선생님 마음이 그러시면 그렇게 해 주십시오.

나는 벌떡 일어나 그녀 쪽으로 건너가서 그녀를 일으켜 세웠습니다. 누구가 먼저랄 것도 없이 둘은 꼭 껴안았습니다.

— 여보, 사랑해요!

— 여보, 저도 사랑해요. 너무 너무 감사해요.

— 아니 감사한 쪽은 납니다.

우리는 입술도 맞추지 않은 채 오랫동안 포옹하고 있었습니다. 이게 꿈인지 생시인지 가슴이 계속 헐떡거렸습니다. 잔에 남아 있는 물을 다 마셨습니다.

— 선생님, 그럼 지금부터 저는 선생님을 '당신'이라고 부르겠습니다. 여보, 제가 당신의 아내로서 드리는 첫 번째 잔을 받아 주십시오.

아내는 두 무릎으로 꿇고 앉더니 두 손으로 나의 잔에 술을 따르려고 하였습니다. 나도 부리나케 두 무릎을 꿇고 잔을 두 손으로 받쳐 들고 아내가 따르는 술을 받았습니다.

— 그럼 당신도 한 잔 받으십시오.

아내는 밝고 맑고 환한 웃음을 지으면서 내가 부어 주는 맥주를 받아 들었습니다.

— 자! 행복한 우리 부부의 영원한 영광을 위하여 이 축배의 잔을! 화이팅!!

우리 부부는 잔을 부딪치며 신나게 소리를 쳤습니다.

1990년 10월 10일 밤 10시 10분

우리는 아무 스스럼도 어색함도 없이 "여보! 당신!"으로 부르면서 이 음식 저 음식을 나누고 있었습니다. 나는 속으로 참으로 담대하고 성숙하고 늠름한 여장부의 태도와 믿음직한 그녀의 자태와 태도에 감탄 감탄을 거듭하고 있었습니다.

그렇게 우리는 "여보! 당신!"하는 남들과 똑같은 부부의 연을 맺고 살아 왔지만, 1990년 10월 10일까지는— 남자 여자로서의 관계는 한 번도 가지지 않았던 것입니다— 아내가 선택한 날짜인 1990년 10월 10일 밤10시에 우리는 '꽃밤'을 만들었고 '꽃그림'을 그렸던 것입니다.

오늘은 그로부터 꼭 10년이 지난 2000년 10월 10일입니다. 나는 지난 4월 4일에 그때 아내와 처음으로 하늘문을 열었던, 그 호텔 그 방을 예약해 두었던 것입니다.

아내와 같이 생활할 때에도 매년 10월 10일 저녁에는 이 호텔 앞에 있는 춘향각에서 갈비를 먹고 한강변을 내려다보면서 산

책을 하다가 돌아가곤 했던 것입니다. 내가 지난 4월 4일에 일찍이 방을 예약해 둔 것은, 혹시 누가 먼저 그 방을 차지할까 봐 걱정이 되었기 때문입니다.

나는 오늘 오후 7시경에 이 호텔 앞쪽에 있는 춘향각에서 갈비와 맥주 한 잔을 마시면서 아내를 그려 보았습니다. 이곳에 올 때마다 '꽃밤'의 추억과 낭만을 되새기면서 그렇게 즐거워하고 만족해하고 나에게 백 번 고마워하면서 어쩔 줄 몰라하던 나의 아내 K 백조!

나는 고기를 태워 가면서 넋나간 사람이 되어 한없이 그 자리에 앉아 있었습니다. 금방이라도 아내가

— 여보! 더 드세요. 맛있지 않습니까? 많이 드시고 건강하셔야지요.

하는 그녀의 음성이 내 귓속에서 계속 메아리치고 있었습니다.

호텔 방 안의 모든 집기와 침대는 10년 전 모습 그대로 정리되어 있었습니다. 방 안에 걸려 있는 거울을 물끄러미 바라보면서 송장처럼 서 있는데 내 휴대폰이 울렸습니다. 정신을 차리고 전화를 받았습니다

— 예 G 구달입니다. 누구십니까?

— 뚜 뚜 뚜 뚜

— …….

아무런 대답도 없이 전화는 끊어졌습니다. 시계를 보았습니

다. 밤 10시 10분 10초가 지나고 있었습니다. 나는 이제야 눈이 번쩍 뜨이면서 가슴이 쿵하고 내려앉았습니다.

— 아 아 아! 아내였구나! 내 그리운 아내였어…….

그 때만 해도 요즈음 핸드폰처럼 발신자의 이름이나 전화번호가 남아 있지 않을 때입니다.

— 그랬구나! 그랬어! 아내도 1990년 10월 10일 밤 10시 10분 10초 이 시각을 지키고 있었구나!

나는 침대 위에 앉았다 일어섰다 또 앉았다 일어섰다만 거듭하면서 목을 태우고 가슴을 태우고 눈물을 태우다가 도저히 이 방 안에 더 있다가는 미쳐버릴 것 같아서 방을 뛰쳐나와 택시를 잡아타고 집으로 왔습니다.

나는 옷장 안에서 아내가 두고 간 예쁘고 작은 옛 함을 꺼냈습니다. 이 작은 함 속에는 아내의 비밀스런 물건이 보관되어 있는 성스럽고 존귀한 상자입니다.

이 함 속에는 우리 부부가 처음으로 '하늘의 문'을 열었을 때 하늘이 보여주었던 그 성스러운 '꽃그림'이 담겨 있는 고풍스런 함인 것입니다.

우리가 처음으로 사내인 남편과 아내인 부인으로 합궁을 하던 날 아내는 새하얀 천 두 장을 준비해 왔던 것입니다. 합궁 준비를 하면서 아내는 그 눈보다 더 새하얀 천 두 장을 자기의 밑에 깔았습니다. 1990년 10월 10일 밤 10시 10분 10초에 우리 부부는 처음으로 한 몸이 되었습니다.

있는 정성과 가진 성의를 다하여 합궁을 한 '꽃밤'후 쏟아진 성스러운 꽃, 순결의 꽃, 생명의 꽃의 흔적인 '꽃그림'이 찍혀 있었던 것입니다.

그날 밤 아내는 정말 그녀답게 힘주어 또렷이 말했습니다.

— 이 두 장의 그림을 잘 보관하고 있다가, 당신이 먼저 가시는 날 한 장을 거기에 실어 보내 드리고 나머지 한 장은 제가 갈 적에 품에 안고 당신 곁으로 갈 것입니다!

참으로 아름다운 아내! 고귀한 아내! 가치 있는 아내! 나는 덜덜덜 떨리는 가슴과 두 손으로 장롱 속에서 이 보배로운 함을 들고 나와 열쇠로 열고는 내용물에 조심을 다 하여 손을 대었습니다.

거기에는 우리가 그렇게 보배롭고 신비롭고 성스럽게 보관하였던 '순결의 혈흔'이 있는 뚜렷한 새하얀 천이 조용히 반짝이며 소리없는 침묵 속에 간결하게 놓여 있었습니다.

— 여보! 나예요, 여보! 나예요, 오늘이 그 날이구려! 정말 정말 못 잊겠어요, 죽어도 못 잊겠어요!

얼마나 울었는지 모릅니다. 밖에 있던 흰둥이가 집앞 공원 쪽을 향하여 멍~멍~멍 하고 짖는 소리가 들렸습니다. 나의 가을의 한 밤이 그렇게 흘러가고 또 날이 새는가 봅니다.

청송 주왕산 속에서

나는 나무 중 소나무를 참으로 좋아합니다. 좋아한다고 하기에는 너무나 부족 합니다. 소나무를 존경하고 늘 예찬합니다.

나는 그 동안 글을 써 오면서 소나무를 찬미하는 글을 여러 편 썼습니다. 그 푸른 절개와 그 든든한 믿음성, 그 속에 안겼을 때 나를 껴안고 내리는 그 푸르고 짙은 솔향기, 그래서 소나무 송(松)자를 파자해서 살펴보면 목(木)과 공(公) 곧 "나무의 귀공자"라고 쓴 모양입니다.

나에게는 소나무가 이렇게 좋다 보니, 청송(靑松)은 지명만 들어도 언제나 청순하고 의리가 있고 굳세고 예의 밝은 선남선녀들이 모여 사는 고을일 거라는 마음이 드는 곳이었습니다.

곧 내 아내 같이 올곧은 사람들만 살 것 같은 고장으로 생각되었습니다.

마음먹은 김에 청송을 찾았습니다. 지금은 가을! 청송군의 경계에 들어서자 그 풍성하고 알찬 사과 알에서 향기 가득하고 맛이 오묘할 식감의 하얀 사과살이 입 안으로 들어오는 것 같았습니다.

잘 정돈된 길을 따라 사방을 둘러보며 천천히 걸으니 눈앞에는 장대하고 거대한 암석이 뫼산(山)자를 그리면서 천하의 대장군 모습으로 우람하고 우뚝하고 장엄하게 턱 버티고 서 있었습니다. (이 바위가 깃발 바위라 불리는 기암(旗巖)입니다.)

믿음직하고 건장한 사내 대장부의 담대한 골격의 장골이 빛을 발하는 형체였습니다.

그 순간 나는 양 어깨에서 힘이 쑥 빠져 나오면서 허리가 꺾이고 있었습니다. "내 아내는 나를 저 바위처럼 믿고 의지했을 텐데……" 나는 어느 상점 마당의 가장자리에 놓여 있는 긴 나무 의자에 풀썩하고 쓰러지듯 앉았습니다.

뒤를 보아도 앞을 보아도 가을산을 즐기려는 등산객으로 북적북적하였습니다. 모두가 쌍쌍이었습니다. 젊은이도 쌍쌍 장년도 쌍쌍 흰 머리카락의 노신사들도 모두가 멋진 등산복들을 빼입고는 쌍쌍이 웃으면서 즐기면서 걷고 노닐고 있었습니다.

한참 동안을 보아도 그 장소에 혼자 와서 꿰다 놓은 보릿자루처럼 멍하니 혼자인 이는 나 한 사람뿐이었습니다. 불쌍(不雙)하다는 말의 뜻을 오늘에야 제대로 맛보고 있는 것입니다 (불쌍 ; 짝

이 없다는 말입니다.)

어느 선배 학자가 "군중속의 고독"이라 했다더니 바로 나를 두고 한 말이었습니다. 이래선 안 되겠다싶어 온몸에 힘을 주어 벌떡 일어나 사람들의 뒤를 따라 산속으로 접어들었습니다.

그 산속에는 생각도 못 했던 엄청난 저수지가 있었습니다. '주신지'라고 부르는 저수지였습니다.

물속 깊은 곳에 버드나무 몇 그루가 서 있는데 그 크기도 대단하려니와, 물 든 단풍잎을 달고 있는 것으로 보아 살아 있는 버드나무들이었습니다. 저 푸르고 깊은 물속에서도 단단히 뿌리를 깊이 박고서는 사위를 감동시키는 버드나무!

온 집안의 그 살벌한 반대와 협박과 위협에도 불구하고 조금도 굴하지 않고, 나를 사랑한 아내! 그야말로 일편단심으로 나를 의지하고 지지하고 아껴 주었던 나의 아내 K 백조!

하다가 하다가 더 이상 할 것이 없으니, 다 늙은 노인네들이— 너희들이 갈라 설래? 늙은 우리가 황혼 이혼을 할까?

산 사람의 살점을 지지고 뼈다귀를 부수고 피를 빨고, 인간의 정신과 이성을 완전히 미치게 마비시키는 작동까지 하면서, 우리 두 사람에게 기어이 악귀 같은 행패를 부려 갈라놓고야 말았던 종합병원의 원장님과 그 사모님의 모습이 떠올랐습니다!!

나는 또 이 저수지의 계단에 털썩 주저앉았습니다. 머리가 빙빙 돌면서 눈앞이 흐릿해져서 아무것도 보이질 않았습니다.

아마 한 시간 이상 머리를 가랑이 사이에 처박고는 그렇게 앉아 있었습니다.

바로 되돌아 내려와서 집으로 돌아갈까를 생각하다가, 내가 이렇게 허약해지는 것은 아내와의 의리에 맞지 않는다! 나는 양다리에 있는 힘을 다 주어 더 위로 어정어정 걸어 올라갔습니다.

큰 물소리가 났습니다. 주왕산의 용추폭포라는 곳이었습니다. 폭포의 물줄기가 너무 억세고 바위 틈새로만 빨려 들어가고 있어서 수량과 소리만 컸지 폭포로서의 관광가치는 크지 않을 것 같았습니다.

나는 물소리도 시끄럽고 교양이 얇은 사람들이 공연히 빽빽 내지르는 괴성도 듣기 싫어 올라갔던 길을 되돌아 내려오기 시작했습니다. 우리 부부는 언제 여행 이야기를 나누다가 로마의 분수 이야기를 나눈 적이 있었습니다.

아내는 어릴 적부터 많은 책을 읽었고, 또 읽었던 책의 내용을 너무나 잘 기억하고 있었으며 기억뿐 아니라, 그 사물의 이치까지도 통쾌히 꿰뚫고 있어서 역사를 전문으로 한 나와는 이야기의 내용을 두고 너무나 잘 통했던 것입니다.

그 때 아내는 이렇게 운을 뗐습니다.

— 서양 문화가 분수 문화라면 동양 문화는 폭포 문화라고 하지요? 또 서양 문화가 해의 문화라고 하면 동양 문화는 달의 문화라고 하지요?

— 예 그렇습니다. 서양이 힘의 문화인 남성 문화라면 동양은 정서의 문화인 여성 문화라 해도 괜찮겠지요.

— 저는 어렸을 때 책을 보면서 동양화에서 그려져 있는 한 줄기 희고 긴 폭포를 보고는 참 여성스럽다 하는 느낌을 금방 느꼈는데, 분수 사진을 찍은 서양의 치솟는 물줄기 분수를 보고 아하! 이게 남성 문화이구나 하는 것은 아주 나중에 사춘기를 지나 철이 들고서야 알았습니다.

— 당신은 참으로 대단하네요. 그림이나 사진을 보면서 그런 이치를 찾아내었으니 말입니다.

— 서양이 파도치는 바다로 나아가는 해양 문화를 선택했을 때 동양은 꽃 피고 새 우는 산으로 숲으로 들어가는 대륙 문화를 만들었지요?

— 그렇습니다. 그 결과 서양이 동양을 지배하는 그런 결과를 초래하였습니다. 곧 바다를 지배하는 자가 세계를 지배한다는 역사의 원리를 만들어 내었습니다.

또 다 같이 땅에 그 기초를 두더라도, 고대 로마는 땅 위에 길을 만들었고 중국은 땅 위에 성을 쌓았습니다. 성을 쌓는 목적은 적을 막아야겠다는 일념의 보수 사상이었다면, 길을 닦는다는 것은 우리가 다른 나라를 공격하기도 좋지만 반대로 적국이 우리나라로 쳐들어오기도 쉽습니다.

자신 만만하고 용감무쌍하고 상무정신으로 단단히 무장된 로마는 30만km의 도로를 닦으면서 하는 말이 "그래 우리가 길을 닦아 놓을 테니 어디 자신 있으면 한 번 쳐들어 와 보시지!" 하는 것이었습니다. 곧 마음을 활짝 연 개방정신이었던 것입니다.

— 개방정신과 긍정의 마인드로 똘똘 뭉쳐진 당신은 모든 일에서 일평생 성공하여 아름다운 생을 영위할 것입니다.

— 당신이 항상 저를 그렇게 과찬을 해 주시니 부끄럽습니다만, 그러나 정말 정말 고맙습니다. 여보, 사랑해요.

— 오늘 한 가지 더 가르쳐 드릴까요?

— 예, 가르쳐 주세요. 저는 당신에게 매일매일 새로운 지식을 배워서 쌓아 가는 게 얼마나 기쁘고 행복한지 모르겠어요. 세상의 행복을 모두 다 가진 것이에요.

— 당신이 나에게 바친 사랑과 정성에 비하면 내가 당신에게 보여준 성의는 너무나 작고 초라하지요. 오늘 한 가지만 더 얘기할게요. 로마의 식민지였던 다른 유럽인들이 로마를 들여다보면서 그들을 연구했습니다. 드디어 거기서 '로마의 한계'를 발견해 냈습니다.

그렇구나! 로마 저놈들은 죽으나 사나 땅만 내려다보면서 그 땅 위로 길을 내고 그 위에 집을 짓고 극장을 세우고 수로를 만들고…… 오로지 땅 위에! 땅 위에! 만 매몰되어 있구나!

그렇다면 우리는 땅보다 훨씬 넓고 큰 바다로 나가자!! 포르투갈 스페인 영국 등은 바다로 바다로 뛰어들었습니다. 드디어 스페인의 무적함대를 격파한 영국이 바다를 지배하면서 "해가 지지 않는 세계 유일의 강대국"이 된 것입니다.

이제 또 영국으로부터 식민 지배를 받던 나라 중에서

— 영국, 저놈들은 천날 만날 오로지 바다! 바다밖에 모르는 구나. 그렇다면 바다보다 더 큰 세계는 어디일까?

— 아! 있다 있어!…… 하늘! 하늘이 있어!

그들은 하늘을 나는 비행기를 만들었습니다. 그 비행기로 1·2차 세계대전에서 승리한 미국은 인류 역사상 최대 최강의 강대국이 되었습니다. 앞으로 우주 개발은 더욱 치열해질 것입니다.

아내는 내 이야기를 듣는 동안 햐! 햐! 햐! 하면서 감동을 이어갔습니다. 우리 내외는 항상 이런 이야기 하나로 하루를 값지고 알차게 보냈으며 깊은 포옹을 나누며 살아 왔던 것입니다.

내가 일본 홋카이도로 여행 갔을 때 심장약을 못 챙겨 가서 엄청 애태운 얘기를 앞에서 했습니다.

삿포로의 어느 산 속에 있는 관광지에는 두 개의 폭포가 장관을 이루는 곳이 있었습니다. 가이드는 저 폭포 중 하나는 총각폭포 또 하나는 처녀폭포 라면서 신나게 설명하고 있었습니다.

그때 나는 아픈 가슴을 움켜쥐고 내 아내를 생각했습니다. 내 아내는 어린 나이에 책을 보면서 "폭포는 여자, 분수는 남자~"라는 것을 깨우쳤다는데…… 물론 여기는 관광지이니까 재미로 흥미 있으라고 총각폭포 처녀폭포라고 명명했겠지만……

폭포는 여자의 상징물이니 자매폭포 모녀폭포 고부폭포 보다 못한 이름이 아닐까 하는 생각이 들었습니다. 여자는 앉아서 볼 일을 보니 물이 아래로만 흐를 수 밖에 없습니다.

여기에 비해서 잔뜩 힘이 오른 남자가 서서 볼 일을 볼라치면 물줄기가 제 머리통 뒤쪽까지 치솟아 오릅니다. 있는 폭포는 잘 보호하고 없는 분수는 크고 멋지고 단단하게 만듭시다.

아내는 나이도 어리고 아직까지는 대학생이었지만 그는 유치원 때부터 정식 교육을 제대로 받아 모든 교과목에서 기초를 완벽하게 쌓아 왔으므로, 학교 수업과 시험은 그야말로 평소 실력으로 있는 그대로 보아도 학년 전체의 맨 윗자리에 있었던 것입니다.

거기에다가 친정 부친을 따라 어릴 적부터 기초서적에서 전문서적까지 읽었고 읽은 것은 모조리 소화하여 자기 것으로 잘 다듬어 보관하고 있었습니다.

나도 어릴 적부터 저 산골에서는 아주 뛰어난 준재라는 소문이 났지만, 고등학교까지를 깡시골 학교를 졸업하였고 대학부터 겨우 서울에서 공부하였습니다.

곧 서울에 있는 고등학교 교사가 되었지만, 나는 내 학문의 깊이와 넓이가 보잘것 없음을 잘 알았기에 대학원을 다녔으며 항상 전문서적을 탐독하였고 매일 신문의 전면을 몽땅 외우는 것을 일과로 삼았습니다.

아내가 내 강의를 일년 동안 들으면서, 서울시내 대학 입시 학원에서 날고 긴다는 다른 강사들과는 나의 학문의 깊이와 넓이에 엄청난 차이가 있음을 잘 파악하고 있었던 모양입니다.

　나 이래봬도 그 당시 서울 학원가의 1타 강사 중에서도 별같이 빛나는 스타 강사였습니다. 나의 강의를 듣고 감탄! 경탄! 놀라움에…… 나는 앞에서도 말했지만, 학생들은 나를 Divino Goo 혹은 2 Hundred Goo라고 불렀으며, 특히 여학생들은 강의를 끝내고 나오는 내 손을 한 번 잡아 보기를 그렇게 원했습니다.

　그러니 아내와 내가 "천생연분 한 몸이 되자~!!"를 약속한 다음부터는 그렇게 죽이 잘 맞는 부창부수가 될 수 밖에 없었던 것입니다.

목련꽃 나무 아래에서

그렇게 되고 보니 우리 내외는 영화관을 간다, 들놀이를 간다, 쇼핑을 한다 그런 자질구레하고 조잡한 재미보다는 항상 학문에 관한 이야기를 나누었습니다.

그리고 나는 그때서야 의사가 되기 위한 의대생들의 공부량, 학습량을 처음으로 알았습니다. 아내는 항상 새벽 2시까지 공부하고는 잠시 곯아떨어졌다가는 아침 일찍 일어나 또 공부를 하였습니다.

나는 그렇게 일 분 일 초를 나누어 가면서 공부하고 생활하는 아내를 뒤에서 가만히 지켜보면서 응원하고 도울 일이 있으면 도우기만 할 뿐이지, 어떤 욕심으로 무엇을 요구하고…… 성가시게 하지 않았습니다.

아니 내 아내는 나에게 자기를 성가시게 할 바늘구멍만한 빈틈도 내 주지 않았습니다. 그리고 나이가 있는 내가 철부지 새신

랑처럼 뭘 더듬고 흐느적거리기에는 인생의 체면이 있었습니다.

아내와 나는 그렇게 철떡궁합의 부부였지만 철저하고 아주 인격적이고 도덕적이고 조금은 철학이 있는 내외지간이었습니다. 항상 안에서만 공부하고 생활하는 부부였기 때문에 별나게 찍은 사진이 있을 수 없습니다.

지금 나에게는 아내와 찍은 사진이 있습니다만 다 합쳐봐야 대여섯 장이 전부입니다. 그 사진 중 하나가 재작년에 출판된 나의 책《꽃밤 꽃그림》의 뒷장 표지에 실린, 덕수궁 안에 있는 목련꽃 나무 아래에서의 사진입니다.

정말 아내는 부드럽고 순결하고 향기로운 목련꽃 한 송이였습니다. 참으로 순박하면서 당당하였고 엄격하면서도 살가운 여인이었습니다.

만약 내가 이 세상에 와서 100년의 세월을 산다 하더라도 내 아내 K백조를 만나지 못했더라면, 나는 모든 인간들이란 그저 그렇고 그런 것들이 모여 살다가 지저분한 오물만 남기고 가는 보잘것 없는 존재들로만 여겼을 것입니다.

또 나 자신도 그 범주에 포함시키면서 밥이나 먹고 술이나 마시고 담배나 빽빽 태우다가 더러운 세상 지겨운 인생…… 뭐뭐 이러쿵 저러쿵 궁시렁 궁시렁하다가 갔을 것입니다.

나는 내 인생에서 K 백조 내 아내를 만남으로써 거룩하신 하나님께서 세상 만물을 다 만들어 놓으신 다음에 최후로 인간을 만들고, 또 거기서 남자 갈비뼈를 뽑아내어서 여자를 만드신 다음 "너희들이 이 세상을 지배하고 계발하여 번성케 하라!"고 하신 말씀의 뜻을 알게 되었습니다.

다시 말하지만 나는 내 아내 K 백조를 만남으로써 인간의 고귀함을 알았고, 어머니의 위대함을 알았고, 영원히 여성적인 아내가 내 영혼을 천국으로 인도한다는 것을 알았고, 인생살이에서 두 눈이 번쩍 뜨이는 체험을 했으며 오묘한 세상 이치를 깨닫게 되었던 것입니다.

나는 늘 아내를 살아 있는 천사 저 목련꽃같이 순수한 여신이라고 생각하였습니다. 그래서 나는 목련이 만발하는 이 4월 초순이 오면 목련꽃 나무 아래를 떠나지 않습니다.

목련꽃 나무가 곧 내 아내 K 백조 자체이기 때문입니다. 활짝 핀 그 꽃나무 아래에만 앉아 있으면 이 세상의 평안과 행복, 부귀영화 따뜻함이 다 거기에 있습니다, 아내의 포근한 가슴속임을 느끼기 때문입니다. 나는 언제 이런 글을 쓴 적이 있습니다.

— 목련꽃 —

아담한 목련 나무가 하얀 솜사탕
한 덩이가 되었습니다.
꼭 당신의 모습 그대로입니다.

나는 살금살금 솜사탕 밑으로 갑니다.
향긋한 냄새가 당신의 풋풋한 향기와 똑같습니다.

나는 눈을 감고 그때를 회상합니다.
내 품에 안겨 한없이 포근해 하던 당신
이 목련꽃보다 더 하얗던 당신의 영혼
저 자줏빛 목련꽃보다 더 붉었던 당신의 사랑
그런 당신을 떠나보내 놓곤
나는 하얀 눈물만 흘립니다.

오늘 나는 덕수궁에 왔습니다. 아내와 따뜻이 손잡고 사진을 찍었던 그 목련 나무의 새하얀 천사— 그 아내— 를 보러 왔습니다. 큰 나무에는 올해도 티없이 순결하고 깊고 은은한 향기를 사위에 흩날리는 탐스러운 송이들이 한없이 손을 흔들면서 나를 맞아 주고 있었습니다.

코끝이 시큰해 옵니다. 온몸에 찬 서리가 내립니다. 눈앞이 흐릿해집니다.

모두가 다 그 자리에서 그대로인데 당신은 내 눈앞에서 보였다가 사라지고 보였다가 사라지고…… 나는 한숨만 거듭 쉬다가 이 나무에 내 몸을 기대고 서 있습니다. 해마저 뉘엿뉘엿해지고 있습니다.

저 멀리서 내 귀에 이런 노랫소리가 들려오네요.

─ 옛 동산에 올라 ─

내 놀던 옛 동산에 오늘 와 다시 서니

산천은 의구란 말 옛 시인의 허사로고

에 섰던 그 큰 소나무 버혀지고 없구려

지팡이 도로 짚고 산기슭 돌아 서니

어느 해 풍우엔지 사태져 무너지고

그 흙에 새 솔이 나서 키를 재려 하는구려!

10년이면 강산도 변한다고 합니다. 나무도 변하였고 꽃도 변하였고 세상 물정 모두 다 변해 버렸을 텐데…… 나는 오늘도 그리운 나의 아내 K 백조와의 흔적을 찾아 이렇게 무겁고 힘든 발걸음을 옮기고 있는 것입니다.

내 마음속에 항상 웃고 있는 내 아내와는 무엇 하나 변한 것이 없습니다.

안동에서 있었던 일

직장 생활을 같이 했던 김 선생이 여러 차례 전화를 걸어 왔습니다. 그 우정이 너무나 고마워서 초대를 받았습니다. 밤을 새워 가며 옛 얘기로 회포를 푼 적이 있었습니다. 그런데 이번에는 노후를 위해 장만한 자기의 농장으로 꼭 한 번 내려와 달라는 요청을 받고 안동에 또 내려갔습니다.

교사 시절에도 깊이 생각하고 신중히 행동했던 사람답게 아담한 농장을 매우 소담스럽게 가꾸고 정리하고 배치해 두고 있었습니다.

해가 뉘엿뉘엿 질 무렵인 술시에 음식점으로 옮겨 안동찜닭 헛제사상 등을 시키고 앉았습니다. 안동 탁주와 안동 소주가 한 잔씩 오고 갔습니다.

김 선생님이 자꾸 헛기침을 하더니

— 내, 자네한테 한 가지 물어봄세.

하면서 뜸을 들이는 것이었습니다.

— 뭘, 나한테 물어볼 일이 뭣이 있나? 한 번 말씀해 보시게.

— 그래 자네 평생 그렇게 늙어갈 것인가?

— 아니 벌써 늙을 대로 다 늙었는데 더 늙을 일이 어디 있나? 아! 한 가지 있긴 있네. 북망산천 가는 길 허허허…….

— 그러지 말고 다시 시작해 보게. 우리는 아직 젊은 나이일세.

— 그래? 정처없이 살다보니 나는 내 인생이 다 된 것 같네.

— 내 좋은 사람 하나 소개시켜 드릴까?

— 나 같은 중늙은이에게 좋은 사람이 어디 있겠나?

— 그래, 좋은 사람 있으면 한 번 만나 볼 테지?

— 자네 보기에 좋은 사람이라면 나한테는 과분한 사람일 테지만 자네 부탁이라면 한 번 생각해 보겠네.

둘은 여기까지 이야기를 하고는, 안동지방의 이런저런 옛 이야기 오늘날 세상 돌아가는 이야기를 하다가 집으로 올라온 일이 있었습니다.

한 달포가 지났을 무렵 밤 9시경에 전화 한 통이 걸려 왔습니다. 내가 전화를 받자 저 쪽에서 쭈볏쭈볏 하면서

— 미안합니다. 혹시 김경태 선생님의 친구 되시는 G 구달 선생님 되십니까?

나는 지난 번 안동에서 만났던 김 선생님과 관련된 전화구나! 하는 생각이 펀뜩 떠올랐습니다.

— 예, 그렇습니다만…….

— 김 선생님께서 저 보고 선생님께 한 번 전화해 보라고 여러 차례 말씀하셔서…… 이렇게 전화를…….

— 예 그렇습니까? 반갑습니다.

그렇게 우리 사이에 전화가 몇 번 오간 후 나는 안동으로 내려갔습니다. 그 여인은 나를 데리고 안동 하회마을로 갔습니다. 그 곳에서 문화재니 뭐니 하고 보호를 받고 있는 집들은 겉으로는 옛날 시골 양반들의 주택 모습 그대로였으나, 그 속은 완전히 음식점 술집으로 변형되어 있었습니다.

주인이 나오더니 저 건너 외딴방으로 우리를 안내하였습니다. 곧 이런저런 안주와 몇 가지 술이 들어왔습니다. 오늘 처음 만난 송 시인이라는 그녀는 입고 온 겨울철의 윗옷을 활활 벗어 벽에 걸고는 자리에 앉더니 조금의 서먹함도 없이 나에게 술을 따르고 자기도 철철 넘치게 한 잔 자기 손으로 따르더니 잔을 부딪치자마자 벌컥벌컥 마시는 것이었습니다.

그녀는 나에 대해서는 모든 면을 환히 꿰뚫고 있는 듯한 내면을 비추면서, 자기의 출생지는 옆 고을인 봉화이며 대구에 있는 무슨 여고를 졸업하고 그 곳에 있는 무슨 대학의 국문학과를 다녔는데, 대학 시절에 지금 이혼을 앞두고 있는 남편과 살림을 차렸고…… 학교 선생도 조금은 했었고…… 글도 조금씩 쓰고…… 인생 다 그렇고 그런 것 아니냐는 듯 주섬주섬 얘기를 하였습니다.

그러면서 자기의 인생관을 외워 둔 원고를 쏟아 내듯이 일사
천리로 단숨에 쫘악 나열하였습니다.

나는 묵묵히 들으면서 그래도 그녀가 솔직하고 단순하고 소
박하게 말하는 게 그리 추하게 보이지는 않았습니다. 나는 한참
을 더 시간을 보낸 후 말을 건넸습니다.

— 그럼 아직 이혼을 한 상태는 아니군요?

— 그까짓 이혼한 거나 마찬가지입니다. 그 인간도 집에 들
어오지 않고 나도 집구석에 안 들어가도 됩니다.

나는 난감해지기 시작하면서 술기운이 확 달아나고 있었습
니다. (뭐, 집에 안 들어간다고?)

나는 얼른 그 자리를 뜨고 싶었습니다. 나는 그녀의 술잔에
술을 부으면서

— 이 한 잔만 더 하고 나갑시다.

그랬더니 그 한 잔의 술을 단숨에 비운 그녀가

— 호텔까지만 안내해 드릴게요.

하면서 따라 일어났습니다.

택시를 타고 한참 나오니 무슨 댐 아래에 작은 모텔이 있었습
니다. 나는 내리면서 그녀에게 꽤 큰 금액을 쥐어줌과 동시에

— 기사님! 이 송 시인님을 잘 모셔다 드리세요.

하고는 빨리 내려서는 택시 문을 일부러 좀 크게 쾅! 하고 닫

아 버렸습니다. 그녀는 나와 어쩌해 볼 양인지 몰랐지만 내가 쥐어 주는 돈을 세느라고, 그 액수에 흡족하여 더 이상 그녀가 행동을 멈추었는지 모를 일입니다.

조그마한 모텔 방에서 아침 잠이 깨어 창 밖에 흐르는 댐의 물을 물끄러미 바라보고 있는데 누가 문을 툭툭 두드리는 것이었습니다. 내가 겉옷을 주섬주섬 주워 입으면서 문을 여니 그녀가 거기에 서 있었습니다.

— 아침 식사하러 가입시더.

경상도 북부지방의 산골 말투가 귀에 거슬리면서도 아련한 옛 정취가 있었습니다. 나는 나머지 옷들을 팔뚝에 걸고,

그녀가 방 안으로 들어오기 전에 얼른 밖으로 나왔습니다. 또 나를 태우고 한참 골짝으로 들어가더니 제법 큼직한 옛 기와집 안으로 들어섰습니다. OO 김씨 종갓집이라고 했습니다.

나는 역사가라 너무나 잘 아는 그 허무맹랑한 김씨의 고택이었던 것입니다. 집의 거죽은 멀쩡히 조선시대 사대부의 고택이었으나 그 속살은 어제 하회마을의 그 집들처럼 모두가 밥집 술집일 뿐이었습니다.

또 저쪽 컴컴한 귀퉁이 방으로 안내를 받고 들어갔습니다. 그녀가 뭐라고 뭐라고 음식을 시키자 준비라도 해 두었던 것처럼 금방 음식이 나오고, 이제 그 술들이 들어왔습니다.

나는 어제 저녁의 술기운도 남아 있고 하여 술을 자제하고 있

는데, 이 송 시인이라는 여인은 또 퍼마시기 시작하였습니다. 나는 방 안도 덥고 답답하여 공기를 마시려고 잠시 밖으로 나오려는데 이 송 여인이 말을 꺼냈습니다.

— 오늘 이 방에서 술값 뽑아야지요?

하면서 윗옷을 홀러덩 홀러덩 벗기 시작하였습니다. 나는 잠시 공기만 마시고 온다고 말하면서 밖으로 나왔습니다. 집주인을 불러 음식 값을 치룬 후 저 방에 있는 내 외투를 갖다 달라고 하여 그 옷을 입고는 길을 나섰습니다.

뒤에서 송 여인이

— 같이 가요! 안 잡아 먹어요! 나도 가야 돼요! 같이 가요!

하고 소리소리 치면서 신발을 끌면서 따라왔습니다. 나는 때마침 오는 택시를 잡아타고 '봉정사'로 갔습니다.

안동까지 내려온 김에 우리나라에서 가장 오래 된 목조 건축물인 봉정사 극락전이나 보고 가야겠다는 생각이 났기 때문이었습니다.

올라오는 버스 속에서 나는 오만 가지 생각을 했습니다.

"여자가 저래도 되나? 이혼을 할 여자는 저렇게 비굴해지나?"

갑자기 불쌍한 생각이 들었습니다.

나는 아내가 더욱 그리워졌습니다. 그리고 한없이 부끄럽고 죄송했습니다. 가슴속의 양심이 칼로 도려내듯이 쓰리고 아팠습니다.

어쨌든 여자를 만나러 거기까지 갔다는 것은 나의 아내, 순결한 나의 아내를 배신한 행위였기 때문입니다. 나와 아내는 만나서 정식 부부의 선언을 하고 '여보! 당신!'을 아무런 거리낌도 없이 호칭하면서도…… 부부의 그 일을 일 년 하고도 반년이 더 지나서 치렀는데…….

목구멍 저 안쪽에서 신물이 울컥 쏟아져 나왔습니다. 그 후 세월이 지난 뒤 어느 가수가 〈안동역에서〉라는 노래를 피를 토하면서 부르는 걸 들었습니다.

나는 그 노래를 들으면서 그 날 밖으로 나가려는 나를 막아서면서 윗옷과 그 아래 걸친 것들을 번개처럼 벗어 던지면서 시커먼 밤알만한 젖꼭지와 된장 항아리만한 젖가슴을 내어 밀던 그 송 시인이라는 여인이 어렴풋이 떠올랐습니다.

지금쯤은 어디서 무슨 수작을 하고 있을까……? 쓴웃음을 지은 적이 있습니다.

중국 만리장성 위에서

언제 아내와 이런 이야기를 나눈 적이 있습니다. 만리장성의 길이는 6천km, 실크로드의 길이도 6천km, 모택동(마오쩌둥)의 만리장정은 1만 2천km, 로마의 도로 길이는 30만km, 경부고속도로 길이는 428km, 건설비는 420억원, 완공일은 1970년 7월 7일 공사 중 희생자 수는 77명.

아내는 한 번을 읽어도 정확하게 읽고 읽은 내용을 정확히 기억하고 있었습니다. 우리 국사에서 중요한 연대수는 물론 동서양 역사에서도 의미 있는 사건들의 연대수는 나보다 오히려 더 상세히 정확하게 기억하고 있었습니다.

어떨 때는 대화를 나누다가 너무나 둘이 딱딱 맞아 떨어져서 깜짝깜짝 놀랄 때가 많았습니다.

예를 들면 A.D. 313년에 서양에서는 '밀라노 칙령'으로 콘스탄티누스대제가 기독교를 공인함으로써…… 종교 박해로부터

해~방!

우리나라 역사에서는 한4군의 멸망으로…… 421년간 중국의 지배를 받다가 해~방!! 우리 내외는 둘다 동시에 "해~방"하고 소리쳐서 서로의 얼굴을 멍하니 쳐다 보면서 바보들이 된 적이 있었습니다.

오늘 나는 바람이 세차고 날씨가 맵도록 추운 중국의 만리장성 위에 서 있습니다.

이 장성에 대해서 이것저것 많이도 알고 있는 나지만 내 머릿속에 떠오르는 말은

― 하룻밤을 자도 만리장성을 쌓아라!!
하는 이 말뿐이었습니다.

산등성이 위에 있는 성루에서 아래로 길게 연결된 성을 내려다보면서 서 있는데 이 산 위의 겨울바람이 얼마나 드세고 차가운지 몸이 덜덜 떨리면서 몸이 날아갈 것만 같았습니다.

그런 추위 속에서도 사람들은 꾸역꾸역 위로 올라오고 또 아래로 내려들 가고 있었습니다. 중국 최초의 통일 국가였던 진나라 때부터 쌓기 시작하여 명나라 때까지 이어졌던 그 많은 중국인들의 피와 땀과 눈물과 생명을 모두 다 바쳐 세워진 이 인공구조물, 즉 만리장성은 그네들의 의지였으며 끈덕짐이었습니다.

몽매지간 그렇게도 간절했던 그네들의 '숙원사업'이었던 것입니다. "하룻밤을 자도 만리장성을 쌓아라!!"

정말 그 당시 이 땅에 태어난 사람들은 단 하루를 그 땅에 살아도 이 국가적 사업에 참여하라!는 지상명령이었을 것입니다.

그러나 후세인들이 이 말을 애둘러서 쓴 것은 '남녀의 인연'을 두고 하는 말이었을 것입니다. 남녀 한 쌍이 천생연분의 인연임을 서로가 확정지었다면, 그 다음의 행위는 한 국가가 모든 노력을 경주하여 이 성을 쌓았듯이, 한 남녀의 첫 행위부터 마지막 숨을 거두는 순간까지 피를 말리고 뼈를 깎더라도 최후까지 지고지선의 사명과 정성을 다 바쳐 서로에게 헌신하고 봉사하고 섬기며 받들어야 된다는 말이 아니겠습니까?

나는 온몸에서 힘이 다 빠져 나가고 춥기는 살을 베어 내듯이 따가웠습니다. 나는 바람을 막아 주는 성벽 밑에 바짝 쪼그리고 앉았습니다. 아내의 따뜻한 손길과 따뜻한 숨결이 한없이 그리웠습니다.

나는 지금 그 귀엽고 아름답고 내 목숨보다 더 고귀한 아내를 어디다 두고 이 삭막한 남의 나라 산등성이 위의 앙상한 돌 벽에 기대어 이 찬바람을 맞아 가며 이렇게 초라하게 울면서 앉아 있단 말인가?

— 한데 앉아서 밖에 앉아 있는 놈 걱정한다.

하더니, 늙은 두 사람의 그 사나운 황혼이혼을 막으려고 우리 부부는 이렇게 멀리 떨어져서 간 곳도 서로가 모르면서 처량한 신세가 되어야 한단 말인가?

정신이 하나도 없이 휑하니 나가버린 산송장이 되어 그렇게 쪼그리고 앉아서 울고 있는 사이에 토끼잠과 같은 졸음이 살짝 찾아왔던가 봅니다. 그 말도 안 되는 순간의 비몽사몽 속에서 나는 언제 안방 거울 앞에서 아내와 이야기를 나누던 지난 날 어느 때의 모습을 꿈에 싣고 있었습니다.

— 여보 중국의 4대 미인 중 누가 가장 아름다워요?

— 글쎄요, 아름다운 면도 여러 방면이 있으니까요.

— 한 사람씩 한 번 따져 볼까요?

— 그럼 당신이 춘추시대의 미인 서시(西施)부터 말씀해 주세요.

— 그러지요, 서시에 붙은 수식어에는 '침어(沈魚)'라는 말을 붙입니다. 서시가 물속을 가만히 들여다보고 있노라면 물고기들이 그녀의 얼굴을 보고는 그 아름다움에 놀라 기절하여 물속으로 가라앉았다고 합니다.

— 그럼 제가 전한 시대의 미인 왕소군(王昭君)에 대해서 얘기할게요. 왕소군에게는 '낙안(落雁)'이라는 수식어가 붙었다고 하지요. 맞습니까?

— 예 맞습니다.

— 그녀가 하늘을 올려다보고 있을 때 기러기들이 날아가다가 그 모습을 보고는 그만 감탄하여 날아가던 기러기들이 날갯짓을 멈추어 모조리 땅으로 떨어졌다고 하지요.

— 그럼 다음으로는 후한시대의 초선(貂蟬)에 대한 얘기입니다. 초선에게는 폐월(閉月)이라는 수식어가 붙는데, 그녀가 밤하늘의 달을 쳐다보면 달이 그만 그녀의 미모에 움츠러들어 구름 속으로 숨어 버렸다고 하지요.

— 저는 마지막으로 당나라 미인 양귀비(楊貴妃)에 대해서 얘기해야겠네요. 양귀비에게는 '수화(羞花)'라는 수식어가 붙지요. 양귀비가 꽃들을 바라보고 있으면 꽃들이 부끄러워 고개를 숙이고 잎을 말아 올렸다고 하지요.

— 그렇습니다. 당신은 그 많은 것을 언제 읽고 지금까지 다 기억하고 있습니까?

— 초등학교 다닐 적에 반 아이 중 하나가 자기는 양귀비라고 떠들며 자랑하는 애가 있어 집에 와서 대백과사전을 찾아 읽었는데 그게 기억에 남아 있네요.

— 그럼 마지막으로 이 4대 미인을 간단히 정리할게요. 서시(西施)는 가슴앓이 병이 있어 항상 눈살을 찌푸리고 살았는데 그게 너무나 매력적으로 보여 중국의 모든 여인들이 가슴을 움켜잡고는 찌푸리고 다녔다고 합니다. 왕소군(王昭君)은 평화의 인질로 흉노 땅으로 끌려갔는데 그 오랑캐 땅에는 봄이 와도 봄같지 않더라 하여 춘래불사춘(春來不似春)이라는 말이 만들어졌다고 합니다.

— 초선(貂蟬)은 여포가 동탁에게 바친 여인인데 나중에 여

포가 동탁을 죽이고 자기 첩실로 도로 데리고 온 여인이죠. 양귀비(楊貴妃)는 당나라 현종의 18번째 며느리였는데 현종이라는 이 피도 눈물도 없는 인간이 제 며느리를 빼앗아 첩으로 데리고 살았지요. 나중에 양귀비의 권세가 너무 커지자 안록산이 난을 일으켜 없애 버리고 말았습니다. 이렇게 보면 그래도 나라에 공적을 남긴 미인은 왕소군일 것 같습니다. 왕소군이 흉노 땅에 인질로 간 이후 한나라와 흉노 사이에는 상당히 긴 시간의 평화기를 이루었으니까요.

— 여보, 여기서 한시 한 편을 소개할까요?
— 예, 좋아요 어서 해 주세요.

昭君玉骨 胡地土

貴妃花容 馬嵬塵

世間物理 皆如此

莫惜今宵 解汝身

소군옥골 호지토

귀비화용 마외진

세간물리 개여차

막석금소 해여신

나는 위의 시를 한문으로 써서 아내에게 내밀었습니다.

— 아하! 여자의 일생들이 그렇군요.

아내는 이 시를 읽고는 완벽하게 해석을 했고 완전하게 이해를 하고 있었습니다.

— 그렇지만 여보, 누구의 노래 말마따나 마음이 고와야 미인이고 여인이 아니겠습니까? 그런 의미에서 나는 당신이 이 세상에서 가장 빼어난 미인이라고 확신합니다. 나 같은 홀아비를 구원해 주었으니 이보다 더 아름답고 훌륭한 여인이 어디 있겠습니까?

나에게는 당신이 인류 역사상 동서고금을 통하여 가장 아름답고 성스러운 미인입니다.

— 참 당신은, 제가 그렇게도 좋아요?

— 좋고 말고요. 좋다 말다요. 최곱니다!

나는 비몽사몽 꿈속에서 이렇게 중얼거리면서 아내와 깊은 포옹을 하다가 꿈에서 깨었습니다. 온몸이 얼어붙어 얼음장이 되어 있었습니다. 나는 겨우겨우 비탈진 만리장성 그 성벽 길을 설설 기면서 더듬 더듬거리면서 아래로 내려왔습니다.

흐르는 눈물이 그대로 얼음이 되어 온 얼굴이 빙판장이 되어 있었습니다.

부여 낙화암에 올라

봄볕이 곱습니다.

따뜻하고 알싸하고 향긋한 공기가 꼭 아내의 체취 같았습니다.

또 4월 4일이 찾아온 모양입니다. 어디 한 군데 마음 둘 곳이 없어 낙화암에라도 올라 그 아래를 유유히 흐르는 백마강이라도 바라보고 싶었습니다.

아침 일찍 나섰습니다. 부여 시내를 들어서니 가로수도 좋았고 한길과 나란히 흐르는 넉넉한 물길도 마음을 푸근하게 하였습니다.

나는 시내에 차를 두고 조금 걸어서 올라가는데 희한한 건물이 보였습니다. 일본식 건물이 서 있었습니다. 민속 박물관이라나 뭐라나.

우리나라 어디에서도 듣도 보도 못한 왜식 그대로의 건축물이 백제의 정신이 오롯이 흐른다는 이 고장에 턱 버티고 서 있는 모습이 어찌나 기분을 상하게 하는지…… 아까 차를 세우려고 동네를 돌다 보니 몇몇 집의 담장도 일본 하급 무사들의 집 담장과 비슷하여 이상하다고 생각은 했는데…… 기분이 영 엉망이 되었습니다.

그러나 내가 오늘 목적지로 두고 온 곳이 낙화암이니 그 곳을 바라보며 부지런히 걸었습니다. 그런대로 잘 다듬어진 등산로와 잘 가꾸어진 수목들이 싱싱하고 풋풋한 솔향기를 뿜어 주어서 걷기가 좋았습니다.

언덕길을 내려가니 날카롭고 작은 바위 위에 작은 정자 백화정(百花亭)이 서 있었습니다.

백화정에는 20대 초반의 여자 아이들 몇 명이 뭐라고 떠들어 놓고는 비명인지 아우성인지 백여우 소리를 내면서 괴성을 지르고 있었습니다.

참 어찌 이리도 차이가 많이 나는지 소름이 끼쳤습니다. 내 아내는 저 나이에 의젓하기가 태산 같았고, 방정하기가 바둑판 같았으며, 사리 판단의 분위기가 성숙한 종갓집의 50대 마나님 같았는데, 이 아가씨들의 저 시끄러운 괴성 저질스러운 입놀림. 천 수백 년 전에 이 강물에 몸을 날린 그 때의 그 정갈했을 여인들이 놀라 기절을 하고도 남을 지경이었습니다.

이 아가씨들이 내뱉는 말들이 이렇습니다.

— 그 때 3천 명의 계집애들이 여기서 다이빙을 한 거야? 춥지도 않았나? 까고 앉았네!

나는 그 애들에게 밀려 정자의 가장자리를 잡고 강물을 내려다 봤습니다. 넓고 넉넉하고 푸근하게 흐르는 강! 내 곁에서는 계속 깔깔거리는 저 천박하고 색정적인 어리면서도 노회한, 세상물정 단맛 쓴맛 다 씹어서 맛본 계집아이들의 시끄러움!

나는 정자를 내려 왔습니다. 고란사(皐蘭寺) 절집 안에는 많은 사람들이 머물러 있었습니다. 고란이라는 난초가 있어서 고란사라 했다던가? 나는 절 뒤에 있는 샘에서 물을 떠서 귀를 씻고 입속을 헹구어 냈습니다. 아까 듣고 본 속된 말들을 씻어내기 위해서였습니다.

황포 돛단배를 타려고 승선권을 샀습니다. 관광객을 태운 배는 강 상류 쪽으로 조금 올라가서는 배머리를 돌려 하류를 향했습니다. 이제야 삼천 궁녀가 꽃처럼 떨어졌다는 곳, 낙화암이 보였습니다. 이번에는 시건방이 줄줄 흐르고 세상을 제 발바닥 아래로 보는 듯한 아줌마 몇몇이 떠들기 시작하였습니다.

— 그놈의 왕인지 임금인지 하는 놈이 밤낮 계집년들의 사타구니에만 처박고 있으니 허리가 아파서 전쟁을 할 수나 있었겠어? 그러니 나라가 망하지!

— 쯧쯧~ 삼천 년이 한 놈만 보고 밤낮 가랭이나 긁었을 테니……. 아이구, 개망신스러워라!

또 한 여인이 말을 이었습니다.

— 맛도 못 본 년들은 어떡하지? 그년들도 그 날 이 강물에 뛰어 내렸을까?

역사의 현장에서, 과거의 아픔과 쓰라림을 되새기고 반성하여 숙연해야 할 이 장소가 젊은 계집 늙은 계집 할 것 없이 "한 왕놈의 그 대가리만 바라보다가 강물에 풍당 빠져 뒈졌다!"

그 모욕적이고 치욕적인 이야깃거리로만……!

많아야 십여 명이었겠지요. 그렇습니다. 십여 명이 아니라 단 한 명의 여인이라도 조국이 망하는 것을 보고 울분을 참지 못하여 저 사나운 절벽에서 강물 위로 뛰어 내렸다면 우리는 그녀의 애국심과 영혼에 경의를 표해야 하지 않겠습니까?

하나 같이 한 명의 사내가 3천 명의 계집과 놀아나다가 나라는 망했고 계집년들은 모두 물에 빠져 뒈졌다! 에만 초점을 맞추니 이 각박하고 추한 인심에 나는 두 눈을 감았습니다.

그런 가운데서도 황포돛배의 스피커에서는 백제의 그 날을 애닮아 하는 노래가 울러퍼지고 있었습니다. 나는 여인네들 곁에서 자리를 옮겨 그 구성진 노래를 들으면서 내 아내 K 백조를 생각하고 있었습니다.

백마장 달밤에 물새가 울어
잊어버린 옛날이 애달프구나
저어라 사공아 일엽편주 두둥실
낙화암 그늘에서 울어나보자.

고란사 종소리 사무치며는
구곡간장 올올이 찢어지는 듯
그 누가 알리요 백마강 탄식을
깨어진 달빛만 옛날 같구나.

당당히 부부의 호칭을 부르면서 확실한 내외지간으로 생활하면서도, 때가 되고 시간이 올 때까지 지킬 것은 지킨 강인한 아내, 끝까지 아내의 인격을 존중하여 일체의 내색을 하지 않고 전등불을 항상 환히 다 켜놓고도 손만 잡고도 얼마든지 단잠을 잤던 우리 내외, K 백조와 G 구달의 시간이 그리웠습니다.

혹자는 이 글을 읽으면서 당장 터진 입으로 하는 말이 있을지도 모릅니다.

— 두 연놈이 다 병신이 아니었어!

할 수도 있을 것입니다. 모든 생각은 각자의 형편에 맞게 생각하고 또 공상하고 상상하는 것이니까요. 각자의 능력에 맞게 상상하고 느끼시길 바랍니다.

나는 배에서 내려 중국집에 들러서 자장면 한 그릇을 비우고는 정림사지(定林寺址)로 갔습니다. 그 곳에 있는 박물관에 들렀더니 〈백자 특별전〉이라면서 달항아리 등을 전시하고 있었습니다. 관람객이 텅텅 빈 지방의 역사박물관! 어느 지식인은 말했습니다.

— 그 나라의 과거를 보려면 그 나라의 박물관을 찾아라. 그 나라의 미래를 보고 싶거든 그 나라의 도서관을 가 보아라. 그 나라의 현실을 보려거든 그 나라의 시장통에 가 보아라!

맥이 빠질 대로 빠진 나는 박물관을 나와서 백제 문화의 정수인 '정림사 5층 석탑' 앞으로 걸어갔습니다. 참으로 넉넉하고 당당하고 담담하고 미려하고 순결한 아름다움의 정수인 석탑입니다.

못난 놈 당나라 소정방(蘇定方)이 이 위대한 석탑 모서리에 제 놈이 백제를 밟아버린 기념으로 이 탑을 세운다 라고 써 놨습니다. "대당평백제국비명(大唐平百濟國碑銘)"이라고!!

인천 서해안가의 아름다운 포구를 '소래 포구' 라고 합니다. 소래포구는 당나라 장수 '소정방이 온 포구' 라는 뜻입니다. 그 외 우리나라 지명에는 당진, 왜관, 왜성…… 이런 이름이 남아 있어 신경이 예민해질 때가 더러 있습니다.

각설하고, 내가 터벅터벅 걸어서 탑 아래에 이르니 일본인 관광객 한 무리가 떠나고 이제 관람객은 나 혼자뿐이었습니다. 해는 서산마루에 걸려 있고 숭고한 탑은 긴 저녁 그늘을 깔고 있었습니다.

나는 탑 그늘이 내린 길바닥에 그냥 철퍼덕 하고 앉았습니다. 오늘 낙화암에서 세발 네발 떠들어대던 젊은 여자 아이들의 모습과 백마강 황포돛배 위에서 새소리 잡소리 악당구리를 치던 여인네들의 그 악귀 같은 모습을 다시 그리면서 나는 고개를 푹 숙이고 앉아서는 또 내 아내를 생각했습니다.

내 일생은 이 세상에 와서 한 번도 신나고 빛나고 황홀하고 자랑스러운 삶이 없었습니다. 나대로는 정말 죽을힘을 다 하여 밤낮을 가리지 않고 코피를 쏟으면서 분투노력했지만, 빈약한 두뇌와 어리석은 가슴과 깡마른 집안의 힘으로 그저 비틀대었고, 이놈 저놈 잡놈들에게 터지고 깨어지고 이런 일 저런 일에서 본전도 찾지 못하는 빙신 어벌이 쪼다로 살아 왔습니다.

하지만 내 아내 K 백조를 만난 것 하나만은 정말로 아름답고 좋은 선택이었으며, 빛난 영광이고 자랑스러운 일이었습니다.

어떤 이는 그 몇 년 살다가 헤어진 그 초라한 일이 너 놈에게는 그리도 영광이냐? "어휴~ 병신!" 하겠지만, 나에게는 이 세상에서 천하를 다 얻은 영웅보다 세상의 부귀영화를 다 거머쥔 대재벌보다 세상의 권력을 한 손에 몽땅 쥐고 동서양을 호령한 어느 권력자보다…… 내가 더 행복하였다고 확신합니다.

그들보다 더 보람이 있었고 더 가슴 벅찬 일이기에 오늘도 아내를 그리며 이리 걷고 닫고 뛰면서 이 글을 쓰는 것입니다.

나는 내 아내 K 백조가 너무나 자랑스럽고 좋습니다. 좋아서 미칠 지경입니다 40년 가까이를 혼자서 가슴 저미며 애태우며 밤낮 한숨을 쉬고 손발이 저리도록 보고 싶어 하고 그리워하였지만, 다시는 그 음성 한 번 더 들어보지 못하고 한 많은 두 눈을 감아도 괜찮습니다. 좋습니다. 기쁠 뿐입니다.

여보, 나의 아내 K 백조~ 참으로 많이 사랑합니다.

저 세상에서 만납시다. 그래요. 다음 세상에서는 떳떳하고 당당한 숫총각 숫처녀로 만나서 빛나고 영광스럽게 다시 신나게 살아보십시다.

일본 오키나와 여행

나는 해방 전에 일본에서 태어났습니다. 내가 태어난 땅이 일본이니 나의 안태고향은 일본이 맞습니다.

그래서 항상 일본이 그립고 일본에 대한 애착이 많습니다. 무엇보다 일본은 깨끗한 나라이고 일본 국민들은 예절이 바릅니다. 그 수많은 지진, 화산, 태풍, 쓰나미 등 자연재해와 전쟁의 고통을 겪으면서도 그들은 봄철이면 다시 피어나는 사쿠라처럼 화사하게 피어납니다.

나는 일본에 여러 번 다녀왔습니다. 어느 때 일본 삿포로 여행 때에는 심장약을 가지고 가지 않아서 여행기간 내내 소름끼치는 시간을 보내기도 하였습니다.

이번에는 일본의 최남단 오키나와를 다녀오기로 하였습니다. 한 때 우리나라 역사책에서는 '유구국'이라고 가르치던 곳입니다. 그들은 우리나라에 호추, 사탕, 향료, 소뿔 등 남방산물을 가지고 와서 팔고는 우리나라의 비단 명주 등을 사 가던 독립 국가였으나 1870년 제국주의 일본에 병합된 땅입니다.

일본 열도 맨 아래에 있는 섬입니다. 비행기에서 내려 시내로 들어서면서 가로수들을 보니 이건 완전히 일본에서도 이국땅 풍경 그대로였습니다.

주변은 깨끗하였고 공기는 맑았으며 시민들은 친절하였습니다. 바닷가로 왔습니다. 바다 한복판에 엄청나게 큰 바위가 있었고 그 바위에서 솟아 오른 나무가 또 내 아내를 불러 왔습니다.

아내와 같이 왔으면 얼마나 좋아했을까? 이곳에서 지금쯤 얼마나 아름다운 얘기를 나에게 들려줄까?

눈시울이 뜨거워지면서 여행의 흥취도 호기심도 잦아들어 또 온몸에서 힘이 쭉 빠져나가는 것이었습니다.

나는 모래밭에 앉았습니다. 그리고 생각했습니다.

그래, 내가 이곳까지 찾아온 이유는 아내를 실컷 그리워하려고 온 것은 맞습니다. 그러나 그 그리움에 지쳐 넋을 잃고 이렇게 좋은 해변 모래 위에 축 늘어져 앉아 있다면, 이건 그리움을 위한 여행이 아니고 한탄과 비탄, 그리고 슬픔의 잔치를 위한 여행이 아니겠습니까?

나는 심호흡을 거듭거듭 하면서 자리에서 일어섰습니다.

바다! "모든 것을 다 받아들인다!"고 하여 바다가 아니겠습니까? 그렇다면 지금 이 청정한 바다는 나의 사랑 나의 아픔 나의 고통 나의 그리움, 내 가슴속의 이 애절한 추억의 덩어리들을 모두 다 받아들이고 나를 위로하고 다독거려줄 임이 아니겠습니까?

나는 바닷가를 걷기 시작하였습니다. 바다 가운데에 있는 큰 바위를 기점으로 오르내리면서 걷다가 쉬다가를 거듭하며 발아래에서 발견되는 예쁜 조개껍질을 줍기도 하였습니다.

벌써 바다에는 석양이 빛나기 시작하였습니다. 법석거리던 관광객도 줄어들고 다리가 몹시도 아픈 나는 모래사장보다 조금 더 높은 곳에 펼쳐져 있는 파란 풀밭에 앉았습니다.

나도 모르게 노래가 나왔습니다.

넓고 넓은 바닷가에 오막살이 집 한 채
고기 잡은 아버지와 철 모르는 딸 있다.
내 사랑아 내 사랑아 나의 사랑 클레멘타인
늙은 아비 혼자 두고 영영 어디 갔느냐.

깊고 깊은 산골짝에 오막살이 집 한 채
금을 캐는 아버지와 예쁜 딸이 살았네
내 사랑아 내 사랑아 나의 사랑 클레멘타인
늙은 아비 혼자 두고 영영 어디 갔느냐.

나는 위의 노랫말 중 "늙은 아비 홀로 두고~"를 "사랑하는 나를 두고~"로 바꾸어서 부르고 또 불렀습니다.

또 이런 가사도 한참 동안이나 웅얼거렸습니다.

내 님을 그리워하여 오늘도 웁니다.

산에서 우는 접동새와 같은 신세입니다.

아! 아! 넋이라도 님과 함께 가고지고

오오! 슬픕니다.

님이여! 하마 나를 잊으셨나이까

아소님하! 다시금 돌아보사

날 사랑해주소서.

다음 날은 일본에서 제일 크다는 수족관(아쿠아)을 보러 갔습니다. 참으로 엄청난 크기의 수족관에 크고 작은 오만 가지의 물고기들이 유유히 생생히 나풀거리면서 즐겁고 상쾌하게 노닐고 있었습니다.

이렇게 많은 어종이 놀고 있는데, 이게 오키나와 앞바다에서 서식하는 생물의 8분지 1 정도만 모아둔 것이라고 하였습니다. 그러니 참 바다의 규모와 그 안의 생명체들의 다양한 각양각색의 어종이 얼마나 되는지 분간도 하기 어려웠습니다.

많은 인파가 수족관 둘레를 돌면서 관람을 하고 있는데, 저 맞은편에서 어느 안노인과 함께 이야기를 하면서 관람하고 있는 여인이 바로 "내 아내였습니다."

나는 깜짝 놀라 그 많은 관광객의 사이를 죽을힘을 다 하여 헤쳐나와 보니…… 세상에 이렇게 똑같은 사람도 있을 수 있습니까? 정말 내 아내 K 백조와 똑같은 여인이 거기에 있었던 것입니다.

나는 가슴이 막히고 목구멍과 입이 막혀 무어라 하지도 못하고 서 있는데, 그 녀가 동행한 할머니와 영어로 대화를 하는 것입니다.

아이쿠! 내가 헛것을 보았구나! 이마와 등줄기에서 식은땀이 쭈욱 흘러 내렸습니다. 내 아내의 할머니는 국회의원에 출마할 정도의 대단한 여장부였습니다. 그 때서야 자세히 살펴보니 이 안노인은, 그 어느 때 빗자루를 거꾸로 들고 나를 두들겨 패던 그 할머니가 아니었습니다.

나는 이제 더 이상 수족관 구경을 할 힘이 없었습니다.

밖으로 나왔습니다. 햇빛에 눈이 부시어 나는 눈물인지 두 눈에서 눈물이 철철 흐르고 있었습니다. 그리고 가슴 저 아래를 날카로운 칼로 도려내듯이 싸아~ 하게 아팠습니다.

길 건너편에 있는 휴게소 의자에 넋을 놓고 앉았습니다. 한 시간 정도의 시간이 흘렀습니다. 다시 언덕을 끼고 야트막한 산 위로 올라서니, 저 건너편에 새하얀 집들이 정갈스럽고 애틋하게 모여 있는 동네가 보였습니다.

이곳이 바로 일본 오키나와의 산토리니 마을이었습니다. 나는 넓게 펼쳐져 있는 오키나와의 푸른 바다와 폭설의 함박눈으로 뒤덮인 듯한 산토리니 하얀 마을을 바라보면서 풀밭에 앉았습니다.

언제 아내와 내가 서양 문화에 대해서 나누었던 대화가 떠올랐습니다.

아내와 나는 언젠가 그리스 문화와 로마 문화에 대하여 그 차이점을 얘기한 바 있습니다.

— 여보, 서양 문화의 두 뿌리는 그리스 로마 문화와 기독교 문화가 되겠지요?

— 그렇습니다. 서양 고대 문화는 그리스 로마 문화로 정의할 수가 있습니다. 그런데 그리스 문화와 로마 문화에는 상당한 차이가 있습니다.

— 오늘 그 두 문화의 차이점을 설명해 주시겠어요?

나는 그날 그리스 문화와 로마 문화의 차이점을 아내에게 간단히 설명해 준 적이 있었습니다. 물론 내가 그날 설명을 하지 않더라도, 내 아내는 잘 정리된 지식이 있었겠지만 아내는 언제든지 내가 이야기하는 것을 참 좋아하고 흡족해 했습니다.

— 그리스 문화는 예술적 문화로 철학과 문학을 꼽는다면, 로마 문화는 실용적 문화로 법전과 건축을 꼽을 수 있겠지요. 또 그리스 문화가 인간을 발견한 문화라면, 로마 문화는 세계를 발견한 문화라고 할 수가 있습니다.

내가 다시 말을 이었습니다.

— 또 기독교 문화인 서양의 문화는 5~15세기까지 약 천 년 간이었는데 우리는 이 시기를 암흑시대(Dark Ages)라고 부르고 있습니다. 이렇게 종교가 지배하던 시대를 거쳐 인간 중심의 문화, 곧 그리스 로마 문화의 재발견 시대…… 르네상스(부활) 시대를 열게 됩니다.

그날 우리 내외는 소크라테스와 플라톤, 일리아드 오디세이, 콜로세움 로마의 길…… 많은 이야길 나누었던 것입니다. 이런저런 생각을 눈을 감고 한참 동안 하다가 일어서니 저 바다 한 가운데서 천사같은 모습으로 아내가 새하얀 날갯짓을 하면서 나에게로 날아오고 있는 것 같았습니다.

— 여보, 저예요! 당신의 아내 K 백조예요.

나는 가슴을 크게 벌리고 아내를 품어 안았습니다. 따듯하고 향긋한 아내의 체취가 내 온 몸안으로 퍼져 나갔습니다. 10여분 간을 그렇게 아내를 품고 있다가 그 언덕길을 천천히 내려 왔습니다. 다음 날은 옛 유구국의 왕궁인 슈리성을 구경하고 그들의 전통춤을 관람하기도 하였습니다.

내가 그 왕궁을 보고 온 지 얼마 되지 않아 그 왕궁이 화재로 소실되었다는 뉴스를 접했습니다. 그리움으로 까맣게 탄 내 속처럼 그 왕궁도 한 많은 사연을 남기고 그렇게 산화했는지 모를 일입니다.

나는 귀국하는 비행기 안에서 푸른 바다를 내려다보았습니다. 언뜻 헤밍웨이의 작품 《노인과 바다》를 생각했습니다. 84일간의 무소득 후에 인생일대의 목숨을 건 한 판 승부로 청새치 한 놈을 낚아 올렸지만, 모두 다 상어 놈들에게 좋은 일만 시키고 피투성이가 된 빈손으로 돌아온 바다의 노인! 산티아고!!

— 우리 인생의 표본!

그게 어쩌면 우리네 인생일지 모릅니다. 땀 눈물과 피, 뼛가루까지 다 쏟아 붓고는 앙상한 피 묻은 손으로 돌아가는 인생~!!
나는 지금 무얼 하려고 이 비행기에 올랐나?

그래! 우리 부부의 이 애장간이 끊어지는 참사랑은
— 파괴될지언정 패배하지는 않는다!!

울산 대왕암에서

여기에서 한 번 더 정리를 하면 아내와 내가 부부의 서약을 한 날은 1988년 4월 4일이었고, 부부의 연으로 첫밤인 '꽃밤'을 보낸 날은 1990년 10월 10일 이었습니다. 그리고 그 해 12월에 겨울방학을 맞아 고향에 내려간 아내는 부모님과 가까운 집안 친척들을 모아 놓고 "저 결혼하겠어요!"하고 폭탄선언을 하였던 것입니다.

그때부터 아내는 모질고 질긴 친정 식구들의 학대와 구박 속에서 살아야 했습니다. 1991년 여름방학을 맞이하여 잠시 집에 내려간 아내는 아버지 병원인 종합병원의 식구들과 가까운 울산 대왕암 소나무 숲으로 단체 놀이를 갔던 모양입니다.

모두들 신나게 먹고 마시고 노는데, 아내는 남편인 내 생각이 나서 혼자 저 아래 바닷가 암벽 사이에 앉아 한없이 울었다고 나한테 얘기한 적이 있었습니다.

그날 울산 바닷가에서 많은 주지육림의 음식을 차려놓고 가족들은 모두가 웃고 즐기는데 "내 남편만 이 자리에 끼일 수가 없다"는 허무맹랑함에 아내는 하루 종일 아무것도 목구멍으로 넘길 수가 없었습니다.

그리고 우리의 결혼에 목숨을 걸고 반대하는 부모님과 일가친척들의 비이성적 이기주의에 가슴이 떨려 하루 종일 혼자 그 아래 바닷가 바위틈에 쪼그리고 앉아 울고만 있었답니다.

아내는 그러한 자신이, 무슨 큰 죄라도 지은 죄인 아닌 죄인이 되어 너무나 슬프고 원통했다는 것이었습니다.

아내가 내 품에 안겨 그 이야기를 하면서 눈물을 글썽일 때 나는 내가 아내와 그 집안에 너무나 큰 죄를 짓고 있는 것 같아서 얼마나 가슴이 시렸는지 모릅니다.

— 내가 미쳐서 과욕을 부리는 건가? 아니면 아직 소녀의 티를 벗어나지 못한 아내가 섶을 지고 불나방이 되어 불속에 뛰어들고 있는 건가?

그날 나는 아무런 결론을 내리지 못하고, 멍멍히 아내의 등만 토닥거려 줄 뿐이었습니다.

아내의 부모님들은 아내의 학교 수업료(등록금) 주기를 거부하여, 마땅한 일이지만 내가 학교 문제를 해결해 놓으면 그의 어머니가 학교를 찾아가 일방적으로 휴학계를 내기도 하였습니다. 또한 외국으로 유학을 강권하기도 하고, 울산으로 끌고 가 감금을 하기도 하였습니다.

그래서 나는 울산이라는 땅에는 언제부터인지 가기가 싫은 고장이 되었습니다.그곳에 가면 내가 땅바닥에 퍽 쓰러져 얇은 유리잔이 깨지듯이 그렇게 산산조각이 날 것 같은 기분이 들었기 때문입니다.

그러나 나는 꽃 피고 새 우는 이 봄날을 맞이하여 용기를 내어 심호흡으로 가슴을 진정시키면서 울산행 열차를 탔습니다. 고속열차가 빨라서 그런지 참 가까운 거리였습니다.

물론 고속열차역은 울산시의 아주 외곽에 있었기 때문에 울산 대왕암까지의 거리는 멀었습니다. 우선 바닷가 횟집에서 타는 목과 타는 가슴을 식히기로 하였습니다.

회를 시켜 놓고 맥주 한 잔을 쭈욱 들이컸습니다. 답답하고 울컥하던 마음과 어지럽고 지끈거리던 사지가 조금씩 풀리면서 온몸의 근육도 부드러워져 왔습니다.

낯선 바닷가에서 홀로 마시는 한 잔의 맥주는 사람의 마음을 금방 더 외롭게 만들기도 하였습니다. 바닷가 돌멩이 위에 앉아 있는 한 마리의 초라한 비둘기는 그 몰골이 지금의 내 모습과 비슷해 보였습니다.

술자리에서 벌떡 일어난 나는 그런대로 조경이 잘 되어 있는 바닷가 산책길을 따라 아래로 내려왔습니다. 쉼터 비슷하게 꾸며진 장소에서 자리를 잡고 또 앉았습니다.

지나가는 사람에게 "대왕암이 어디쯤에 있느냐?"고 물으니,

여기서는 빙 돌아서 저 건너편으로 가면 된다고 예의 바르게 가르쳐 주었습니다.

나는 아까 고속철도역에서 내려 버스를 타고 이곳까지 올 때 버스속의 안내 방송에서 '달동 버스역'이라고 전하던 말을 기억하고 있었습니다.

울산시 남구 달동에는 아내 아버지의 종합병원이 있는 곳입니다. 그래, 시간도 있는데 그 병원 앞 어디쯤에라도 가서 아내의 체취라도 맡아 볼까하는 생각이 들었습니다.

우리 내외는 헤어지면서 마지막으로 했던 약속이 "누가 먼저 연락하기 전에는 서로 연락하지 않기로~" 약속을 했습니다. 이 말은 이후 앞으로는 어떤 연락도 만남도 없는, 성숙하고 깨끗하고 완전하고 아름답고 고결한 이별! 이라는 우리 두 사람의 결심이었고, 자존심 인간성 티없이 순결한 사랑의 간직과 더불어, 앞으로의 성스러운 생활을 다짐하는 묵언의 이별 약속으로 되어 있었던 것입니다.

즉 우리 내외의 사랑은 순후 순결하였고 우리 두 사람의 생이 끝날 때까지 한 점의 오점도 없었다는 징표를 세상에 표하는 결의였던 것입니다. 달동이라는 동네라도 가볼까 말까를 수십 번 망설이다가 나는 택시를 탔습니다.

택시 안에서 두 눈을 꼭 감고 아내를 그리며 그 모습을 떠올려 보았습니다. 지금쯤은 뛰어난 전문의사로서 재능과 실력으로 환자들을 돌보며 병원의 많은 식구들을 거느리며 능수능란하게 하루하루를 쌓아 가고 있을 아내, 하얀 가운을 입고 청진기를 목에 걸고 윗주머니에는 오색 볼펜을 꽂고…… 웃음과 미소를 담뿍 담은 채 이 병실 저 병실을 뛰어다닐 아내가 영화를 보는 듯이 그 영상이 보였습니다.

— 손님, 달동에 다 왔습니다. 어느 건물 쪽으로 모실까요?

— 예, 벌써 달동에 왔다구요?

눈을 번쩍 뜬 나는 부리나케 택시에서 내렸습니다. 건너편에 제법 큰 병원이 보였습니다. 병원 간판을 올려다봤더니 아내가 근무하고 있을 병원이 아니었습니다.

그러나 달동에 있는 병원이어서 그런지 갑자기 가슴이 뛰고 호흡이 가빠졌습니다. 대로를 건너갔습니다. 그 병원 옆에는 제법 큰 나무들이 서 있었고 나무 그늘에는 벤치가 놓여 있었습니다.

나는 그 의자에 힘없이 철퍼덕 앉았습니다. 어쩌다 아내와 우연히 만날 수도 있을 것 같아서 마음은 점점 흥분이 되어 올라왔고, 한편으론 만나면 안 되는데! 하는 생각에 나는 몸을 움츠리면서 목을 자라목으로 만들고 있었습니다.

이런 생각 저런 생각, 이런 환상 저런 혼란으로 한참을 헐떡거리면서 앉았다가 이러다가 정말 아내의 눈에 띄이거나 더 나아가서 만남이라도 이루어진다면, 그것은 너무나 무의미하고 무가

치하고 너무나 체면이 없는, 우리의 완벽한 사랑 우리의 순후무구한 사랑 우리의 처절하도록 완벽한 사랑에 먹칠을 한다는 생각에 얼른 택시를 타고 처음으로 갔던 방어진 일산동인가 하는 곳으로 다시 왔습니다.

다시 바다가로 나갔더니 괜찮은 카페가 있었습니다. 칵테일 몇 잔을 하고는 그 뒤편에 수없이 줄 서 있는 어느 모텔로 들어가서 잤습니다.

밤새도록 이리 뒤척 저리 뒤척 전전반측하다가 우유 한 컵을 마시고는 숙소에서 나와 대왕암 쪽을 향하여 걸었습니다. 관광길은 그런대로 잘 정돈이 되어 있었습니다.

그러나 어제 종일 신경을 쓴데다가 밤에는 잠도 잘못 자서 그런지 언덕을 걸어가는 나는 몹시 헐떡거리고 있었습니다. 이제 대왕암으로 접어드는 입구인가 봅니다. 청정하고 울울한 소나무들이 드러나기 시작하였습니다.

바다의 향기와 솔향기가 동시에 내 콧속으로 흠뻑 들어 왔습니다. 울컥 아내의 향기가 퍼지기 시작하였습니다. 가슴이 울렁이고 다리가 흔들렸습니다.

아내가 저 어디 소나무 등걸 뒤에 숨어 있다가 올라오는 나를 보고 활짝 웃으며 뛰어 나오는 것 같았습니다.

— 여보, 저 여기 있어요! 어서 오세요. 기다렸습니다.

하며 바로 눈앞에 확 튀어 나올 것 같은 환상이 선명히 드러났습니다.

이곳에서 나와 함께 하기를 그렇게 갈망하면서 하루 종일 울었던 나의 아내 K 백조! 나는 숨이 콱 막혔습니다.

그리움이 사무쳐 올라와 사지가 꼼짝도 못하고 죽을 지경이었습니다. 아내의 싱그럽고 아름답고 고운 모습이 두 눈에 삼삼하고, 아내의 고운 목소리가 두 귀에 쟁쟁하였습니다. 큰 소나무 뿌리에 걸터앉았습니다.

목이 타고 눈앞이 흐려져 어찌할 바를 모를 지경이 되었습니다.

30분 가량을 그렇게 앉아 있는데 바로 앞으로 리어카 노점상이 다가왔습니다. 나는 기어 들어가는 목소리로 그 노점상 아주머니를 불러 만원 권 한 장을 주면서 생수나 한 병 달라고 하였습니다.

아주머니는 매우 고맙다면서 생수 한 병을 마개까지 따 주었습니다. 나는 그 물을 몇 모금 마셨습니다. 한참을 더 앉았다가 사흘에 나물죽 한 그릇도 못 얻어먹는 노인의 걸음걸이로 사람들을 따라 대왕암 길을 걸어 들어갔습니다.

내 비록 이렇게 힘들고 초라한 관광객으로 걷고 있지만, 그곳의 풍광은 정말 절경 명승지였습니다. 관지(觀止)였습니다. 이상 더 볼 풍광이 없다할 정도였습니다. 푸른 바다와 붉은 대왕암의 거대한 돌들! 그곳을 기반으로 하여 일어난 우리나라 제일의 기업이 지역발전을 위해 정성껏 봉사한 흔적들!

대왕암 끝에 서서 동해의 푸른 물을 물끄러미 바라본 후 나는 되돌아서서 오는 중에 바위길 저 아래쪽에는 조금 편평한 장소가 있었고, 거기에는 작은 간이식당이 몇 개가 열려 있었습니다.

그 작은 간이 식당들 아래에는 큰 바위가 있었고, 그 바위는 갈라져서 틈바구니가 나 있었습니다.

아! 아내가 나를 그리워하여 하루 종일 바위틈에 쪼그리고 앉아서 울었다는 곳이 바로 저기구나! 나는 벌써 나도 모르게 발걸음은 그 아래쪽을 향하여 내닫고 있었습니다.

허둥버둥 엎어질듯 자빠질듯 흔들거리면서 내려와 봤더니, 그 작은 가게 밑에 갈라진 바위 틈바구니가 있고 갈라진 바위 틈바구니에는 한 사람이 앉을만한 공간이 존재하고 있었습니다.

나는 벌벌 떨리는 몸으로 아내와 첫밤을 맞이하던 그 어느 때처럼 가슴을 쓸어내리며 콧구멍을 옴칫거리며 그 틈바구니 속으로 들어가 조용히 앉았습니다. 꿈만 같았습니다. 아내의 체온이 고스란히 그대로 남아 있고 아내가 향기가 그대로 쌓여 있었습니다.

— 여보, 여기 있었어요? 나 왔어요.

어느덧 눈물이 빗물처럼 뚝뚝 떨어져 내리고 있었습니다. 언제 아내와 같이 비행기를 타고 강릉에 가서 정답게 나누었던 이야기 속으로 빠져들고 있었습니다.

— 여보, 강릉은 자연이 수려해서 그런지 예부터 학문과 문학이 발달한 곳이지요?

─ 그렇습니다. 학문으로는 율곡 이이 선생님이 계시고 한글
소설의 효시라 할 수 있는 〈홍길동전〉을 쓴 허균과 그의 여동생
허난설헌도 있구요.

─ 그리고 현모양처의 대명사로 예술방면에 온갖 솜씨를 발
휘한 신사임당님의 친정도 여기지요?

─ 그렇습니다. 이 분들에 대해서는 당신도 잘 알고 있으니
까, 오늘은 중국 문학 얘기를 좀 해 볼까요?

─ 예 좋아요. 당신, 어서 가르쳐 주세요.

─ 우리는 중국 문학을 시대별로 특징지어서 구분할 때, 한-
문: 당-시: 송-사: 원-곡: 명청-소설로 나누지 않습니까?

한(漢)-문(文)이란 한나라 때에는 문장학(文章學)이 특히 발달
하였습니다. 곧 경서해석을 위주로 하는 훈고학이 발달하였기
때문입니다. 즉 한문이라는 말의 원뜻은 한나라 때 발전한 문장
학이란 뜻이지만 지금은 문자 자체를 그냥 한문이라고 하지 않습
니까?

한나라 때 이런 학문을 할 수 밖에 없었던 이유는? 진시황이
분서갱유(焚書坑儒)로 고전을 다 불태우고 선비를 다 죽여 버렸기
때문이지요.

당(唐)-시(詩)라는 말은 당나라 때는 시문학이 특히 발달했습
니다. 우리가 잘 아는 시선에 이백, 시성에 두보, 향산거사로 불
리는 백거이를 당나라 3대 시인이라고 했지요.

— 여보! 여기서 술과 달을 통해 도달한 탈세속적 초현실적 경지를 보여준 시선 이백의 시 한 수를 읊어보면 어떨까요?

　— 예 좋아요, 당신!

峨眉山月半輪秋
(아미산월반륜추)

影入平羌江水流
(영입평강강수류)

....

....

兩人対酌山花開
(양인대작산화개)

一杯一杯復一杯
(일배일배부일배)

아미산의 가을 하늘 반달이 떠 있는데
달 그림자 안고서 평강강을 흐르누나

....

....

두 사람이 벌린 술판 산꽃 또한 피어나니

한잔 하세 한잔 하세 또 한잔 하세그려

그 외 시인들의 얘기는 다음에

나누기로 하고 송나라로 갑시다.

송(宋)-사(詞)-라는 말은 송나라는 가사문학이 발달한 거지요. 이 문학이 우리나라에 들어와서 송강 정철의 사미인곡 속미인곡 관동별곡으로 빛났습니다. 사족입니다만 송강은 그의 문학 세계와는 다르게 서인(노론)으로 반대당인 동인선비 약 천명의 목을 친 사람입니다.

동인 후손들이 지금도 고기를 썰 때 정철! 정철! 하면서 썬다고 하지 않습니까? 그 악랄한 행위의 몸통은 물론 선조였지만, 선조는 나중에 "정철! 이놈이 내 신하 천명을 죽였다!!"고 소리소리 치고 있습니다.

이는 조선말에 나라를 일본에게 돈 받고 팔아먹은 인간은 고종인데, 이완용 등 을사 5적 놈들이 팔아먹었다고 아우성을 친 것과 같은 이치입니다.

원(元)-곡(曲)이란 이민족 국가인 몽고족이 세운 원나라에서는 희곡(연극)이 발전하였지요? 배우의 얼굴이 홱! 홱! 바뀌는 변안(변검)을 우리는 잘 알고 있습니다.

명청(明青)-소설(小說)이란 명나라 청나라 때에는 소설 문학이 발달하였습니다. 중국 소설 중 4대 기서가 있지 않습니까? 역사 소설에《삼국지연의》, 영웅소설에《수호전》, 신마소설에《서유기》, 염정소설에《금병매》가 있습니다.

당신은 지금까지 내가 얘기한 내용들을 다 기억하고 있었겠지요. 그렇지만 이 말, "소설"이란 말의 뜻까지 알고 있는지 모르겠습니다.

— 참 그래요, 저도 항상 그것이 의문이었어요. 소설하면 작을 소, 말씀 설, 즉 작은 글이란 뜻인데 실제적으로는 소설은 긴 글이 아닙니까?

— 그렇습니다. 장편소설 같은 글은 얼마나 긴 글입니까? 그런데 왜 그 긴 글을 두고 작은 글: 소설(小說)이라 했는지 궁금해 할 수 있었겠지요.

— 여보, 가르쳐 주세요. 꼭 알고 싶어요.

— 그냥 맨 입으로요.

— 예? 그럼 어떡해야 돼요?

— 사랑한다면 뽀뽀라도 한 번 해 줘야지요.

우리는 맛깔나는 상큼한 입맞춤을 하였습니다.

— 당신, 성현들의 말씀을 경(經)이라 하지 않습니까. 예수-성경(聖經): 석가-불경(佛經): 공자-사서삼경(四書三經) 등등 말입니다. 이 성현들의 말씀에 대비하여 소인(小人)들이 한 말 즉, 평민들이 한 말들을 직설(直說) 이라고 했습니다.

소인들이야 학문의 경지가 얕으니 항상 직접 삶에서 경험한 일들을 이야기할 수 밖에 없지요. 이렇게 소인들이 직접 한 말 "소인직설"에서 나온 말이 '소설'인 것입니다. 그래서 소설은 평민문학, 서민문학, 대중문학이 되었지요.

나는 꿈속에서 아내의 손을 잡고 계속 옛 일을 회상하는 비몽사몽에 젖어서 그 바위 틈 사이에 앉아 있었던 것입니다.

그 위의 작은 가게 주인아주머니가 아까 내가 주문해 둔 음식이 다 되었다면서 나를 부르러 와서는 깜짝 놀라 눈을 비비면서 일어섰습니다.

울산~!! 내 아내가 자라고 지금은 명품 의사선생님으로 웃으며 미소 지으며 살고 있을 이 곳 울산. 나는 아내를 머릿속으로 그리며 그리며 그 다음날 집으로 돌아와야만 했습니다.

아내는 언젠가 나에게 이렇게 이야기했습니다.

— 여보, 제가 지금부터 친정집과 모든 인연을 끊고 여기서 학교를 다녀 의사가 된 다음에는 외국으로 유학을 가서 학위를 받은 후 돌아와서는 저도 당신처럼 대학에서 학생들을 가르치는 교수가 되고 싶어요. 만약 제가 그렇게 하겠다면 당신은 저를 도와주실 거죠?

— 그럼요, 당연하지요. 내 아내 내가 보살피고 하고자 하는 것 할 수 있도록 하는 건 당연한 의무지요. 얼마든지 도와주고 말고요.

위에서 친정집과 인연을 끊는다는 말에는 "죽음같은 난관이 가로막혀 있다" 는 사실을 아내는 기어이 숨기면서 백배의 용기를 내어 나에게 들려주고 있는 말임을 나는 잘 알고 있었습니다.

사실 아내의 친정 부모님들의 오래 된 계획은 장인의 대학 동창인 P박사의 아들, OO를 사위감으로 마음에 두고 있었으며 친자식으로는 무남독녀인 K 백조와 결혼시켜 데릴사위로 삼아 평생 함께 살기로 어른들 사이에는 묵언 비슷한 눈길이 있었던 모양입니다.

간혹 그런 분위기 이야기를 친정 부모님들은 내 아내에게도 몇 차례 흘리고 있었던 것 같았습니다.

앞에서도 말했지만 장인어른 내외분은 결혼 후 자녀가 생기지 않아 큰 걱정을 하다가 7년 만에 그들 사이에서 태어난 자식이 무남독녀 K 백조였던 것입니다.

그러니 그 분들에게는 정말 눈에 넣어도 아프지 않는 그야말로 금지옥엽으로, 자신들 목숨보다 더 귀한 존재가 나의 아내 K 백조였던 것입니다. 그런 딸이 나이는 제 보다 스물두 살이나 더 많고 큰 자식을 둘이나 두고 있는 홀아비와 결혼을 하겠다고 나섰으니, 그 집안으로 봐서는 그야말로 청천벽력이요, 경천동지요, 미치고 환장하고 까무라칠 일이었습니다.

사실 나도 이 문제를 깊이깊이 고민하고 있지 않을 수 없었으며, 현명하고 해맑고 영민하고 이성적인 아내는 참으로 진퇴양난의 궁지에 빠지지 않을 수 없었던 것입니다.

우리 내외의 마음속이 이렇게 백척간두에 서서 서로 말은 하고 있지 않지만 엄청난 곤경의 스트레스 속에서 허우적거리고 있을 때 장인과 장모는 이 문제를 두고 서로가 서로에게 화살을 겨누었습니다.

— 에미라는 게 집구석에서 밥 쳐먹고 딸자식 하나를 어떻게 키웠기에…… 어휴~ 앙! 앙!

— 아이구! 애비라는 사람이 마누라쟁이는 내팽개치고 천날 만날 딸자식 하나만 안고 불면 날아갈세라, 놓으면 꺼질세라…… 참으로 잘도 키웠소!!

하며 삿대짓을 하고 밀치고 당기고 하다가 주먹질이 오가게 되었고, 종합병원 원장 사모님은 상해진단서를 끊어서는 급기야는 "이혼 하자~!"고 아우성을 쳤습니다.

분노가 절정에 이르렀던 장인은 나에게 구구절절한 편지를 보내 왔고, 우리 내외는 몇날 며칠을 머리를 싸매고 울고불고 딩굴고 나동그라지고…….

우리가 희생하자! 우리가 헤어지자! 우리가 이혼하자! 한강수보다 더 많은 눈물을 흘렸고 벌꿀보다 더 진한 피눈물을 동이동이로 쏟으면서 이렇게 갈라 서서 가슴을 치고 통곡을 하며 하루하루를 죽음보다 더 한 골짜기를 헤매고 있는 것입니다.

우리 내외는 언제 이런 계획을 세웠던 적이 있습니다. 내 나이가 77세 되는 해 "세계 중요 여행지 55곳을 관광하자~"고 말입니다. 55곳으로 못을 박은 것은 그때 아내의 나이에 맞추기 위해서였습니다.

그런 이후 지옥길보다 더 거칠고 사납고 악랄한 이별 이후의 생활을 하면서, 내 눈에 예쁜 것 좋은 것 아름다운 것 신나는 것 진짜 가치가 있는 것들을 볼 때마다 저것은 내 아내 K 백조의 것인데……를 연발하면서 살아 왔고 또 그렇게 살아가고 있습니다.

답답합니다. 아내가 그립습니다.

곧 내 품안에 안겨서 천사처럼 잠자고 있는 모습이 두 눈에 선명히 보입니다. 안 되겠다! 한 바퀴 여행이라도 하고 오자! 옛 중국인들이 그곳의 어느 절경을 두고 한 말 중에 "인생부도장가계 백세기능칭노옹(人生不到張家界, 百歲豈能稱老翁)— 사람이 백 살을 살아도 장가계를 구경하지 못했다면 어찌 늙었다고 하겠는가?" 라는 말이 번쩍하고 번개처럼 머리에 떠올랐습니다.

중국 장가계 · 원가계의 겨울

나는 일정을 잡아서 중국으로 떠날 준비를 하였습니다. 막상 여행지인 중국 후난성 장가계(張家界)에 닿으니 눈이 얼마나 내렸는지, 내 신발 위에 그들이 마련해 둔 덧버선을 신고 천길 낭떠러지 잔도를 걷는 일부터 이건 만만한 여행길이 아니었습니다.

특히 유리로 덮어놓은 잔도는 걷기에 참으로 난감하였습니다. 그래도 참 경치 하나는 마음에 흡족하였습니다. 뻥! 뚫어진 천문동(天門洞)이 있었고 하늘 위로 걸쳐진 다리라는 천하제일교(天下第一橋)도 장관이었습니다.

이런 걸출한 풍광이 펼쳐질 적마다 내 마음은 더욱 더 서늘해져만 갔습니다.

— 아내도 없는 이곳은 내 가슴을 뚫고 지나가는 설한풍일 뿐이었습니다.

해가 지고 한참 뒤에야 나는 호텔로 왔습니다. 뜨거운 물로 몸을 씻고 침대에 누웠습니다. 내가 왜 나 홀로 이 험한 산을 찾아와서 기쁨도 즐거움도 재미도 홍겨움도 없이, 앞뒤 사람들에게 치이고 밀리면서 이런 행각을 벌이는가 싶어서 쓴웃음이 나왔습니다.

내 나이 77세가 되는 해 세계적 명승지 55곳을 여행하자는 아내와의 약속 때 지정해 두었던 한 곳이 이곳이기는 했습니다. 그러나 두 사람이 손잡고 오자고 했지 혼자서 썰렁하게 외롭게 쓸쓸하게 터벅터벅 걷고자 한 것은 아니지 않습니까?

나는 언제 새하얀 치아를 드러내어 살포시 미소를 지으면서 아내가 하던 농담 반 진담 반의 세상 이야기를 삼국지 인물들과 연결시켜 나에게 들려주던 이야기가 생각났습니다.

그날도 이런저런 이야기를 하다가 내가

— 도원결의 3형제 중 장비는 실제로는 아주 얌전하고 조용한 선비 자태의 사람인데 작가 나관중이 제 맘대로 그 사람을 그렇게 우락부락하게 그려 놓았던 거지요?

라고 했습니다.

— 그렇지요. 장비는 바느질도 잘 하였고 수도 잘 놓았다는 기록을 보면 섬세한 사람이었을 것 같기도 해요. 그런데 여보, 한국 일본 중국 세 나라 사람들이 삼국지에 등장하는 영웅들 중 누구를 가장 좋아하는지 아세요?

— 글쎄요, 그것 참 흥미롭네요. 아시면 가르쳐 줘요.

― 중국 사람들은 왕조에 대한 충성심이 있는 유비를 꼽고, 일본 사람들은 무예와 재덕을 갖춘 관우를 최고로 꼽지요…… 한국 사람들은 어떤지 아세요? 공부하여 시험을 치러야 할 학생과 학부형들에게는 제갈공명이 최고이고, 장사하는 사람들은 관우를 최고로 꼽는다 하네요. 하루하루 세상을 힘들게 사는 사람들은 조조를 최고의 인물로 꼽는다고 합니다.

그렇지만요, 유럽의 어느 나라 어느 학부모들은 그들의 자녀들에게 삼국지를 읽히지 않으려고 한답니다. 그 이유는 너무나 인간답지 않는 권모술수와 권력암투 잔머리 잔재주 등이 어린이 정서 교육에 좋지 않다고 생각하기 때문이라고 합니다.

아직은 대학생이고 나이도 어린 아내는 참으로 많이도 알고 있었고, 순간순간에 맞추어 이야기도 아주 깔끔하게 잘 정리하였습니다. 해서 나는 내 아내이지만 그녀에게 이것 하자! 저것 하자! 뭐 좀 누워서 자자! 이런 말을 일절 할 수가 없었습니다.

그리고 항상 내 가슴속 양심이라는 주머니 속 안에는

― 내가 무슨 자격으로 아내에게 복잡하고 힘드는 사항들을 먼저 요구할 수가 있단 말인가?

나는 아내에게 항상 미안하고 죄스러운 마음뿐이었습니다.

다음 날은 장가계를 떠나 원가계(袁家界)로 갔습니다. 거기에는 도연명이 말했다는 무릉도원이 있었습니다. 황룡동굴 속은 무슨 요지경 속 같았습니다.

무슨 놈의 괴이한 종유석, 석순, 석주는 왜 그리 많으며 조명 시설은 왜 그리도 요사찬란한지…… 내 정신을 산란하게 만들어 버렸습니다. 영화 〈아바타〉의 배경이 되었다는 돌기둥과 돌기둥…… 총 길이가 320m가 넘는 백룡 엘리베이터의 위세에 짓눌려 넋과 얼을 다 뽑아 던지고는 나는 또 잠자는 데로 왔습니다.

맥주 몇 잔을 벌컥벌컥 했습니다. 하얀 침대 위에 혼자 앉아 있으니 양 귓속에서 이명이 울리기 시작하였습니다.

— 여보, 지금 혼자 뭐하세요? 당신은 혼자 계셔도 언제나 멋지고 당당합니다.

— 예, 멋지고 당당하다고요? 여보, 당신은 지금 어디서 나를 보고 있나요? 난 당신이 그리워 지금 이렇게 쓸쓸히 움츠리고 앉아 있는데요.

— 우리는 항상 어디서나 함께 있어요. 우리의 마음속에는 늘 서로를 새기고 있잖아요.

— 아, 아, 그래요. 그렇긴 합니다만…….

— 여보, 항상 붙어 있어도 서로 미워하며 싸우는 부부도 있고, 서로 떨어져 있어도 항상 아끼고 사랑하고 느끼고 즐기는 부부가 있지 않습니까? 우리는 뒤의 부부예요. 저의 가슴속에는 당신 이외에는 저 하늘의 별빛조차도 들어올 수가 없어요. 온종일 당신으로 가득 차 있어서 저는 늘 웃으며 즐겁게 살아요! 당신도 저와 똑 같으시죠?

— 아, 아 그래요. 그럼요……

나는 술에 취한 머리를 마구 흔들면서 화장실로 가서 찬물을 얼굴이 찢어지도록 퍼 얹었습니다.

— 그렇구나! 아내도 나 한 사람 생각으로 오늘을 열심히 즐겁게 살고 있구나.

위대한 나의 아내! 아름다운 나의 아내!

잠시 잠이 들었던 모양입니다. 새벽 2시가 지나고 있었습니다. 아내와 나누었던 옛 이야기가 떠올랐습니다.

동진 때 사람 도연명에 대해서 나누었던 얘기가 먼저 떠올랐습니다. 불위오두미절요(不爲五斗米折腰)입니다. 하찮은 봉록 오두미 때문에 소인배에게 허리를 굽힐 수 없다는 말입니다.

도연명이 평택의 현령으로 임관되어 있을 때 상부기관의 감독관이 왔는데, 정장을 하고 나가 허리를 굽혀 그를 맞이해야 한다고 하여 즉시 관직을 버리고 고향으로 돌아갔다는 얘기입니다.

그렇습니다. 봉급으로 쌀 다섯 말을 받는데 이 짓 때문에 형편없는 놈들에게 허리를 굽혀야 한다니…… 못 하겠다고 내팽개치고 고향으로 돌아가 농사를 짓는다는 이야기입니다. 그래서 그는 귀거래사에서

— 돌아가리라 논밭에 잡초가 무성해지거늘 어찌 돌아가지 않으리오.

하는 노래입니다. 평생을 불의와 타협하지 아니하고 사익을 차릴 줄 모르는 것이 도연명의 너무나 귀한 자산입니다. 가난한 살림살이에서도 정성껏 술을 빚어 놓고 자신을 기다리는 착한 아내가 있는 곳으로 돌아가는 것입니다.

도연명은 이렇게 착한 아내와 평생을 안빈낙도하면서 즐겁게 멋지게 풍요롭게 살았는데…… 나는 저렇게 예쁜 자태와 고운 심성을 가진 아내를 멀리 두고 지금 이 시간에는 중국이라는 나라의 산골짜기에 쪼그리고 앉아서 울고만 있구나!

아~ 아! 나의 신세여! 가련하도다 가련하도다 나의 신세여!

그때 우리 내외는 이외에도 두보의 등고(登高)와 악양루에 올라(登岳陽樓)를 이야기하였으며, 특히 이백의 장진주(將進酒)와 조발백제성(早發白帝城)에 대해서도 이야기를 막힘없이 나누었습니다.

특히 이백의 장진주(술을 권하다)를 논하면서 춘향전에 나오는 시 한 수를 읊기도 하였습니다.

금준미주 천인혈(金樽美酒 千人血)이요
옥반가효 만성고(玉盤佳肴 萬姓膏)라
촉루락시 민루락(燭淚落時 民淚落)이요
가성고처 원성고(歌聲高處 怨聲高)라

이백의 삼백배(三百杯)— 마신다면 한 자리에서 삼백 잔은 되어야지!— 의 과장법에 비류직하삼천척(飛流直下三千尺)과 백발삼천장(白髮三千丈)을 합치면서 우리 내외의 좁지 않는 실력을 펴 보일 때도 있었습니다.

나는 중국의 장가계와 원가계를 터덜터덜 걸으면서 며칠 동안을 내 아내 K 백조만 그리다가 돌아왔습니다.

충북대학 내의 연못과 소나무

서울에서 살다가 김바우 놈과 그 가족들에게 당한 것을 생각하면, 마치 〈노인과 바다〉에서, 노인이 85일 만에 잡은 청새치가 상어 떼들에게 다 뜯기고 뼈만 앙상하게 남았던 것처럼, 내가 소유했던 재산과 정신, 자존심, 희망…… 모두를 김바우와 그 가족들의 악랄한 배신과 사기와 술수에 모조리 다 뜯겼습니다.

내 백번 죽어도 이 가족들의 악랄한 배신 인간 이하의 행동들은 잊을 수가 없을 것입니다. 아니 그 추악하고 살벌한 그들의 귀신이 저 세상까지 따라올까 봐 생각만 해도 소름이 끼치고 사지가 벌벌 떨립니다.

이런 더럽고 추악한 몇 놈이 이 땅 위에 살고 있어서 남쪽 그 지방의 순후무구한 사람들이 도매 값으로 당하고 있는 것입니다. 참으로 이 가족들은 싹쓸어 펄펄 끓어오르는 용광로 속에 집어 던져 넣고는 용광로 뚜껑을 팍! 닫아 버려야 합니다.

다 뜯기고 빼앗기고 나서 목구멍에 풀칠이라도 하려고 내려온 곳이 청주입니다. 집 앞에 넓직한 국립대학이 있고 그 대학 뒤편에 있는 야트막한 야산이 구룡산입니다.

내가 이곳을 산책 코스로 삼아 걷고 뛰고 닫고 한다는 말은 여러 번 하였습니다. 그런데 어느 날부터 나의 산책 코스가 바뀌어져 있었습니다. 구룡산에서 집 앞에 있는 국립대학교 운동장으로 말입니다.

나는 평생 동안 학생을 가르치며 살았기 때문에 언제 어디서든지 학생을 보고 만나면 얼씨구 기분이 좋았으며, 학교 건물을 보면 아하 가슴이 벌렁벌렁거렸습니다.

그러나 남의 학교에 처음 들어서는 날은 대단히 서먹서먹하였고 몸마저 움츠러들었습니다.

— 내가 남의 학교 운동장을 걸어도 되나? 나 말고도 많은 사람들이 이용하고 있기는 하다만…….

그래서 처음 며칠 동안은 운동장 스탠드에 앉아서 운동장을 이용하는 사람들의 모습을 물끄러미 바라보면서 시간을 보냈습니다. 한 열흘의 시간이 지나자 나도 많은 사람들 틈에 끼여 넓은 운동장을 걷고 있었습니다.

서울이나 그 외 도시에 있는 대학교를 가보면 산을 깎아서 건물들을 지었기 때문에 그 교정에 층계가 많고 또 층단 위에 건물이 있고, 더 높은 곳에 또 건물이 있고 또 그 위에 교사(校舍)들이 있어서 학교 건물들이 산비탈을 따라 펼쳐져 있는 게 보통이었습니다.

그러나 이 학교는 평평한 농지 위에 건물을 듬성듬성 건축해 놓아서 학생들이나 일반인들이 걷기에는 아주 편안하였습니다. 내가 조금은 오르내리막이 있는 구룡산에서 이 대학의 운동장으로 발길을 옮긴 이유도, 나중에야 생각해 보니 바로 이 평지가 좋아서 찾았던 것입니다.

쉽게 말하면 그 어느새 나도 나이가 들어 산을 오르내리기에는 힘이 부치었던 모양입니다.

그 후에도 얼마 동안은 남의 대학 교정을 거닌다는 게 항상 미안하였고, 혹시 내가 학생이나 학교측에 방해물이 되는 존재가 아닌가 싶어 전후좌우를 살펴 보며 멈칫멈칫 할 때가 많았습니다.

그래서 학생들과 일반인들이 잘 이용하지 않는 학교 둘레의 제일 가장자리 길을 찾아서 걸었던 것입니다. 한 달이 지나고 두 달이 지나고 계절이 바뀌자 이제 나도 간뎅이가 커졌는지 얼굴이 그 만큼 더 두꺼워졌는지 모르겠지만, 어느 때부터 아무런 거리낌도 없이 남의 학교를 다른 사람들과 똑같이 이용하고 있었습니다.

나는 소나무를 참 좋아합니다. 늘 소나무가 그리웠고 그 소나무를 찾아다녔고 또 내가 쓰는 글의 소재로 쓰기도 하였습니다. 특히 청주에 와서 살면서 소나무를 찾아 울진의 소나무숲길, 영동의 소나무 공원, 괴산의 우암 산골, 강원도 정선 평창 등을 찾아다녔습니다.

나는 또 물을 좋아합니다. 누가 나에게 띠가 무슨 띠냐고 물으면 나는 웃으면서 '물띠'라고 종종 대답합니다. 평생을 타는 목마름으로 살아와서 그러한가 봅니다.

그리해서 술을 마셔도 나는 맥주만 마십니다. 그저 그 시원한 물을 벌컥벌컥 한없이 마십니다. 속이 시원해지고 어깨에는 날개가 돋아서 날아갈 것 같았기 때문입니다.

친구들과 술잔이라도 기울이는 자리에 가면 으레 내 앞에는 맥주병과 맥주잔이 날아옵니다. 모두가 소주를 홀짝홀짝 마시는데 나 혼자만 맥주를 마구 쏟아 부어 넣으니…… 지금은 모두가 어느 정도의 여유도 있고 술값도 엇비슷하지만 얼마 전까지만 해도 맥주값과 소주값의 차이는 하늘과 땅 만큼의 차이가 아니었습니까?

나는 그 때마다 참 많이 미안했습니다. 그때 쓴소주만 마시면서 맥주만 마셔대는 나를 배려해 준 친구 동료들 모두모두 고맙습니다.

나는 물이 흐르고 청청한 소나무가 서 있는 곳이라면 너무나 좋습니다. 그래서 항상 소나무와 물이 함께 있는 곳을 그리도 찾아서 헐떡거렸는데…… 정말 파랑새는 집안에 있었습니다.

이 국립대학 교정에는 큼직한 연못(솔못)이 있습니다. 그 연못에는 아담한 폭포가 깨끗한 물을 쉬지 않고 연못으로 퍼넣고 있습니다. 그리고 그 연못 둘레에는 아름드리 소나무가 빙 둘러서서 열병식을 하고 있습니다.(그래서 연못 이름이 솔+못 곧 솔못입니다.)

집 앞에 있는 장소로 거의 매일 오는 곳인데, 내가 그렇게 찾던 별유천지가 바로 여기인데! 지금까지 빤히 보면서도 보지 못하고 여기저기를 그렇게 좆아 찾아다녔던 것입니다.

인간의 눈은 이리도 엉성하고 인간은 행복을 손아귀에 쥐고도 몰라서 산을 넘고 강을 건너 오늘도 저리도 어리석게 걷고 있는 것입니다. 또 연못 안에는 붉은 연꽃 흰 연꽃이 수면 위를 완전히 덮어 극락정토를 만들고 있었습니다.

봄이 되면 청청한 소나무 등걸 밑에서는 붉디붉은 진달래 철쭉이 만발합니다.아내와 나는 봄철을 맞이할 적마다 그 곳에 있는 솔숲 속에서 활짝 피어오르는 철쭉을 찾아다닙니다. 그때 아내는 상기된 뽀얀 얼굴에 미소를 가득히 머금고는

— 여보, 이 소나무의 기상이 당신과 꼭 같아요. 너무나 당당하고 푸르고 성성해요. 너무 좋아요.

— 그래요, 당신은 이 만발한 철쭉과 같네요. 이 화사하며 순결하고 웃음이 가득하면서도 소박한 자태가 당신과 똑 같습니

다. 여보 사랑해요!

우리는 잘잘 끓어오르는 손을 꼭 잡고는 이 향긋한 소나무 그늘 아래 저 철쭉 옆에 앉아서 한없이 평화스럽고 다정하고 행복이 넘치는 시간을 보내고 있습니다.

나는 이 아름다운 교정을 거닐며 봄에는 아내의 풋풋하고 상쾌한 체취를 가슴에 담습니다. 여름이 되면 상수리나무 숲속에서 암수가 서로 사랑을 나누며 노래하는 꾀꼬리를 바라보면서 한숨을 쉽니다.

가을이 되면 교정을 완전히 뒤덮고 흩날리는 큰 낙엽 작은 낙엽, 노란 단풍 붉은 단풍에게도 눈길 한 번 주지 않고 오로지 책상 앞에서 숨소리도 안 내고 조용히 밤을 새워 가며 공부하던 아내의 등 뒤에서 하고 싶은 말도 못 하고 가슴 설레며 물끄러미 서 있던 그 때의 내 모습을 그려 봅니다. 지금은 겨울입니다. 나는 오늘도 이 솔못가 벤치에 앉아서 울울창창한 연못 둘레의 소나무를 쳐다보고 또 연못가에서 지난 여름에 청청히 그리고 부드럽게 성장했던 큰키풀들의 마른 잔재와 조용히 잠든 연잎을 보고 있습니다.

그런데 언제부턴가 이 솔못에는 기러기 한 마리가, 단 한 마리가 저렇게 쓸쓸히 외롭게 살아가고 있습니다. 늦은 가을이 되면 학교는 인부들을 동원하여 연못을 청소합니다.

연못 안에 가득히 깔려 있는 연줄기와 연잎들을 제거하여 건어내고 연못 가장자리에서 시들어 있는 부들 갈대 줄등을 다 베어 버립니다.

　모든 제거 작업으로 청소가 끝난 솔못을 보고 있노라면 지금까지 잘 성장하여 품위 있었던 여인이 겉옷을 다 벗어버린 것처럼 허전하면서도 또 큰 풀들이 없어진 솔못은 앞이 탁 트인 모습을 보여 주어 전경이 시원하기도 합니다.

　만추의 햇살이 연못을 비출 때면 큰 잉어 떼, 송사리 떼, 피라미 떼들이 노니는 모습을 볼 수가 있습니다. 계절이 더 짙어져서 초겨울이 되어 된서리가 내리고 첫 얼음이 보일 때쯤이 되면 이 솔못을 떠나지 못하고 있는 한 마리의 청둥오리가 얼마나 쓸쓸하고 외롭고 서럽게 보이는지…… 저 넓은 강변에 떼를 지어 내려앉은 청둥오리보다 몸집은 또 왜 그리도 왜소한지 모릅니다. 1년 365일을 이 웅덩이 솔못에서만 생활을 하고 있어서 그런지 날개의 깃털도 목덜미의 털도 푸석푸석하고 거칠기도 하고, 찾아오는 짝 하나 없는지 그렇게 자주 유심히 보고 있지만 늘 저렇게 혼자서 온몸에서는 모든 힘이 다 빠져나간 듯이 겨우겨우 물 위에 떠 있습니다.

　간혹 못 가운데 있는 거북 바위에 올라가 있기도 하지만, 소리 내어 한 번 울부짖는 일도 없는 듯하며 하늘을 나는 친구들을 향해

　— 애들아! 여기 내려와서 나랑 한 번 놀다가 가!

하고 부르짖는 일도 없는 듯합니다.

그저 늘 힘없이 풀이 죽어 그날그날을 겨우 살아가는 여윈 모습만 보여 주고 있습니다.

간혹 이 연못에는 손님이 오기도 합니다. 중백로 한 마리가 가냘픈 다리를 뻗쳐서는 연못 가운데 있는 정원석에 사뿐히 내립니다. 그런데 이 녀석 역시 몸 빛깔이 투명하거나 마뜩하지 못합니다.

어딘지 모르게 쪼들리고 시달리며 하루하루의 삶을 억지로 부지해 나가는 모습입니다. 내 생각으로 잠은 이 연못 둘레에 줄 서 있는 청청한 소나무 어느 가지 위에서 자지 않나 싶습니다.

간혹 소나무 가지에 앉아 있는 모습이 보이기 때문입니다. 춘하추동 사계절을 한 곳에 머물면서 고단한 삶을 살고 있는 외로운 청둥오리 한 마리…… 나를 두고 떠나가기를 그렇게 망설이고 애태우며 싫어하고, 눈물과 콧물로 범벅을 이루며 몇날 몇밤을 서럽게 서럽게 울다가 간 나의 아내 K 백조!

아내는 지금쯤 내가 그리워 그 큰 병원 어느 코너에서 쪼그리고 앉아 눈물을 흘리며 한숨을 쉬며 비통해 하고 있는 것은 아닌지요?

그렇게 떠나기를 싫어하며 울며불며 부여잡던 그 예쁜 나의 아내를 나는 — 그녀 부모들의 사정을 헤아리고 나의 주제를 파악 한답시고— 악랄하게 떠밀어 보내 놓곤, 이렇게 수십 년을 간장을 태우며 피를 말리며 뼈를 갈며 후회하며 눈물을 흘리고 있습니다.

외로운 청둥오리 한 마리가 내 아내 K 백조라면, 이곳을 떠나지 못하고 빙빙 돌며 죽어 가는 몸짓을 하고 있는 저 한 마리 불쌍한 중백로는 누구란 말인가?

그건 그렇다면 바로 내가 아니겠습니까?

훨훨 날아 저 높고 푸른 세계로 가지도 못하고 매일처럼 정원석 위에 앉았거나 소나무 가지에 앉아서 청둥오리만 묵묵히 바라보면서 울분과 분노로 한숨만 쉬고 있습니다.

참으로 가혹한 인연이여! 불쌍하고 가련한 신세들이여! 한마디 말도 섞지 못하고 한 번의 깃도 마주치지 못하고 눈인사 한 번도 나누지 못하고, 이 싸늘한 공간에서 입을 봉한 채 안 보는 듯 쳐다보고 또 쳐다보고는 안 보는 듯 긴긴 하루해를 보내고 깊고 깊은 하룻밤을 보내는가 봅니다.

나는 전신에서 식은땀이 흐르며 가슴속이 막혀 와서 숨도 못쉬고 있습니다. 오늘도 서쪽 하늘의 노을마저 붉게 울면서 사그라들고 있습니다.

정선… 사시장철 임 그리워서
나는 못 살겠네

청주에서 시작한 원룸 업을 한 지도 십 수 년이 지났습니다. 그리운 아내 생각에 날마다 정말 미칠 지경이었습니다. 낮 동안에는 집안 청소하고 구룡산도 오르고 국립대학교 교정도 거닐고…… 그러다가 밤이 되어 라면이나 하나 끓여 먹듯 말듯한 후 등불을 끄고 침대에 누워 있으면 그 때부터 시작되는 아내에 대한 생각과 생각들, 추억에 추억들이 꽉 차 오릅니다.

온몸은 저려오고 가슴속은 타오르다 못하여 심장이 멎어오고, 눈에는 아내의 고운 모습이 울울삼삼하고, 귀에는 아내의 고운 목소리가 창창쟁쟁하게 들려옵니다.

지금 아내는 내 팔베개를 하고 있습니다. 그래서 숨소리조차 크게 내지 못하고 쥐 죽은 듯이 있다가 보면 팔이 저려옵니다. 그러다가는 후다닥 눈을 떠서는 이리 뒤척 저리 뒤척 그야말로 전전반측하다가 자정이 넘어 잠깐 잠이 듭니다. 그러나 곧 새벽

2~3시가 되면 눈이 번쩍 뜨입니다.

이 시간에는 아내와 헤어지던 마지막 모습이 눈앞에서 필름처럼 돌아갑니다. 미칩니다. 정신이 몽롱해집니다. 후회와 후회 후회막급입니다.

그렇다고 왜 우리 부부가 이별을 해야 되고, 아니 내가 무슨 공자님의 새끼라도 되느냐— 나는 아이가 둘이나 있는 홀아비이고 거기다가 나이는 아내보다 스물두 살이나 많잖아! 그래 내가 양보하자.

가슴이 터지고 미쳐버릴지라도 내가 양보하여, 저 어린 아내를 친정 부모님 품으로 돌려 보내는 게 맞아! 그게 인간의 도리야! 나는 짐승이 아니고 사람이잖아!! 별별 희한한 궤변과 사술(詐術)을 만들어 내면서까지…… 그 결과는 이 모양 이 꼴이 아닌가!

나는 내 따귀를 마구 갈기고 내 머리채를 마구 잡아 뜯었습니다. 얼얼합니다. 정신이 몽롱합니다. 눈물이 홍건히 쏟아집니다. 생을 마감해 버릴까도 싶었습니다.

두 자식의 앞날을 생각해 봅니다. 또 동쪽 하늘이 밝아지고 있습니다. 비틀비틀 어정어정 겨우 일어납니다. 어지러워 일어설 수가 없어 소파에 폭 꼬꾸라집니다. 억지로 TV를 켭니다. 강원도 정선 아우라지 강물 위에 뗏목을 띄운 떼꾼들의 노랫소리가 화면에 나옵니다.

아우라지 뱃사공아 배 좀 건너 주게
싸리골 올동박이 다 떨어진다.
떨어진 동백은 낙엽에나 싸이지
사시장철 임 그리워서 나는 못살겠네
눈이 올라나 비가 올라나 억수 장마 지려나
만수산 검은 구름이 다 모여든다

명사십리가 아니라면은 해당화는 왜 피며
모춘삼월이 아니라면은 두견새는 왜 우나
아리랑 아리랑 아라리요

맨드라미 줄봉숭아는 토담이 붉어 좋고요
앞 남산 철쭉꽃은 강산이 붉어 좋다
창밖에 오는 비는 구성지게 오잖아
비 끝에 돋는 달은 유정도나 하구나
정선같이 살기 좋은 곳 놀러 한 번 오세요
검은 산 물 밑이라도 해당화가 핍니다.
아리랑 아리랑 아라리요.

　먹고 살려고 시작했던 청주의 원룸업도 한참 세월이 지나고
보니 이건 따분할 정도가 아니라, 지겹고 역겹고 징그러워 어떨
때는 밖에 나와 있다가 집으로 돌아 갈 때에는 소가 푸줏간에 끌

려가는 기분이었습니다.

이제 어디론가 도망을 쳐야만 할 때가 온 것 같았습니다. 원룸 업 그것 아무나 하는 사업이 아니었습니다. 집 한 채 정도는 혼자의 힘으로 너끈히 짓고 또 혼자의 힘으로 식은죽 먹듯이 허물 수 있어야 할 정도의 집을 잘 아는 사람들이나 할 사업이었습니다.

망치가 뭔지 드라이버가 뭔지 전구는 어떻게 갈고 수돗물의 강도는 어떻게 조절하고…… 이런 것까지도 한 번 손수 해 보기는커녕, 생각도 해 보지 않고 지금까지 살아온 사람이 방 수가 20여 개나 되는 원룸을 끌고 간다?

이건 처음부터 훤한 고생길로 접어든 무모한 짓이었으며 더 적절하게 말을 하자면 섶을 지고 불구덩이에 들어가는 꼴이었습니다.

이제 나는 원룸 업에서 도망칠 날만, 도망쳐서 살 곳이 어디일까를 두고 골몰하고 있었던 모양입니다. 그런데 이 날 새벽 TV를 틀었을 때 정선의 떼꾼들이 뗏목에 올라 부르는 정선 아라리는 나를 홀라당 정선에 빠지게 만들었습니다.

그래서 어쩌나 저쩌나 하고 망설이던 참에, "구하라 그러면 주실 것이요"라는 성경 말씀이 맞아 떨어졌습니다. 아는 사람이 정선에 있는 집을 판다는 것이었습니다.

성격이 급하고 한 번 마음먹으면 앞뒤를 가리지 못하는 나의 팔랑개비 같은 마음은 집값을 흥정도 하지 않고 소유주가 달라는 대로 그 값을 당장 그 자리에서 주고 사버리고 말았습니다.

　사실, 이 집은 전에 늦은 밤에 와서 하룻밤 잠만 자고 새벽에 떠난 적은 있었지만, 집의 구조나 내부의 이런 저런 정도는 까맣게 모르는 지경이었습니다. 그러나 그 흐느끼는 정선 아리랑의 한 대목,

떨어진 동백은 낙엽에나 싸이지
사시장철 임 그리워서 나는 못살겠네.

정선같이 살기 좋은 곳 놀러 한 번 오세요
검은 산 물 밑이라도 해당화는 핍니다!!

　이 소절의 노래 소리가 내 귓속을 계속 간지럽히고 있었습니다.

　내 집이 되고 처음으로 정선군 북평면 나전리라는 산골 동네 그 집, 내가 언제 밤에 와서 잠만 잠깐 자고 새벽에 떠났던 그 집에 왔습니다. 청주에서 버스를 타고 원주까지 와서 원주에서 다시 버스를 갈아타고 평창군 진부까지 왔습니다. 그런데 진부에서 나전리로 가는 시골버스는 저녁 7시 30분에 있다는 것입니다.

　겨울철이라 오후 다섯 시만 되어도 벌써 어둑어둑해지는데,

복잡한 마음을 안고 나는 시골버스 대합실에 혼자 우두커니 앉아 있었습니다. 산촌 시골의 골목길들은 춥고 음산하고 컴컴하였습니다.

얼마를 기다렸는지 눈앞이 가물가물해서야 작은 버스 하나가 어기적어기적 정류소 안으로 기어 들어오고 있었습니다. 다가가서 물으니 정선군 북평면 나전리로 간다고 하였습니다.

그 말을 들으니 반가웠습니다. 나는 버스에 올라탔습니다.

버스를 버리고 어디로 간 운전기사는 한참이 되어서야 어슬렁어슬렁 기어오르더니 나를 보고 어디까지 가느냐고 물었습니다. 나전2리까지 간다고 하니 돌아 서서 제 혼자 뭐라고 중얼중얼하더니 부르릉 버스를 출발시켰습니다.

버스에 탄 승객은 단 두 명이었습니다. 얼마나 무섭고 아찔아찔한 낭떠러지 길을 덜컹거리면서 가는지 간이 콩알만큼 쪼그라들 정도로 무서웠습니다.

거의 한 시간 이상의 시간이 지난 다음에서야 나전2리라는 동네에 내렸습니다. 더듬거리면서 집을 찾아 방문을 열려고 하니 열쇠가 없었습니다. 여기까지 오면서 집을 찾아 방문을 어떻게 열겠다는 것은 생각도 안 해본 것 같았습니다.

한참을 바보처럼 멍청히 서 있다가 이 집을 나에게 판 전 소유주에게 전화를 걸어 "문을 어떻게 여느냐?"고 물으니, 이 집의 열쇠 꾸러미는 저 건너편에 있는 김 이장 집에 있다는 것입니다.

이 캄캄한 밤중에, 시골 특유의 사람들의 생활에서 볼 수 있 듯이 집집마다 벌써 불을 다 끄고 잠자리에 든 시간이었습니다.

할 수 없이 그래도 가까이에 불이 켜져 있는 집을 찾아가서 사정을 이야기를 했더니, 자기도 서울 사람인데 여기 와서 이렇 게 산다면서 열쇠가 있다는 이장 집까지 가서 열쇠 꾸러미를 받 아 와서는 문을 열어 주었습니다.

얼마나 고맙고 감사한지 눈물이 날려고 하였습니다. 둘이서 방 안으로 들어가 전등을 켰습니다. 갑자기 집이 환해졌습니다. 지옥에서 천국으로 온 것 같았습니다. 커피라도 한 잔 대접해 드 려야겠다는 생각에 수도꼭지를 틀었는데 물이 나오질 않는 것입 니다.

내가 또 크게 당황해 하며 안절부절 못하자 그 아저씨가 밖으 로 나가 땅바닥에 놓여 있는 덮개를 열고 엎드리더니 그 안에 있 는 무엇을 만지는 것이었습니다.

― 이제 수도를 틀어 보세요 하였습니다.

얼른 주방으로 들어와 수도를 틀었더니 누런 녹물이 흘러 나 왔습니다. 그 분이 방 안으로 들어와서 보더니, 한참 동안 계속 틀어 놓으면 녹물이 빠지게 될 거다 했습니다. 또 한 시간 정도의 시간이 흘렀습니다.

아저씨는 보일러실에서 이것저것에 손을 대면서 신경을 쓰 더니, 보일러에 기름이 조금밖에 없으니 내일은 기름부터 넣으라고 일러주었습니다.

이것저것 도움을 준 아저씨는 내가 건네는 커피 한 잔을 선 채로 단숨에 쭈욱 마시고는 내일 아침에 보자는 인사말을 남기고 는 자기 집으로 갔습니다.

전에 하룻밤 잠을 자고 간 집이기는 하나 혼자 우두커니 서 있으니 너무나 허전하고 쓸쓸하고 초라하였습니다. 예전 주인이 쓰던 요와 이불을 폈습니다. 깨끗했습니다.

라면이라도 하나 끓여 먹으려다가 자정이 넘어 서고 있어서 입은 옷 그대로 그냥 자리에 누웠습니다. 이마가 써늘하고 발끝 이 시렸습니다. 그러나 종일 신경을 쓰고 애를 태워서 그런지 잠 에 곯아 떨어졌던 모양입니다.

깜짝 놀라 잠을 깨어 벌떡 일어나 보니 새벽 3시가 지나고 있 었습니다. 놀란 가슴을 쓸어내리면서 다시 자리에 누웠는데 동 쪽 창밖으로 하늘 위에 큰 별 하나가 반짝반짝 빛을 내며 새파란 하늘에 매달려 있었습니다.

참 오랜만에 보는 제 빛을 발하는 큰 별이었습니다. 어릴 적 시골에서 자랄 때 멍석에 누워서 보던 그 때의 그 별이 이리로 이 사를 와서 살고 있었습니다.

나는 햐! 하는 놀라움에 나도 모르게 밖으로 튀어 나왔습니 다.

금성이구나! 우리말로 샛별이라고 부르는 바로 그 금성이었던 것입니다.

> 푸른 하늘 은하수 하얀 쪽배에
> 계수나무 한 나무 토끼 한 마리
> 돛대도 아니 달고 삿대도 없이
> 가기도 잘도 간다 서쪽 나라로
>
> 은하수를 건너서 구름 나라로
> 구름 나라 지나서 어디로 가나
> 멀리서 반짝반짝 비추이는 건
> 샛별의 등대란다 길을 찾아라.

나는 벌써 콧노래를 흥얼거리고 있었습니다. 벌써 몇 번째 이 노래를 부르고 있는지 모릅니다. 목이 메고 눈시울이 뜨거워졌습니다.

특히 "샛별이 등대란다 길을 찾아라"에서 아득하고 아련하고 끝없는 노을 속의 길을 혼자서 걸어가다가 안개 속으로 사라져 버리는 나를 비몽사몽 간에 느끼고 있었습니다.

정선의 하룻밤이 그렇게 지나고 날이 밝았습니다.

아침에 일어나니 날씨는 흐렸고 사위는 우중충하였습니다.

백석폭포 밑에 있는 나의 집 주변에는 네 채의 집이 있었고 저 안쪽에는 동네가 있었습니다.

어제 가져온 짐들을 이리저리 대략 정리를 한 후에 라면 하나를 끓이고 있는데, 어젯밤에 나를 도와주었던 그 아저씨가 찾아왔습니다.

정식 인사를 나누었습니다. 서울 성북동에 사는 사람인데 자기의 이름이 배정선이라면서, 어찌 이곳 지명과 같아서 저렇게 작은 집을 이 오대천(숙암천)가에 하나 짓고 산다고 하였습니다.

나도 이 집을 그리 급하게 구입해 버린 것도 지난번에 한 번와 봤을 때 경치가 참 좋았기 때문이었습니다. 집 앞의 백석산에서는 100m가 넘는 백석폭포가 힘차게 내려 꽂히고 있었고, 집 축대 바로 아래에는 오대천의 그 맑은 물인 녹수가 흐르고 있었던 것입니다.

산에는 이름 모를 꽃이 자욱이 피어 있었고, 오대천 물 위에는 원앙이들이 떼 지어 헤엄을 치고 그 외 이름 모를 물떼새들이 노닌다고 집주인은 말하고 있었던 것입니다.

그러나 무엇보다도 내가 그렇게 좋아하는 울울창창한 황장목이 산 위를 가득히 메우고 있었는데, 나는 그러한 소나무가 너무나 좋아 혼이 완전히 빼앗길 지경이었습니다.

이 분 배정선 씨도 이 경치에 반하여 이곳에 조그마한 집을 마련하여 시간이 날 적마다 내려와서 심신을 쉬는 모양이었습니다. 오늘 오후에 정선읍내 정선장에 같이 구경을 가자고 제의하고는 그는 동네 안으로 걸어갔습니다.

나는 이제야 간편한 옷으로 갈아입고 청소를 하기 시작하였습니다.

나이가 든 사내가 혼자서 이 산골까지 찾아와 방 안에 쌓여 있는 먼지를 털고 빗자루로 쓸고 물걸레를 들고 여기저기를 닦고 있는 나 자신의 모습이 허허롭고 가련하고 슬퍼서 몇 번이나 걸레질을 멈추었습니다.

그러나 다시 마음을 고쳐먹고 두어 시간 청소를 하고나니 제법 사람이 살만한 깨끗하고 안온한 방 안이 되었습니다. 맨 방바닥에 두 다리를 쭉 펴고 앉았습니다.

어디선가 전화가 왔습니다. 아까 들렀던 배정선 씨였는데, 오후에 정선장 구경을 다음으로 미루어야겠다는 전갈이었습니다. 마음도 몸도 무겁고 피곤한 나는 오히려 잘 되었다면서 이제 아주 누웠습니다.

방 안의 모든 벽과 천장은 송판으로 지어져 있었는데 나는 천장의 송판대기에 새겨져 있는 매우 아름다운 무늬에 두 눈이 고정되어 있었습니다. 그 소나무 판자의 무늬 속에 내 아내 K 백조가 있는 게 아닙니까!!

아니 언제 내 아내 K 백조가 여기까지 찾아 와서 천장에 앉아서 나를 내려다보면서 저렇게 미소를 짓고 있단 말인가?

가슴이 쿵쾅 뛰면서 나는 자리에서 벌떡 일어나 다시 나무옹이의 그 무늬를 처다보았습니다. 그냥 소나무에 박혀 있는 옹이가 톱질로 켜져 깎인 채 거기 새겨져 있었을 뿐이었습니다.

— 아, 이상하다~ 내가 무슨 꿈이라도 꾸었단 말인가?

문을 열고 밖으로 나왔습니다. 점심 굶은 시어미같이 앙다문 겨울철의 골바람이 싸늘하게 내 몸을 스치고 지나갈 뿐이었습니다. 다시 방 안으로 들어왔습니다. 라디오를 켰습니다.

지방 방송 시간인 모양입니다. 바로 옆 고을에서 그렇게 애태우는 평창 동계올림픽 유치 얘기가 흘러 나왔습니다.

나는 별로 관심도 없는 사람인데, 혹시 그 올림픽 준비로 인하여 이 아름다운 강산에 흉터나 남기지 않을까 하는 짧은 걱정을 하고 있었습니다. 밤이 왔습니다. 사위는 조용하다 못하여 정적만이 흘렀습니다.

나는 책상 앞에 앉았습니다. 전기 스탠드를 켜고 벌써 종이 위에 무엇을 긁적이고 있었습니다.

— 그리움과 지겨움 —

성공한 사랑은 지겨움이 되고
못다한 사랑은 그리움이 되는가?
동네 사람들이여
왜 우리 인간은

이렇게 그리움으로 피를 말리는

이별을 해야만 하나요?

그리고 왜 이별은 이렇게 아파야만 되나요?

이것 또한 지나가리라! 고 말한 사람도 있고

시간이 모든 것을 해결해 준다! 고 이야기한 사람도 있네요.

그러나

내 사랑은

지나가지도 않고

시간이 해결해 주지도 않네요.

내가 어리석어 그런가요?

그리운 나의 아내여!

보고 싶은 나의 아내여!

부르다가 내가 죽을 K 백조여!

정선고을에 봄이 왔습니다.

　　얼음장 밑으로만 졸졸 흐르던 남대천 물이 그 양이 많아지면서 녹수의 물빛을 나타내기 시작하였습니다. 나는 지금까지 살면서 글 속에서 말하는 녹수는 봤지만, 내 눈으로 직접 녹수의 그 푸르고 청청하고 정감이 가는 물을 보기는 요즈음이 처음입니다.

내 집 축대 바로 밑이 오대천의 물길이기 때문에 나는 흐르는 이 물살을 면경알 같이 바라보며 감상할 수가 있는 것입니다. 녹수 위에는 수십 마리의 원앙이 춤을 추고 노래를 부릅니다.

수컷의 깃털은 탄성을 자아내기에 충분합니다. 원앙이 한 쌍이 되어 사랑을 나누는 모습이 왜 그리도 내 눈에 자주 띄고 정겨워 보이는지, 한 쌍은 활기도 차지만 사랑 행위에도 거침이 없었습니다.

그렇게 몇 시간을 활발하게 즐기며 놀다가는 모두가 강가 모래 위나 바위 위로 올라가서 쉬고 있습니다. 깃털을 고르기도 하고 날갯짓도 하면서 퍼득이다가 오후 2~3시경이 되면 모두가 다른 곳으로 날아가 버립니다.

원앙이들이 자리를 비우면 그 자리를 찾아드는 것은 비오리들입니다. 이 비오리도 수컷의 깃털이 얼마나 밝고 환하고 깨끗한지 모릅니다.

흰 깃은 백설같이 희고 검은 깃은 숯보다도 더 검습니다. 이 녀석들도 암수가 같이 날아 와서는 오전에 원앙이들이 했던 행동을 그대로 하면서 생을 즐기고 생을 노래합니다.

나는 오전에는 원앙이 한 쌍에서 내 아내 K 백조를 그리며 가슴을 찢다가 오후에는 비오리 한 쌍에서 나의 처지를 생각하며 눈물을 닦습니다. 그리고 150여 평의 내 밭에 심어둔 고추와 가지, 호박을 돌보며 밭 가장자리에 잘 심겨져 있는 정원수와 꽃들을 돌봅니다.

해가 서쪽으로 많이 기울면 산그늘이 짙고 길게 내려옵니다. 나는 온종일 들고 있던 호미나 낫, 전지가위 등을 제자리에 놓고 강변 쪽으로 나 있는 마당에 앉습니다.

고독이 밀려올 시간입니다. 그런데 꼭 그 시간이 되면 백로 한 마리가 날아와 내 머리 위를 두어 바퀴 돌고는 날아가 강 건너 편에 서 있는 장송의 가지에 의젓이 내려앉습니다.

앉아서는 날개를 정리한 후 꼼짝하지 않고 나를 바라봅니다. 하루 이틀도 아니고 매일 꼭 같은 시간에 꼭 같은 행위로 나를 찾아 주는 백로가 너무나 고맙고 아름답고 신령스럽기까지 하였습니다. 나는 중얼거립니다.

백로야! 오늘도 이렇게 나를 찾아주니 너무나 고맙구나. 이 산골에서 자네가 이렇게 나의 벗이 되어 주니 이 고마움을 무엇으로 표현해야 하나? 그런데 백로야, 자네는 어찌하여 원앙이나 비오리같이 한 쌍이 아니고 자네 혼자만 그 외로운 소나무 가지에서 긴긴 밤을 보내느냐?

혹시 자네도 나와 같이 이별이라도 한 것이냐? 자네 이별일랑 하지 말게나! 나 이렇게 어제도 울고 오늘도 울고 내일도 울 것이네. 왜냐고? 나는 내 목숨보다 더 귀중한 아내와 이별을 한 사람일세. 나는 지금까지 수십 년 간을 울고 있네만, 앞으로도 만날 기회는 없을 것이니 아마도 죽은 그날까지 내 아내 K 백조만 그리다가 갈 것이네.

사방이 금방 캄캄해졌습니다. 하루 종일 뙤약볕 밑에서 일을 해서 그런지 금방 잠이 들었나 봅니다. 눈을 번쩍 뜨니 새벽 3시입니다.

동녘 하늘에 높이 떠서 반짝반짝하는 샛별이 오늘도 그 자리에 떠서 나를 내려다보고 있습니다.

그 빛이 얼마나 영롱하고 초롱초롱 했으면 선조들은 저 별을 '샛별'이라고 했겠습니까? 어린이의 거짓 없고 빛나는 그 눈빛을 샛별 같은 눈동자라고 하지 않습니까.

나는 또 홍얼거립니다.

— 샛별이 등대란다. 길을 찾아라!

곧 밖이 환해졌습니다. 이번에는 천장 송판대기에 박혀서 웃고 있는 아내가 나를 내려다보고 있습니다.

나는 깊은 숨을 쉬면서 일어나 숙암리 쪽으로 가는 한길가에 있는 약수터로 갑니다. 시원한 약수라도 한 바가지 벌컥벌컥 마셔야 이 타오르는 속의 불이 꺼질 모양입니다.

나는 뛸 듯이 걸어갑니다. 항상 그 곳에 비치되어 있는 자루가 긴 바가지에 가리왕산에서 줄기차게 솟아 내리는 약수를 하나 가득히 받아서는 무슨 원수라도 갚듯이 꿀꺽꿀꺽 마십니다.

이제 좀 살 것 같습니다. 사위는 안개에 젖어 뽀얀 세상이 되어 있습니다. 아침을 먹고는 천변으로 내려왔습니다. 숲으로 가려진 바위 틈에서 어미새 한 마리가 하늘로 날아오르면서 깜짝 놀라 큰소리로 우짖어 댑니다.

나를 보고 놀란 것입니다. 조심조심 바위 곁으로 걸어가서 풀숲을 헤치니, 거기에는 입이 노란 새끼 새 다섯 마리가 입을 벌리면서 놀고 있었습니다.

새집에 새끼를 친 것입니다. 나는 새끼들이 놀랄까 봐 얼른 그 자리를 떴습니다.

그렇다! 봄은 소생의 계절이요 부활의 계절이요 번식의 계절입니다. 더 나아가 희망과 낭만의 계절입니다.

이곳에 살고 있는 농부들도 물 위의 원앙이도 비오리도 이름 모를 물새들도 모두가 짝을 찾아 사랑을 나누고 자식을 키우는데 나는 무엇하러 여기까지 와서 혼자 멍하니 우두커니 정신병을 앓는 환자의 모습으로 흐느적거리고 있단 말인가?

강변 큰 바위 위에 앉아 백석폭포를 바라보다가 소나무를 바라보다가 이제 철쭉까지 보게 되었습니다. 내가 그렇게도 좋아하는 소나무가 있고 아내와 꼭 닮은 철쭉이 무리지어 풍성하고 맵시 있게 피어 있습니다.

특히 바로 집앞 큰 바위 위에는 철쭉의 한 무리가 소담하게 피어 있는데 그 모양이 정원사가 일부러 그렇게 키워도 어려울 것 같은 하트 모양의 철쭉 한 다발이 만개하고 있었습니다.

나는 먼저 카메라를 길게 늘려 그 아름다운 자태를 사진으로 남겼습니다.

아내는 식구들 생일 때마다 큰 꽃다발을 준비하였습니다. 꽃 꽂이는 수준급이어서 얼마나 시원하고 상쾌하고 단정한 화분을 만들어 내는지 모릅니다.

어머니의 생신 때 아내는 참으로 훌륭하고 위대한 솜씨로 집 안을 온통 꽃으로 가득 채운 적이 있었습니다. 지금 저 건너편에 피어 있는 철쭉 한 무리의 모습이 그 때 아내가 만들어서 어머니 께 바쳤던 그 화분의 모습과 꼭 같습니다.

— 이 세상 모두에 그들 아내들은 다 있는데 나의 손에 잡히 는 아내는 어디로 갔단 말인가!

정선의 뗏목이 한양을 향하여 출발하는 지점이 아우라지입 니다. 아우라지에 왔습니다. 아우라지라는 말의 뜻은 정선 구절 리에서 흘러내리는 송천과 중봉산에서 흘러내리는 골지천이 이 곳에서 합류하여 어우러진다고 하여 아우라지라 합니다.

꼭 경기도에서 북한강과 남한강이 만나는 곳을 두물머리라 하듯이 말입니다. 곧 양수리입니다. 양수리는 양평입니다. 이 두 강이 만나서 한강이 됩니다.

아우라지는 정선 아라리의 발상지입니다. 아우라지를 사이 에 두고 양쪽 마을에는 처녀상과 총각상이 마주 보고 서 있습니 다. 나는 처녀상이 있는 정자에 올랐습니다.

코끝이 시큰하고 가슴이 먹먹해지며 눈앞이 흐려졌습니다. 이 처녀가 자리잡고 있는 건너편 물가에는 이 처녀를 향하여 손

짓하는 애처로운 총각상이 보입니다. 이 처녀 총각이 그렇게 서로 사랑했는데, 총각이 뗏목을 타고 한양으로 가다가 황새여울 된꼬까리에서 익사하고 말았습니다.

그 슬픔을 노래한 것이 정선 아리랑의 시초입니다. 강물은 지금도 잘도 흐르고 있었습니다. 저쪽에서 손님을 태운 아우라지 뱃사공이 또 노래를 부릅니다.

아우라지 뱃사공아 배 좀 건너 주게
싸리골 올동박이 다 떨어진다.
떨어진 동백은 낙엽에나 싸이지
사시장철 임 그리워서 나는 못 살겠네.
사시장철 임 그리워서 나는 못 살겠네.

― 사시장철 임 그리워서 나는 못 살겠네.

그렇구나! 옛 선인들이나 지금의 나나 우리 모두는 사랑하고 이별하고…… 그리움과 안타까움과 슬픔에 그렇게 울고 불며 살다가 가는 것이구나.

내 그리운 임을 잠시라도 잊을까 하여 이 정선 산골을 찾아왔는데, 이곳의 골골 산천에 면면촌촌에 곳곳 방방에 얽히고 설키어 못박힌 것들은 모두가― 이별의 슬픔― 만 차고 넘치니, 아휴! 내 가슴이여 내 눈물이여!

싸리골 동네 안으로 들어가 보았습니다. 올동박꽃이 전장터에서 병사의 목이 떨어지듯이 그렇게 뚝뚝 다 떨어지고 있었습니다. 하기사 동백꽃이야 내년에도 다시 피겠지만, 한 인생길에서 한 번 헤어진 그리운 님은 어디서 다시 만나 옛날처럼 정을 나누면서 살 수 있으랴?

떨어진 동백은 봄이 오면 또 피지
한 번 떠난 그리운 님은 언제 다시 오시나?
아리랑 아리랑 아라리요.
아리랑 고개 고개로 날 넘겨주쇼.

해가 서산마루에 걸려 있었습니다. 한 여름의 큰 비로 큰물이 몇 번이나 지나갔습니다. 남대천인 숙암골 강바닥에 수없이 널려 있는 돌들이 몇 차례의 큰비에 여러 번 씻겨서 그 얼굴들이 얼마나 깨끗하고 선명하게 드러나는지…….

나는 강바닥에 한없이 흩어져 있는 돌들을 유심히 보기 시작하였습니다. 큰돌, 작은돌, 그리고 알맞은 돌, 검은돌, 흰돌, 붉은돌, 청돌, 물가에 있는 돌, 물속에 있는 돌, 산처럼 생긴 돌, 나무처럼 생긴 돌, 천사가 살며시 잠들어 있는 돌…… 며칠을 두고 보면 볼수록 이상하고 신기하고 놀라운 형태의 돌로 가득하였습니다.

언제 아내는 일본 사람들의 정서와 심성과 그들의 철학을 나에게 얘기하면서

— 여보, 정말 일본 사람들은 무엇을 축소해서 형상화하는 기질과 기술이 대단한 사람들인가 봐요.

— 어떤 것들이 그런데요? 아는 대로 가르쳐 주세요.

— 당신도 잘 알고 계시겠지만 책에서 보고 배우고 느낀 제 소감을 말해 볼게요.

아내는 무슨 일을 하여도 꼭 메모를 하고 그 내용을 속속들이 완전히 자기 것으로 만들 때까지 꾸준히 줄기차게 궁극을 캐내는 사람이었습니다. 빈틈이 없습니다. 허점이 없습니다.

특히 학문 분야에는 아주 철저한 완벽주의자였습니다.

— 일본인들이 거대한 바다를 자기 집 안으로 가지고 오고 싶었습니다. 그 간절함이…… '어항 수족관'으로 발현했습니다. 집 안에 놓여 있는 아기자기한 어항 속을 들여다보면 그 오묘한 바다 속의 속살이 다 담겨 있습니다.

일본인들은 저 높고 푸르고 광대한 하늘을 집 안으로 옮기길 원했습니다. 그게 '새장(조롱)'으로 표현되었습니다. 앵무새, 십자매, 파랑새, 말하는 구관조 등을 조롱에 넣어서 사육한 것이고요.

저 들판에 있는 거목이나 희귀한 나무와 숲을 또 방 안으로 옮겨다 놓고 감상하고 싶었습니다. 그게 바로 집안의 정원으로 조성하다가 드디어는 '분재'라는 기술을 개발하여 조그마한 그릇 위에 수백 년이 된 나무를 올려다 놓고 키우면서 즐기기도 합니다.

또 저 산천의 큰 암벽, 큰 바위, 큰돌, 그 거암 사이를 흐르는 폭포의 웅대한 모습을 기어이 집안으로 옮겨 놓아야겠다는 야심이 '수석'이라는 예술을 계발해 냈습니다.

그리고 그들의 글자는 한자어의 일부를 떼어서 만들어진 문자이구요.

아내의 하나하나 또박또박 신중하면서도 날카로운 설명은 듣고 있는 내 등에 전율을 일으키고 있었습니다.

아내 K 백조가 나에게 가르쳐 준 자연석의 미학 즉 수석이 여기에 흩어져 있는 돌들에서도 있을 것 같았습니다. 주먹만 하여 들기에 알맞은 크기의 돌들 중에서 정말 예술적 가치가 있는 돌이 있나 하고 이리저리 살폈습니다.

모든 돌들이 다 수석의 가치가 있는 것 같기도 하고 모든 돌이 다 그냥 막돌들로 보이기도 하였습니다. 돌을 찾다가 얼마 전에 보아둔 새끼 새 집이 있는 돌 곁으로 가서 수풀을 헤치고 보니 모두가 떠나고 빈집만 남아 있었습니다.

나는 기분이 홀가분하여 좋았습니다. 무사히 새끼들을 키워서 떠난 부모 새들이 대단하다고 생각되었기 때문입니다.

벌써 산그늘이 내리고 있었습니다. 마침 물에 떠내려 오면서 표면이 깎이고 또 갈리어 동글동글해진 돌멩이 하나를 주웠습니다. 표면이 얼마나 깨끗하고 해맑은지 주워드는 순간 기분이 쏠쏠하였습니다.

밤새도록 손에 쥐고 잤습니다. 꼭 재미있게 생긴 돌멩이 하나를 내가 직접 찾아서 내 책상위에 올려놓고 완상했으면 하는 생각이 들었습니다. 오늘은 정말 마음에 드는 돌 하나를 찾으려고 저 건너편 물개 할아버지(옛날에 수달을 잡은 할아버지) 집 아래에서 시작하여 우리집 쪽으로 개천가를 따라 천천히 걸어올라 오면서 돌들을 살펴보았습니다.

물가에서 수풀에 가려진 돌이 하나 있었습니다. 표면이 유난히 깨끗하여 집어 들었습니다. 동그란 사람의 얼굴 모양의 돌이었습니다.

물로 깨끗이 씻었습니다. 그리고는 별 생각 없이 그 돌을 들고는 점심을 먹으러 집으로 왔습니다. 책상 위에 올려둔 채 점심을 먹고 설거지를 한 후 의자에 앉아서, 그 새 잊고 있던 돌을 들고 자세히 보았더니 이게 웬 일입니까?

그 돌 표면에 새겨진 사람의 얼굴 모습이 나의 아내 K 백조의 모습을 어느 위대한 조각가가 새겨 놓은 듯 선명히 찍혀있는 것입니다.

나는 온 몸에서 땀이 번쩍나며 가슴은 쿵쾅거렸고 두 손은 벌벌 떨리고 있었습니다. 이게 웬 일이람! 이게 무슨 조화람! 내 아내가 언제 여기까지 와서 이 돌 속으로 들어가서 나를 기다리고 있었다는 건가!

얼굴이 화끈거리고 눈동자가 붉거져 나오는 것과 같았습니다. 나는 의자에서 벌떡 일어나 깊은 호흡을 몇 번이나 했습니다. 나는 정신을 가다듬고는 다시 돌을 조용히 응시하였습니다. 틀림없었습니다. 분명히 내 아내의 얼굴이 거기에 조각이 되어 있었습니다.

세상에는 뭐 그런 말이 있지 않습니까?- 첫 번째의 기적! 첫 번째의 행운!- 이라는 말 말입니다. 어느 누구라도 그 일을 처음 시도하는 첫 순간에 기적같은 행운이 온다는 얘기 말입니다.

생전 처음으로 낚시를 던진 사람에게 생각지도 못했던 월척이 낚인다든가, 복권을 난생 처음으로 구입한 사람에게 행운이 왔다든가 하는 그런 경우 말입니다. 나는 너무나 기뻐서 방 안에서 펄쩍펄쩍 뛰기로 하고, 야호~ 야호~ 하며 괴성을 지르기도 하였습니다.

나는 그 다음 날부터 일체의 돌 줍기를 멈추었습니다. 처음부터— 돌 하나만 줍기— 를 나 자신과 약속을 했기 때문입니다.

그런데……
그런데……
나의 심장과 같은 이 돌을 도둑을 맞고 말았습니다. 옛날에 알고 지내던 사람이 베트남에 가서 산다고 하더니, 시간이 나서 한국에 왔다면서 내 정선 집에 부부가 며칠 쉴 수 없겠느냐? 하기에 외국에 나가 고생도 많이 한 것 같기도 하여, 그럼 그 깨끗하고 조용한 곳에 가서 며칠만 쉬어라 하고, 집을 내주었더니, 이들 부부가 거기서 공짜로 잘 놀다가 가면서— 그 아름답고 고귀한 내 아내를 훔쳐가 버린 것입니다.

　정말 옛말 중 쌍말에

　— 공짜 10하고 금비녀 빼간 연놈의 새끼들!!

이었습니다. 옛말 하나 틀리는 말이 없습니다.

　나는 그 허전하고 아린 가슴을 아직도 달래지 못하고 그 도둑 연놈에게 쌍욕을 퍼붓고 있는 것입니다.

　진짜 아내도 잃고 조각상 아내는 도둑 맞고!

　아이구 내 팔자여! 아이구 내 사랑이여!

　백석폭포가 쏟아져 내리는 산이 백석산입니다. 그 산의 뒤를 돌아 높이 올라가면 5.16 이전까지 거기서 살던 화전민들의 집터가 남아 있다는 이야기를 들었습니다.

　가을빛이 온 산천을 진하게 물들이던 날, 나는 가벼운 운동복으로 갈아입고 등산화의 끈을 힘껏 졸라매고 산을 오르기 시작하였습니다. 길은 처음부터 험했습니다.

　돌무지가 길을 가로 막았고 제법 큰 개울에는 물살도 세고 찼습니다. 큰 고목이 지난 여름 큰 비에 쓰러졌는지 길을 가로로 콱 막아 놓은 뒤 벌러덩 누워 있었습니다.

　우거진 소나무 밑의 짙은 그림자는 무서움증까지 불러 왔습니다. 나는 두 주먹을 다시 한 번 불끈 쥐고 두 다리에 힘을 더 주면서 헐떡이는 숨을 참으면서 오르고 또 올랐습니다.

　좁은 토끼길 한 편에 쌓았다가 무너진 돌담이 보였습니다.

화전민의 집 가운데 심하게 파손 된 집인지 모릅니다. 쉬지 않고 세 시간을 걸어 올라서니 길옆에 옛 집터가 나왔고, 그 집터 안에는 소 여물통이 많이는 썩었지만 그 시절 그 모습으로 남아 있었습니다.

나는 화전민이라면 산에 불을 질러 옥수수나 감자 농사나 조금 지어 먹고는 또 다음 계절에는 다른 곳으로 떠나는 그런 간단하고 처량한 살림살이였을 거라고 생각하고 있었습니다.

그런데 이 소 여물통을 보고는 화전민들도 가축을 키우며 살려고 무척 애를 쓴 사람들이었구나! 하는 생각이 들어 조금은 숙연해졌습니다.

공연히 왜 무서운 생각이 들었는지 모릅니다. 아까 이곳을 향해 오르는 길가의 여기저기에는 산짐승들의 배설물이 무더기로 쌓여 있는 것을 보았기 때문인지도 모릅니다.

이 산속에서 화전이나 일구며 살던 사람들이 5·16 이후 군사정부가 지금 마을이 형성 된 곳에 토지를 개간해 주면서 내려와 살라고 하여, 그렇게 이 아래 동네가 형성되었다는 얘기를 여러 번 들은 적이 있었습니다.

나는 돌아서서 헛기침을 컹컹 몇 번 하고는 빠른 걸음으로 하산을 하고 있었습니다. 거의 산 아래를 다 내려왔을 때 사람들의 목소리가 들려 왔습니다. 동네 사람들이 도토리라도 주우러 왔나 싶어 목을 늘리고 소리나는 곳으로 더듬더듬 가 보았더니, 마을에서 알코올 중독자로 소문이 난 사람과 그의 부인이 그 곳에서 자반뒤집기를 하면서 꼬개싸움을 하고 있었습니다.

아직도 젊은 사내는 밤낮 빈속에 소주만 마시고 다니는 사람이었습니다. 그의 아내는 속이 터질 대로 터져 이제는 결단을 내려고 마음을 옹차게 먹은 모양입니다.

나는 남의 부부싸움에 끼어들 수도 없고 그렇다고 저렇게 악랄하게 싸우는 싸움을 못 본 척하고 나 혼자 내려가 버릴 수도 없었습니다. 그들 곁으로 조심스럽게 다가가서 그들 뒤에 조용히 앉았습니다.

이제는 그들이 나를 보았습니다. 이 산골에서 이렇게 헐벗고 누추하게 살아도 순박해서인지 내가 두려웠었는지 그들은 싸움을 멈추더니 나를 쳐다보았습니다.

— 신 선생님, 저하고 마을로 내려가서 시원한 소주나 한 잔씩 하십시다!

이렇게 말하면서 그의 부인 쪽을 향해서는 나는 한 쪽 눈을 찡긋 하였습니다.

알코올 중독자에게 무슨 말을 해야 약발이 서겠습니까? 그저 술 먹자! 술 한잔 마시자! 이 말 외에는 그를 이 산속에서 데리고 내려갈 아무 묘책이 떠오르지 않았기 때문입니다.

역시 술의 힘은 세었습니다. 그가 벌떡 일어서더니

— 소주 몇 병 사 주실래요.

기뻐서 펄떡펄떡 뛰면서 나에게 물었습니다.

— 사 달라는 대로 다 사 주겠습니다.

그는 더 이상 주저하지도 머뭇거리지도 않고 내 앞에 서서 미끄러지듯이 동네쪽을 향하여 뛰고 있었습니다. 그의 아내가 내 뒤를 바짝 따라 오면서

— 두 병 이상은 절대로 사 주지 마세요! 큰 일 납니다. 사람 죽습니다.

잠기는 목소리로 절절한 목소리로 나에게 당부를 하였습니다. 알코올 중독자 신 씨의 발걸음은 걷는 것이 아니라 새가 하늘을 날듯이 훨훨 날아서 벌써 동네 가게의 문을 열고 들어서고 있었습니다.

신 씨의 알코올 상태를 진절머리나게 잘 알고 있는 가게 주인 전씨는 신씨를 쳐다보지도 않고 있다가, 내가 들어서니 나에게 눈을 껌뻑거리면서, 어서 떠나 집으로 가시라! 는 신호를 보냈습니다.

나는 사이다 두 병을 샀습니다. 그리고 주머니에 있는 돈 10만원을 꺼내 사이다와 함께 신씨 부인에게 주고는 나는 가게를 나왔습니다. 집으로 돌아오니 온몸의 힘이 쭉 빠져서 마당에 있는 의자에 풀썩 주저앉았습니다.

점심때가 훨씬 지나 벌써 산그늘이 내려오고 있었습니다. 마침 하루에 3차례씩 다니는 정선시내로 나가는 시내버스가 올 시간이 되어 점심겸 저녁밥을 먹으려고 시내로 나왔습니다.

전통시장에 들러 자주 가는 콧등치기 국수집으로 가서 한 그릇을 먹었습니다. 시장을 한 바퀴 돌아 본 후 반찬 몇 가지와 과일 얼마와 맥주 몇 병을 사들고 나는 택시를 타고 집으로 돌아 왔습니다. 벌써 어두워져 있었습니다. 책상 앞에 앉았습니다. 그리운 아내가 창문 밖에 서 있는 것 같았습니다. 나는 의자에서 벌떡 일어서면서

— 여보, 왜 밖에 서 있어요? 어서 안으로 들어오세요.

나는 어느덧 문을 열고 아내가 서 있는 밖으로 뛰어나가고 있었습니다. 그런데 거기에는 아무도 서 있지 않았습니다. 머리가 빙빙 돌고 눈앞이 아득해졌습니다.

푹! 한숨을 쉬면서 바닥에 그냥 퍽 주저앉았습니다.

휴~! 저렇게 밤낮 술을 퍼마시고 울고불고 싸우면서도 저렇게 두 사람이 함께 살아가고, 이 마을에서는 산나물 들나물만 뜯어 팔면서 잘 사는 송씨 부부도 있고, 식용 개를 키운다면서 밤낮 왈왈거리는 개와 개똥에 파묻혀 살고 있는 박씨 부부…… 모두가 남편과 아내가 되어 저렇게 살고 있는데…… 나는 무어란 말인가? 그런대로 아무 부족함 없이 살 수 있는 나와 K 백조였는데…….

방 안으로 들어와서 맥주를 퍼마셨습니다.

술이 들어가고 밤이 깊어지자 눈은 점점 더 말똥말똥해졌습니다.

속에서 모닥불이 활활 타오르기 시작하였습니다. 방 안에 있을

수가 없었습니다. 어두운 밤길을. 무조건 걷기 시작하였습니다. 내 발걸음은 벌써 아우라지행 기차선로 밑을 걷고 있었습니다.

언제부터인가 내 입에서는, 아내가 나와 작별하면서 건네주었던 마지막 편지속에 씌어져 있던 동심초를 부르고 있었습니다.

꽃잎은 하염없이 바람에 지고
만날 날은 아득타 기약이 없네
무어라 맘과 맘은 맺지 못하고
한갓되이 풀잎만 맺으려는고
한갓되이 풀잎만 맺으려는고

바람에 꽃이 지니 세월 덧없어
만날 길은 뜬구름 기약이 없네
무어라 맘과 맘은 맺지 못하고
한갓되이 풀잎만 맺으려는고
한갓되이 풀잎만 맺으려는고

떠나간 내 아내는 소식이 없고
만나자 약속 없어 부를 수 없네
사랑은 어이하여 거기 머무나
가을 바람 찬이슬 스치며지고
가슴속만 텅비어 눈물 흐르네

그립다 보고 싶다 어이 말하랴

한번 맺은 그 약속 강물 같은데

아무리 아파와도 참아야 하지

하현달은 서산에 저 혼자 지고

어둔 밤길 걷는 자 저 혼자 우네.

나는 북평면 사무소 마당을 한 바퀴 돌아 다시 집으로 걸어가고 있었습니다.

내가 부르는 노래는 틀어 놓은 테이프처럼 잠시도 멈추지 않고 계속 이어졌습니다. 집 마당에 올라서서 동녘하늘을 올려다 봤더니 그 아름답고 찬란한 샛별이 혼자서 내 집과 나를 내려다보고 있었습니다.

전등불 밑에서 보니 내 발등이 온통 시뻘건 피로 얼룩져 있었습니다. 아까 걸어갈 때 딱딱한 플라스틱 슬리퍼를 신었던 모양입니다. 왕복 두 시간이 넘는 거리를 양말도 신지 않은 맨발로 슬리퍼를 끌고 갔다 왔더니 발등의 피부가 슬리퍼 끈에 쏠려서 피가 낭자하게 나는데도 몰랐던 것입니다.

찬물로 씻고 책상 앞에 앉으니 동녘의 샛별도 울고 있는지 그 빛이 흐려 보일랑 말랑 하였습니다.

하룻밤을 그렇게 뜬눈으로 샌 것입니다.

정선에 세워진 나의 시비

나는 초등학교에 다닐 때부터 작문을 한답시고 시를 쓰고 수필인 기행문을 쓰고, 소설은 어떻게 쓰는가?를 혼자서 생각해 보기도 하였습니다. 30대에는 수필집과 시집을 책으로 펴내기도 했습니다.

아내와 헤어진 이후 실망과 낙담으로 허송세월을 많이도 흘려보냈습니다만, 청주와 정선을 오가며 그리움의 그 큰 고통 속에서도 나의 문학에 대한 열정은 여전히 불타고 있었습니다.

아내에 대한 그리움에 젖어 어느 날은 삶아 놓은 파김치가 되고, 어느 날은 산송장이 되고, 어느 날은 실성해진 바보 멍청이가 되고…… 그러나 어릴 적부터 그런대로 끊임없이 꾸준히 연마해 오던, 글쓰기에라도 집중하지 않으면 사람이 완전히 파괴될 지경에 빠지는 것이었습니다.

그 날은 청주에 머물다가 정선으로 가는 버스 안이었습니다.

전화가 왔습니다.

― G 교수요?

― 네, 그렇습니다. 누구십니까?

― 정선 문화원장이요. 내가 교수님의 사전 허락도 안 받고 교수님의 시비 하나를 세웠소.

― 예, 저 시비를요? 어디에 세웠습니까?

― 정선문화원 마당에 세웠소.

뭐, 내 시비가 세워졌다고? 그간 몇 권의 시집을 출간하였지만 이름 없는 시인 노릇만 하였는데, 이 타향 외진 곳에서 내가 쓴 시작품이 돌에 새겨져 시비로 세워지다니 엄청 기분이 좋고 기뻐서 가슴이 떨렸습니다.

정선 읍내에 있는 문화원을 찾아갔습니다. 정말 문화원 마당에 내 시가 자연석에 아담하게 새겨져 있었습니다.

민족의 고향 ― 정선

우리의 노래 있다 정선의 아라리다
그 혼의 그 가락이 이 땅에 없었다면
무엇을 움켜쥐고서 우리라고 할 건가

정선의 산하에는 강원도 힘이 있다
하늘의 숙연함과 땅위의 엄숙함이

이 작품은 나의 시작품, 〈민족의 고향— 정선〉이라는 7연의 조금 긴 시조작품인데, 문화원장이 당신의 마음에 드는 2연만 뽑아서 여기에 옮겨 실은 모양 이었습니다.

울렁거리는 가슴으로 사진 한 장을 찍고는 총총히 집으로 돌아왔습니다.

저녁밥이 잘 넘어가지 않았습니다. 감격했나 봅니다. 아내와 헤어진 이후 새 집을 지으려다 완벽한 사기에 걸려 몽땅 다 털리고 목구멍에 거미가 줄을 칠까봐 청주로 내려와서 사주팔자에 없는 원룸 업이라는 것을 하면서 겪어야만 했던 고통이 있었습니다.

이런 저런 문제와 거기에 따르는 인간적인 고통…… 앉으나 서나 먹으나 굶으나 잠을 자나 깨어나 일어서나, 내 그림자처럼 붙어 있는 아내에 대한 그리움이 점철되었습니다.

피를 말리고 뼈를 태우고 심장이 오그라들고 눈에 삼삼, 귀에 쟁쟁, 눈물 철철, 슬픔과 아픔, 허무 고통 속에서 헤어나지 못하고 있던 나에게 시비 하나가 땅 위에 우뚝 섰다는 일은 참으로 오랜만에 맛보는 신선하면서도 아릿한 충격이었습니다.

밤 10시가 넘어 자리에 누우니 또 아내의 환하게 웃는 모습이 떠올랐습니다.

— 그래 맞아! 아내가 있었다면 이 경사스러운 일을 두고 얼

마나 좋아할 것이며, 또 나를 추켜세워 얼마나 많은 칭찬을 해 주었겠는가? 그리고 달콤한 입맞춤을 몇 번이나 해 주었을까?

지금까지 흥분되었던 사지의 힘이 쭉 빠지고 벌렁이던 맥박이 갑자기 멈추는 것 같았습니다.

— 하! 하! 세상의 모든 부귀영화를 다준다 해도 님 보낸 내 가슴엔 소용이 없구나. 아내 없는 이 세상은 눈물뿐이네.

그 후로도 내 시 작품은 각지의 랜드마크 지점에 시비로 여기저기에 몇 개가 더 세워졌습니다.

자랑거리라고는 눈을 씻고 봐도 찾을 수 없는 사람이기에 여기에 몇 군데 서 있는 내 시비의 내용을 적어 봅니다.

하늘의 큰 음성— 백석 폭포

하늘의 생명수가 장엄한 함성되어
세속의 풍진들을 단숨에 압도하니
그 강직 그 정직함에 보는 눈이 시리다.

인간의 마음 문을 주야로 두드리며
하늘의 큰 음성을 땅 위에 전하시는
진리의 울림이시니 옷깃 여며 절하자

아래로 내리시며 끝없이 이른 말씀

물처럼 살아가거라 그것이 상선약수
물같이 흘러가거라 법의 진리 에 있다
(— 강원도 정선군 북평면 백석폭포 앞)

영원한 파라다이스

서울은 나라 얼굴 반포는 그 눈동자
우면산 정기 받고 한강의 서기 어려
장엄한 우리의 궁궐 퍼스티지 솟았다

해 같은 인재들과 별 같은 선남선녀
뜨거운 열정으로 냉정한 이성으로
겨레의 심장 되시는 고귀하신 가족들

반듯한 삶을 위해 따뜻한 내 정성을
씨 뿌려 가꾸면서 고운 꿈 키운 낙원
웅지를 품은 이들의 꽃숲속의 이상향
(— 서울 서초구 반포동 래미안 퍼스티지내 금강산 공원)

세상의 관문

정선 땅 성마령은 세상의 관문이다

빼어난 선인들이 의젓이 들어선 곳
우리의 만세성도가 여기에서 열렸다

도원 땅 정선고을 민족의 고향이다
여기서 우리 노래 아라리 솟아났다
만족 혼 춤추는 가락 너와나의 아리랑

활짝 핀 도원문화 사위로 뻗어갈 때
성마령 둥실 넘어 천하로 번져 갔다
겨레 얼 실어 나르는 성마령은 정선 땅
(一 강원도 정선군과 평창군 경계의 성마령)

천혜와 축복의 터전

서원경 기름진 땅 하나님 내리신 땅
억겁의 정기어려 용틀임 하는 이곳
만복의 근원 되려고 지웰시티 솟았다

해맑은 햇님처럼 교교한 달님처럼
하늘 위 빼어 올라 사위를 응시하니
천신의 조화이런가 만물영장 솜씬가

은하수 서기 받고 대양의 기상 받아

넘치는 붉은 정열 가득찬 푸른 이상

세상의 모든 재원이 지웰시티 모였다.

(— 청주시 복대동 지웰시티 A. 정문)

이 모든 시작품이 아내를 그리며 눈물로 쓴 작품들입니다.

악처를 만나면 철학자가 된다더니 나는 천사같은 아내를 떠나보내고 돌에 이름을 새기는 시인이 되었나 봅니다.

내 나이 이제 77세가 되었습니다. 어느 날 갑자기 내 나이를 알아보고는 기절할 뻔했습니다. 아내와 내가 계획표까지 짜면서 준비했던 그 옛날의 일이 떠올랐기 때문이었습니다.

우리 내외는 어느 해 단풍이 곱게 산하를 수놓을 때 아내의 모교인 서울 강남에 있는 OO여고를 찾아갔습니다.

지금까지 생활하면서 한 번도 뭘 갖고 싶다 뭘 하고 싶다, 이런 말을 할 줄 모르던 아내가 자신이 다녔던 모교에 오니 감회가 참 많았는지 모릅니다.

— 여보, 우리 생활이 좀 조용해지면 여행 다니기로 해요.

— 그럽시다. 당신의 학업과 그 외의 수련이 끝나면 보고 듣고 배울 것이 많은 곳으로 긴 여행을 합시다.

— 여행기간은 얼마 동안이며 돌아볼 여행지는 몇 군데 정도를 계획할까요?

— 내 나이가 77세가 될 때 당신은 55세가 되지요? 그러니까 77일 동안의 여행 기간 중 55곳의 관광지를 돌아보면 어떨까요?

— 좋아요, 그래요. 그땐 시간도 자금도 여유가 있겠지요?

— 그럼요. 지금이라도 시간이 없지 어디 돈이 없나요.

항상 무엇이나 하나라도 빼놓지 않고 메모하는 아내는 그 날도 우리의 약속과 계획을 꼼꼼히 적고는 주먹을 불끈 쥐며 스스로 다짐을 하고 있었습니다.

기억이 여기까지 미치자 내 가슴은 뛰기 시작하였고, 긴 한숨이 솟아나며 눈앞은 아련해지기 시작하였습니다. 밖에는 첫눈이 내리기 시작하면서 날씨도 아주 차가워지기 시작했습니다.

그렇다면 그 꽃보다 더 아름답고 잎보다 더 싱싱했던 아내도 벌써 55세의 여인이 되었단 말인가! 어떻게 변했을까? 얼마나 중후하고 성숙한 자태의 여의사로 변신해 있을까?

당장이라도 지금 아내가 근무하고 있을 것 같은 그 병원에 달려가고 싶었습니다. 그러나 긴 세월이 흘렀습니다. 까마득한 전설속의 이야기가 되어 저 푸르고 깊은 바닷속에 잠겨드는 기분만 들었습니다.

그러면 그럴수록 마음은 더 아프고 그리움은 더 켜켜이 몰려왔습니다. 밖으로 나와서 아파트의 둘레길을 미친 듯이 걸어 다녔습니다.

눈과 추위에 내 몰골은 말이 아니었습니다. 방 안으로 들어

왔지만 내 마음을 내가 바로잡을 수가 없었습니다.

한 컵의 수돗물을 벌컥벌컥 들이켰습니다. 천장에 매달려 있
는 큰 전구가 마구 춤을 추는 것 같았습니다.

정신병원 다니기

날씨는 점점 추워지는데 내 마음속은 아내에 대한 그리움으로 불이 활활 타오르고 있었습니다. 머리가 불덩이가 되더니 드디어 온몸이 아파오기 시작하였습니다.

먹지도 못하고 제대로 마시지도 못한 지가 벌써 사흘이 지났는데도 조금의 차도도 없었습니다. 잠마저 오질 않았습니다. 밤낮 눈앞에는 아내의 환영만이 나타났다가는 사라지고를 계속할 뿐이었습니다.

이러다가 꼭 죽을 것만 같았습니다. 정말 난생 처음으로 정신과 의원을 찾아 갔습니다.

— 30년이 지났는데도 정말 그렇게 그립습니까?

— 예 그렇습니다. 점점 더 그리워지고 있습니다.

— 신기하네요.

— 선생님, 그런데 이 그리움이 내가 죽어서 저 세상에 갔을

때에도 따라올까요?

— 그렇지는 않을 겁니다. 약을 드릴 테니 한 번 복용해 보시고 다음에 또 오세요.

약국에서 약을 샀습니다. 우리나라 사람들은 모든 병원에 다 다니면서도 정신과 병원에 다니는 사실은 숨기는 경향이 있지 않습니까? 내가 이 일을 겪고 보니 그럴 것도 같았습니다.

내 마음을 까맣게 모르는 사람에게, 내가 30여 년 전에 헤어진 아내를 못 잊고 그리워하다가 병까지 나서 정신과 의원을 다닌다고 하면 모두가 무엇이라 하겠습니까?

— 병신! 누구는 쌍팔 년도에 그런 사랑 한 번 안 해 본 놈이 어디있나? 미친 자식~! 육갑을 떨어요!— 하고

이렇게 얘기할 겁니다. 모두가 비웃으며 가소롭다고 가래침을 땅바닥에 탁 뱉을 것입니다. 그런데 나는 앉으나 서나 먹으나 굶으나 한밤중이나 새벽이나 내 아내가 그리워서 또 보고 싶어서 미치겠는데 어떡하란 말입니까?

특히 사위가 캄캄해지는 밤이 오면 가슴 속에서 모닥불이 타올라와서 방 안에서는 도저히 있을 수가 없었습니다. 그 눈 속의 찬바람을 뚫고 몽유병 환자가 되어 동네를 돌고 돌았습니다.

그렇게 헤매다 보니 바로 내가 살고 있는 아파트 앞에 있는 성당이 눈에 들어 왔습니다. 크리스마스 준비로 장식이 되어 있

어서 나의 그 미친 허연 동공 속으로 들어온 모양입니다.

나는 기독교인이지 천주교 신자가 아닙니다. 그러나 염치 불구하고 조심스럽게 성모 마리아상 앞에 서서 옷깃을 여미었습니다. 이 성당의 교우인 듯한 분들이 이 겨울 한밤중에도 더러 성모님을 뵈러 찾아오고 있었습니다.

나는 이 교회 성도님들께 피해를 주지 않으려고 성모상 오른쪽으로 멀찍이 떨어져 있는 소나무 밑으로 들어가서 모자를 벗고 자세를 바로한 후 기도를 올렸습니다.

— 인류의 죄를 대속하셔서 십자가에 못 박히신 예수님을 생산하신 성모 마리아님! 영원세세토록 존경과 찬양을 받으소서. 그리고 이 죄인의 답답하고 가련한 마음을 위로하여 주소서, 위로하여 주소서, 위로하여 주소서…….

벌써 위로하여 주소서!라는 말만 중얼거린 시간이 한 시간도 더 넘어서고 있었습니다. 나는 성당에서 드리는 기도 방법을 몰랐기 때문에 내 생각나는 대로 위의 말만 되풀이하고 있었던 것입니다.

집으로 돌아오니 새벽 2시가 넘어 서고 있었습니다. 성모 마리아님에게 기도를 드리고 와서 그런지 마음이 조금은 안정되는 것 같았습니다. 그러나 역시 잠은 오지 않았습니다.

또 마리아님 앞으로 갔습니다. 아까 올렸던 기도를 다시 드렸습니다. 이제 이 성당의 교우들은 오질 않았습니다. 집으로 돌아오니 새벽 4시 반이 지나고 있었습니다.

아내와 이별한 지 30년이 되던 겨울! 나는 겨울 내내 정신과를 다녔고 약을 먹었으며, 새벽 4~5시까지 성당 마당에 서서 성모 마리아님 앞에 고개를 숙이고는 밤새껏 가슴속에서 불타오르는 그리움을 읊조리고 있었습니다.

그렇게 악전고투한 겨울이 물러가고 꽃피고 새우는 봄이 왔습니다. 내 마음속의 그리움은 저 산의 진달래가 온 산에 번지듯이 내 그리움은 더 크게 더 요란하게 끓어올랐습니다.

이제는 도저히 더 이상 참을 수가 없었습니다. 마음 같아서는 똑바로 아내의 병원이 있는 울산으로 달려가고 싶었지만, 참고 참고 또 참아온 세월이 벌써 30년이 지나 갔습니다.

어떡할까? 어떻게 할까?를 거듭 생각하다가…… 사람 찾아 주는 '탐정 회사'에 의뢰를 하였습니다. 처음 상담할 때에는 돈만 내면 지금 당장이라도 찾아 준다더니 그들이 요구하는 금액을 다 보낸 지가 2개월이 지났는데도 종무소식이었습니다.

하도 답답하여 전화를 하였더니 지금까지 한 번도 그런 요구를 한 적이 없는, '아내의 주민등록번호'가 있어야 된다면서 전화를 끊어버리는 것이었습니다. 사기당하는 기분에 분노가 탱천했지만 뭐 어떻게 할 수가 없었습니다.

1988년 의과대학에 합격한 날 이후부터 아내는 나에게 잔잔한 편지를 보낸 적이 많지만…… 1988년 4월 4일 부부의 연을 맺고 나서 만 4년 후인 1992년 4월 4일 이별한 이후부터는 편지는 커녕 전화 한 차례도 없었던 우리 부부 사이가 아닙니까?

아내가 남기고 간 모든 것들을 고스란히 다 보관하고 있었지만, 그 보관품 중에 아내의 주민등록번호가 적혀 있을 것 같은 물건은 있을 수가 없지 않습니까?

부글부글 끓어오르던 속이 활화산처럼 확 터졌습니다. '탐정'인지 뭔지 하는 회사로 전화를 하여 아내가 다녔던 중학교 고등학교 대학교를 가르쳐 주면서 그런 곳에서 알면 안 되겠느냐 했더니 '통신법'이란 게 어떠니 저떠니 하더니, 돈을 천만 원을 더 내어 놓으라고 말했습니다.

속이 뒤집혀질 대로 뒤집혀졌습니다. 찬물을 온 몸에 소나기처럼 껴얹고는 밖으로 나와서 헤매기 시작하였습니다. 지나가는 자동차 경적소리가 아내가 나를 부르는 소리로 쟁쟁하게 들렸고, 아파트 단지 대학교정 구룡산에서 솟아나는 봄꽃들과 잎들은 하나하나가 아내가 웃는 모습으로 내 눈앞에 삼삼하게 피어나고 있었습니다.

얼마 동안 끊었던 신경정신과를 또 다녔습니다. 젊은 담당의사는 머리가 새하얀 나를 바라보면서 재미나 죽겠다는 듯이

— 어르신은 좋겠습니다. 이다지도 사무치는 그리움의 추억을 간직하고 있으니까요.

— 아름다운 추억인지는 모르겠습니다만 내 몸은 죽겠다고 이렇게 비명을 지르니 참으로 난감합니다.

— 약의 양을 늘렸으니 약 드시고 편안하게 주무시고 나면 좀 덜할 겁니다.

사람들의 눈을 피해 캄캄한 밤이 되면 집앞의 성당으로 가서 성모 마리아상 앞에서 날이 샐 때까지 올리는 기도가 계속되었습니다. 벌써 하지도 지난 한 여름이 되어 장마철이 되었나 봅니다.

밤마다 옷이 젖어 비 맞은 생쥐 꼴이 되어 집안으로 들어오는 꼴을 거울을 통해서 보고 있었습니다. 중복도 지나던 날 나는 아내가 두고 간 상자를 꺼내어 물건 하나하나를 자세히 점검해 나갔습니다.

그런데……

그런데……

깨끗이 쓴 아내의 글씨 속에서 이상한 숫자가 보였습니다.

671100-00……로 시작되는 아라비아 숫자였습니다. 우리 내외는 4년 동안을 같이 살면서도 이런 것을 서로 밝혀 챙긴다든지 하는 일은 생각도 못 하고 살았던 것입니다.

그러나 나는 내 아내가 나보다 나이가 22세 어린 67년생으로 양띠라는 것은 알고 있었습니다. 참으로 살아보니 나이는 그저 숫자에 불과한 것이었습니다.

내 아내의 성숙함, 완결함, 철저함, 넉넉함 앞에서는 나이가 몇 살 더 많다는 것은 아무런 의미가 없었던 것입니다. 오히려 내가 아내보다 모자라 딸릴 때가 더 많았습니다.

가슴이 마구 뛰었습니다. 두 손이 덜덜 떨렸습니다. 이 숫자가 적힌 종이는 바로 1988년 4월 4일 아내와 내가 부부연을 맺을 때 아내가 나에게 주었던 그 결단의 글 속에 있었던 것입니다.

하룻밤을 보내고 다음날 나는 심호흡을 열 번도 더한 후에 탐정으로 전화를 하여, 이 숫자를 불러 주었습니다. 또 돈 이야기를 하면서 쉐~ 쉐~! 잡소리를 지껄여 대었습니다.

― 얼마를 더 주면 됩니까?

― 예, 예 그저 한 50만원만 더…….

나는 두말 하지 않고 그 자리에서 돈을 입금시켰습니다. 그런데 왜 이렇게 가슴이 벌렁거립니까?

기쁨과 설렘과 흥분보다는 걱정이 앞섰습니다.

― 과연 어떤 소식이 올까?

이제는 오히려 "소식이 올까 봐 걱정"이 되었습니다.

어떤 소식? 무슨 소식? 어떻게…… 어떻게 올려나?

안절부절 못하는 닷새가 흘렀습니다. 오후 늦게 커피 한 잔을 놓고 시 한 편을 쓰고 있는데 전화기가 울렸습니다.

― 선생님 알아냈습니다.

― 예! 알았다구요?

― 그런데…… 그런데요…….

자꾸 말을 더듬으면서 뜸을 들이고 있었습니다.

— 그런데요? 말씀해 주세요!

— 이 분 외국으로 이민 갔습니다.

— 이민 갔다구요? 어디로 갔습니까?

— 미국으로요, 더 알고 싶은 게 있으면 전화 주세요.

이렇게 얼른 말하고는 전화를 끊어 버리는 것이었습니다.

미국 그랜드 캐니언 — 천사는 살아 있다

나는 눈 앞이 캄캄하도록 당황해졌습니다.

— 이민을 갔다구요? 미국으로……!

이제는 더 이상 참을 수도 머뭇거릴 수도 없었습니다.

— 내가 울산으로 직접 가 보자!!

다음날 나는 KTX를 탔습니다. 기차 안에서 정말 오만 가지 생각으로 머릿속이 터지는 것 같았습니다. 기차에서 내려 시내로 들어가는 버스에 올랐습니다. 속이 울렁거리다 못해 토할 것만 같았습니다.

아내의 병원이 있는 곳 '달동'에 내렸습니다. 길 가는 사람에게 OO병원이 어디냐고 물으니 바로 가르쳐 주었습니다. 그 길로 접어들어서 걸어가는데 숨이 막히고 머리가 가물가물해지고 입 속에는 침까지 바싹바싹 타들어 갔습니다.

드디어 저 앞쪽에 병원이 보였습니다. 설움이 확 뻗쳐올라오면서 눈물이 비 오듯이 쏟아져 내렸습니다.

옆에 있는 빌딩 속으로 들어가서 눈물을 닦았습니다.

― 이제 내가 할 일이 무얼까?

한숨을 쉬고 쉬다가 다시 나는 큰길가로 나와서 커피점으로 들어갔습니다. 그 커피 한 모금이 목으로 넘어 가지를 않았습니다.

― 그렇다, 그렇게라도 하자!

나는 머리가 몹시 아픈 환자가 되기로 하고 그 근방에 있는 조그마한 의원을 찾기로 하였습니다. 나는 그 조그맣고 아담한 의원의 의사 선생님께 진료를 받으면서, 이곳을 잘 아는 사람처럼 물었습니다.

― 이 앞에 있는 저 종합병원에서는 요즘도 그 병원장의 따님이 진료를 보고 있습니까?

― 예? 그 병원에 대해서 잘 알고 있습니까?

― 요즈음은 잘 다니지 않아서 이렇게 선생님께 여쭈어 봅니다.

― 그 병원장님도 참으로 안타깝습니다.

― 왜 그렇습니까?

― 그 따님이 의사가 되어 아버지와 같이 병원 일을 하다가, 더 공부를 한다면서 미국으로 가서는 거기서 시민권도 따고 했는

데…… 어느 날 그랜드캐니언으로 여행을 간다는 메모를 남기고
는 소식이 끊어졌답니다.

　— 뭐요? 소식이 끊어졌다구요? 그럼 행방불명이 되었단 말
입니까? 그런 지가 얼마나 되었습니까?

　나는 속사포처럼 물었습니다.

　— 벌써 20년도 넘었을 걸요!

　나는 막힌 숨통을 두 손으로 끌어안고는 미쳐서 밖으로 뛰쳐
나왔습니다.

　— 뭐! 미국에서 행방불명이 되었다고?

　아~ 그 똑똑한 나의 아내가!

　아냐, 잘못 알고 있는 것일 거야!

　암, 그렇고말고!

　아니야! 아니야! 그럴 수가 없어!

　아니야! 아니라니까!

　내가 잘못 들은 거야!

　내 아내는 그런 사람이 아니야!

　나는 완전한 미치광이가 되어 아내의 병원 앞 인도를 올라갔
다가 내려갔다가를 수십 차례 계속하고 있었습니다.

　저녁 그늘이 내릴 무렵에 병원 바로 옆에 아주 작고 오래 된

점방(구멍 가게)이 하나 보였습니다.

나는 문을 열고 들어갔습니다. 주인 할머니 한 분이 오도카니 앉아 있었습니다.

나는 할머니 옆으로 조심스레 다가가서 물었습니다.

— 할머니는 이 동네에서 오래 사셨습니까?

— 와예? 한 50년 살았심더.

— 그럼 이 동네 얘기 잘 아시겠네요?

— 알고말고요. 어느 집 숟가락이 몇 개 있는지 다 알지예.

— 그럼 이 옆집 병원 사정도 잘 아시겠네요?

— 거기사 우리 집 얘기나 매한가지로 아누마.

— 아시는 대로 얘기 좀 해 주실 수 있겠습니까?

— 와 그라는데요? 뭐가 궁금한기요, 아는 대로 해 줄게요.

— 할머니, 여기 술값으로 미리 10만원 드릴 테니 맥주랑 안주 좀 주십시오.

나는 덜덜 떨리는 몸과 콱콱 막히는 목소리로 할머니와 이야기를 나누었던 것입니다.

— 신사 양반이 목이 마이 말랐던 갑네.

할머니가 술과 안주를 작은 쟁반에 담아서 내 왔습니다. 나는 단숨에 맥주 세 잔을 연거푸 내리 마셨습니다. 병원 앞거리를 오르내리면서 몇 시간 동안 울었더니, 술이 몸 속으로 들어가자 컥컥컥~! 하고 슬픔을 토해내는 딸꾹질이 나왔습니다.

— 신사 양반, 와 그라는교? 마이 울어뺐나 보네.

나는 긴 한숨을 거듭 쉬면서 말을 이었습니다.

— 할머니도 맥주 한 잔 하시지요?

— 그래 볼까.

할머니는 당신이 드실 술잔을 가지고 와서 마주 앉았습니다.

— 시상이 메말라서 그런지 손님들이 더러 술을 마시면서도 이 할망구 보고 술 한 잔 하라는 사람이 엄다카이.

— 그럼 할머니 오늘은 한번 실컷 드십시오.

— 그래도 되나?

나는 할머니와 권커니 잣거니 하면서 몇 잔씩의 술을 더 마셨습니다.

— 할머니 이 동네 얘기 좀 해 주세요.

할머니는 시집 와서부터 이 집에서 살았고, 이 점방을 연 이야기부터 끝없이 쏟아져 나왔습니다.

………

………

— 할머니, 이 옆집 큰 병원집은 요즘 형편이 어떻습니까?

— 이 옆집 병원 집 얘기는 차마 가심이 아파서 다 말할 수 없구면…….

나는 벌써 한숨을 푹 쉬면서 돌아서서 할머니 모르게 눈물을 닦고는 말했습니다.

— 병원 집에 무슨 안 좋은 일이라도 있습니까?

— 아이고, 말도 마소! 그 집에 무남독녀 외동딸이 하나 있었다 아입니까. 그 공주님이 얼매나 재주가 있는지 서울에서도 제일 좋은 대학교에서 공부하여 의사가 되어 내려와서, 부친과 같이 이 병원에서 의사 선상님을 안 했는가베. 그란데 더 공부를 해야 된다면서 미국으로 유학을 안 갔나, 그란데 그만 거기서 사람이 없어졌다 아임니까!

— 그게 정말이에요. 언제쯤인데요?

— 내가 술까지 얻어 먹으면서 왜 헛소리 하겠노. 그 공주의사가 그렇게 돼 베린 지도 근 스무 해가 돼 갈끼구만. 참 좋은 사람들인데……. 그 공주의사를 잃어버리고 그 부친은 술과 담배로 나날을 보내다가 폐암인가 뭔가에 걸려 그래 가 버리시고, 그 모친은 지금 경주로 가서 살고 있다 아이가!! 참으로 애달파서…….

— 할머니, 그 공주의사한테 무슨 사연이라도 있었나요?

— 그 집 식모도 그 집에서 생활한 지가 한 30년은 되었을끼라. 그 집에서는 똑같은 식구인기라. 그 식모가 언제 여기 와서 하는 얘기가, 공주의사가 서울에서 공부할 때 어느 사람과 쪼매 사귀었다카대. 그란데 부모님들이 반대하여 갈라 세웠는데 공주의사는 그 일에 상심하여, 여기 와서 의사 하면서도 밤마다 제 방에서 흐느껴 울었다 안 카나. 사람이 없어지고 나중에 원장 사모님이 딸의 일기장을 읽어 보니 "나는 이 세상에서 사랑을 받을 만

큼 받았기 때문에, 언제 어디서 어떻게 되어도 행복하다!!" 뭐 이
런 글을 써 놨다 안 카나!

　이제 나는 눈물로 뒤범벅이 된 얼굴로
　— 할머니 그만 하세요!!
하고는 미친 사람이 되어 밖으로 뛰쳐나오고 말았습니다.
　새까만 세상이 머리 위에서 뱅글뱅글 돌고 있었습니다.
　— 그래! 그래! 그럴 거야! 그게 맞아!
　'그랜드캐니언' 안에는 커다란 천국이 있어!
　내 아내 K 백조는 그 천국에서 천사로 살고 있을 거야!

　그렇지! 그렇고말고~!!
　천사지! 천사구 말구~!!
　내 아내 K 백조는 천국에서 천사로 살고 있을 거야~!!
　정말이야!
　틀림없어~!!

하늘 아래 그리움

초판 1쇄 발행 2024년 3월 25일

지은이   구성달
펴낸이   윤재민
펴낸곳   종합출판 범우(주)

등록번호   제 406-2004-000012호(2004년 1월 6일)
          (10881) 경기도 파주시 광인사길 9-13 (문발동)
대표전화   031)955-6900, 팩스 031)955-6905

홈페이지   www.bumwoosa.co.kr
이메일   bumwoosa1966@naver.com
ISBN 978-89-6365-570-3 03810

＊잘못된 책은 바꾸어 드립니다.
＊이 도서의 국립중앙도서관 출판시 도서목록(CIP)은 e-CIP홈페이지
(http://www.nl.go.kr/cip.php)에서 이용하실 수 있습니다.